W0217762

Carola Clasen

Tot und begraben

KBV
KRIMI

1. Auflage Mai 2003
2. Auflage Mai 2006

© 2003 KBV Verlags- und Mediengesellschaft mbH, Hillesheim
www.kbv-verlag.de
E-Mail: info@kbv-verlag.de
Telefon: 0 65 93 - 99 86 68
Fax: 0 65 93 - 99 87 01
Redaktion, Satz: Volker Maria Neumann, Köln
Umschlagillustration: Ralf Kramp
Druck: Grenz-Echo AG, Eupen
www.grenzecho.be
Printed in Belgium
ISBN 3-937001-03-4

Die Erde ist mein Körper,
mein Kopf ist in den Sternen

(aus: »Harold and Maude«)

PROLOG

Die Brüder Peter und Paul Schlangensief waren mit dem Friedhof von Oberprüm aufgewachsen. Ihr Elternhaus lag direkt *neben* dem Friedhof und da sie nicht vor eines der seltenen Auto laufen sollten, schickte Elsbeth, ihre Mutter, sie zum Spielen auch *auf* den Friedhof. Hinter dem eisernen Tor und den hohen Ligusterhecken waren sie sicher wie in Gottes Armen.

Elsbeth hatte es nicht leicht gehabt und die Kinder allein aufziehen müssen, nachdem sich ihr Mann, Friedrich, schon in jungen Jahren von einem landwirtschaftlichen Fahrzeug hatte überfahren lassen. Paul und Peter waren vier und drei Jahre alt, als sie zu Halbwaisen wurden. Dazu kam ein genetischer Defekt. Sie hatten dunkelbraune Augen, dunkle Augenbrauen, dunkle Wimpern, aber schlohweiße Haare auf dem Kopf.

Sie hatten eine Handvoll Freunde, Klassenkameraden, vor allem Konrad Wilden, den Sohn des Dachdeckers. Jedenfalls bis zu jenem denkwürdigen Tag, an dem er das Wort gerufen hatte, dass Paul und Peter immer noch nicht aussprechen konnten. Mitten im Schulbus. Am hellen Mittag. Dann hatten es alle Kinder gerufen und sich halb tot gelacht. Das unaussprechliche Wort.

Danach wurden Paul und Peter zu Außenseitern, denn so etwas vergaß man nicht, dafür war das Leben nicht lang genug. Aber sie hatten einander, der Bruder den Bruder, und sie hatten den Friedhof.

Wenn die Kirchengemeinde von Sankt Salvator in Prüm nicht gesammelt hätte, wer weiß, was aus ihnen geworden wäre, vielleicht wären sie auf die schiefe Bahn geraten.

Anstatt sich mit der stattlichen Summe ein schönes Leben zu machen, hatte Elsbeth sie gewinnbringend angelegt, denn sie hatte Pläne mit ihren Söhnen.

Als sie die Schule beendet hatten, waren sie sechzehn und siebzehn Jahre alt (Paul hatte eine Ehrenrunde gedreht, um in Peters Klasse zu kommen) und eröffneten ihrer Mutter, dass sie Friedhofsgärtner werden wollten. Ein Leben ohne ihren Friedhof konnten und wollten sie sich einfach nicht vorstellen.

Elsbeth dachte, sie hätte sich verhört: »Was? Wollt ihr etwa bis an das Ende eurer Tage in einer grünen Latzhose und mit dreckigen Fingern herumlaufen, bei Wind und Wetter draußen arbeiten, für ein Gehalt, das man nicht Gehalt nennen kann. Wollt ihr das?«

Beide nickten in seltener Einigkeit. »Unbedingt.«

»Und wir wollen uns die Haare färben.«

»Jawohl«, bestätigte Paul tapfer, »schwarz.«

»Kohl-pech-raben-toten-schwarz. Das schwärzeste Schwarz aller Zeiten.«

»Kommt gar nicht infrage«, entschied Elsbeth, »ihr werdet Bestatter und eure Haare bleiben weiß, wie sie sind.«

So konnten sie wenigstens in der Nähe des Friedhofs bleiben.

Prompt machte Elsbeth sich bereits am nächsten Morgen auf den Weg in die Turmstraße zum Bestatter Zingsheim. Er war ihr etwas schuldig. Als sie sein Geschäft betrat, sah sie ihn durch einen Spalt des schwarzen, vergammelten Vorhangslinsen.

»Morgen«, rief sie fröhlich, setzte sich geräuschvoll auf einen Besucherstuhl und sah sich um. Das Büro war eines Bestatters nicht würdig, stellte ihr prüfender Blick fest. Es sah billig aus und abgeschabt, so wie sein gesamter Besitz renovierungsbedürftig war. Endlich huschte er nervös durch seinen Vorhang, erschien auf der Bildfläche und schnurrte eine unverständliche Begrüßung.

»Wie geht es dir, Wilhelm?«, fragte Elsbeth.

Zingsheim schlackerte mit seinem rot glänzenden, kahlen Kopf hin und her und brummte: »Man wird nicht jünger.«

»So ist es. Deswegen bin ich hier. Was soll aus deinem Geschäft werden, Wilhelm, wenn du zu alt zum Bestatten bist?«

»Was soll werden?«

»Leider hast du keinen Nachwuchs.« Elsbeth wusste, warum. Er war seit Friedrichs Tod kein richtiger Mann mehr. Gitta, seine Frau, hatte sich bei ihr darüber beklagt. (Warum soll es dir besser gehen als mir?, hatte Elsbeth sie getröstet.) Kein Wunder, nach einem Mord mag einem die Lust auf die Lust vergehen ...

»Was kann ich für dich tun?«, fragte Zingsheim nervös, als könnte Elsbeth ihn jeden Moment auf sein delikates Handicap ansprechen.

»Paul und Peter wollen Bestatter werden.«

Er wechselte die Farbe.

»Nun, da es so ist, dachte ich du ... du bist der Einzige, dir würde ich sie anvertrauen. Sie sind alles, was ich habe.«

»Ich glaube nicht, dass ...«

»Der guten alten Zeiten wegen«, unterbrach Elsbeth ihn und verzog den Mund zu einem scheinheiligen Lächeln.

»Darüber muss ich nachdenken.«

»Tu das.« Elsbeth lehnte sich zurück, die Handtasche auf dem Schoß, die Hände darüber gefaltet, den schwarzen Strohhut auf dem Kopf. Sie hatte nicht vor zu gehen, bevor sie eine Zusage bekäme.

»Also gut«, gab er schließlich widerwillig nach, »ich kann sie hinterher aber auf keinen Fall ins Geschäft übernehmen, die Lage ist schlecht.«

»Paul und Peter verfügen über ein beträchtliches Vermögen«, lockte sie ihn leise und beiläufig und schubste dabei eine weiße Fluse von ihrem schwarzen Rock.

»Das wäre natürlich etwas anderes. Dann könnte man in der Zukunft über ein Bestattungshaus Zingsheim-Schlangensief nachdenken.«

Das übliche »Kommt gar nicht infrage« lag ihr bereits auf der Zungenspitze, aber sie hielt inne und ließ ein vages »Man wird sehen« hören, woraufhin Zingsheim sich in sein Schicksal ergab.

Er nahm sich der Brüder Schlangensief an und weihte sie in die Geheimnisse des Bestattungswesens ein, beginnend mit dem Anruf der Hinterbliebenen bis hin zur Bezahlung aller Rechnungen.

Zwei Jahre später verkündete er: »Wir wären jetzt soweit.

»Das hat aber lange gedauert.«

»Deine Söhne sind sehr ordentliche Bestatter geworden und haben sogar den Führerschein. Den habe *ich* bezahlt.«

»Das ist schön.«

»Nun können wir über die Fusion reden.«

»Über was?«

»Die Fusion. Zingsheim-Schlangensief«, erinnerte Zingsheim sie.

»Kommt gar nicht infrage.«

»Zwei Bestattungshäuser in Oberprüm, meinst du nicht das ist ein wenig übertrieben?«

»Wieso zwei, Wilhelm?«

Die Schlangensiefs meldeten ihr neues Gewerbe im Prümer Rathaus auf der Tiergartenstraße an. Im Standesamt, das für das Bestattungswesen zuständig ist, waren sie durch Zingsheim bereits hinlänglich bekannt. Dort wünschte man Glück und Erfolg. Dann mieteten sie den ehemaligen Friseursalon *Belle* in der Poststraße an, der am entgegengesetzten Ende von Zingsheims bald zu schließender Wirkungsstätte in der Turmstraße lag. Der Laden war für ein Bestattungshaus klein, aber auf der linken Seite stand seit vielen Jahren eine große Garage leer. Wenn sie ausgebaut würde, könnte man darin einen beeindruckenden Ausstellungsraum realisieren. Paul und Peter übernahmen die Innenrenovierung in Eigenregie – unter Elsbeths Anleitung.

Die Räumlichkeiten waren in einem verheerenden Zustand. Der Vormieter, ein schmuddeliger Luxemburger, hatte sich nicht lange halten können und musste alles panikartig verlassen haben. Peter hielt sich bei der Arbeit zurück und ging grübelnd im Laden auf und ab, bis er zu dem Schluss kam, dass man einen Teil der Ausstattung behalten sollte, so unterschiedlich war sie nicht von der des Bestatters. Auf jeden Fall sollte der »Kosmetik-Behandlungstisch« bleiben und das »Badezimmer«.

Elsbeth organisierte zwei schwarze Anzüge, eine repräsentative, schwarze Ledercouch mit zwei Sesseln und einem Rauchglastisch mit Chrombeinen, zwei Nussbaum-Schreibtische, zwei grüne Bankerlampen und zwei Lederdrehstühle. Dass hinter jedem Schreibtisch in Kürze ein überdimensionales Ölbild von einem Schlangensief-Ahnen hängen würde, erwähnte sie noch nicht. Eines vom Großvater, der 1949 bei der furchtbaren Militärbunker-Explosion ums Leben gekommen war, und eines vom Urgroßvater, der 1919 einem grandiosen Blitz inmitten seiner Wiesen und Weiden zum Opfer gefallen war. Ein drittes Bild vom ruhmlos verstorbenen, betrunkenen Vater Friedrich würde es definitiv nicht geben.

Fehlte noch das offizielle Bestatterzubehör: Kühlfach, Schaufeltrage, ein Zinksarg, eine Auswahl an Särgen – vom einfachen Kiefernsarg bis zum Luxus-Teak-Modell mitsamt

Sargmatratzen, Sargdecken, Kissen, Leichendecken und Einweglaken. Zur Grundausstattung gehörte weiterhin ein Sortiment an Urnen, Grablampen und Vasen.

Die Schlangensiefs verfügten über einschlägige Verbindungen: Steinmetz, Blumenhändler, Grabpflege und Druckerei aus der Umgebung wurden nach dem Kriterium ausgewählt: Wer hat Krach mit Zingsheim? Zum Schluss erstand Peter in Bitburg einen gebrauchten, aber gut erhaltenen Leichenwagen. Er fand ein schönes Modell, einen Citroën, der noch keine sechzigtausend Kilometer gefahren war und sich mit seiner Hydropneumatik direkt in sein Herz schaukelte. Auf dem Dach, direkt neben der Antenne, ließ er eine kleine Standarte wehen, die rot-grüne Fahne der Stadt Prüm. Niemand konnte den Wagen mit Zingsheims verwechseln. Die Kunden konnten sicher sein, eine Beerdigung bei den Schlangensiefs würde auf jeden Fall immer eine echte Gegenveranstaltung werden. Und darum ging es doch.

»Wir brauchen einen seriösen Namen«, verkündete Peter nach reiflicher Überlegung und Absprache mit Paul, »Pax Domine, zum Beispiel.«

»Kommt gar nicht infrage.« Elsbeth entstieg pompös nach einer Probefahrt dem Leichenwagen und rief aus: »Es bleibt, wie es ist.« Dazu breitete sie die Arme aus, als wolte sie die halbe Stadt an ihren enormen Busen drücken.

»Pax Domine.« Peter und Paul konnten sehr stur sein.

»Nein.« Eilig floh Elsbeth ins Geschäft. Manchmal blieb ihr nur dieser Weg. Es wurde immer schwieriger, ihre Söhne bei der Stange zu halten. Je älter sie wurden, desto mehr schienen sie sich von ihr distanzieren zu wollen. Wenn sie ihnen Vorschriften machte, wurden sie geradezu aggressiv, besonders Peter, dabei war er als kleiner Junge einfach zu handhaben gewesen. Hatten sie als Kinder noch geglaubt, ihre

Mutter hätte das Feuer erfunden, sahen sie sie jetzt manchmal an, als fürchteten sie, sie wolle gleich welches legen.

Dann trat eine längere Ebbe ein, die exakt fünf Jahre dauerte, während der das Geschäft vor sich hin dümpelte. Der Laden wollte einfach nicht richtig in Schwung kommen. Elsbeth litt. Monatelang sah sie durch ihr Küchenfenster mit wehem Blick in die Ferne, sprach von den Zeiten, als der Name Schlangensief in Oberprüm noch für Erfolg stand, und seufzte in regelmäßigen Abständen gotterbärmlich auf.

»Das hab ich mir alles ganz anders vorgestellt«, jammerte sie am Abend des 4. April, ließ sich erschöpft in ihren Ohrensessel fallen und stellte die Blues Brothers ab, die Paul und Peter zum x-ten Male abspielten.

»Wird schon werden«, tröstete Paul sie und angelte nach der Fernbedienung, aber Elsbeth schob ihn ungeduldig beiseite.

»Nichts wird. Ich komme erst zur Ruhe, wenn er dicht macht.«

»Wer denn nur?«

»Zingsheim.«

»Warum? Schlecht ist er nicht. Er hat ...«

»Ich kann nicht mehr«, stöhnte sie auf.

Ihre Söhne verstanden kein Wort.

»Er war es nämlich, der euren Vater tot gefahren hat.«

»Zingsheim?«, schrien beide auf und erbleichten. »Du hast gesagt, der Traktor habe sich von allein ...«

»Das hat er nicht. Ich wollte euch schonen, ihr wart doch noch kleine Kinder. In Wirklichkeit saß der Zingsheim drauf. Betrunken war er und wie! Hat euren Vater hinterrücks überfahren. Dieser ... dieses ...«

»Oh! Dieses miese Schwein«, fluchte Peter.

»Sag ich doch.« Elsbeth lehnte sich zurück und schloss erlöst die Augen, als Peter fragte: »Und du hast uns trotzdem zu ihm in die Lehre gegeben? Zu dem Mörder unseres Vaters? Wie konntest du!«

Und Paul hinzufügte: »Warum hast du ihn damals nicht angezeigt? Dann hätten wir Friedhofsgärtner werden können.«

»Ich hatte einen Plan.«

Betreten schwiegen alle, gingen in Gedanken die vielen Jahre durch, in denen Elsbeth das grausame Geheimnis tapfer für sich behalten hatte, ihre Söhne in die Höhle des Löwen geschickt hatte, nur um ihren Plan verwirklichen zu können. Eine großartige Leistung für jemanden, der nicht nur redselig war, sondern auch ausgesprochen rachsüchtig.

Aber sie war noch nicht fertig mit Zingsheim: »Er ist nicht nur der Mörder eures Vaters, ein habgieriger Bestatter, wie ihr selbst am Besten wisst, sondern auch kein richtiger Mann«, ergänzte sie mit gebrochener Stimme.

»Wie?«

»Kein richtiger Mann«, wiederholte sie und sah zur Zimmerdecke.

»Nein?«

»Warum haben Gitta und er keine Kinder?« Elsbeths Wagen röteten sich, da sie ins Detail gehen musste.

»Vielleicht, weil sie keine wollten?«

»Nein«, sie machte eine dramatische Pause. »Er ist nicht in der Lage, Kinder zu ... na ja.«

»Zu zeugen?«, half Paul aus.

Sie nickte und errötete weiter.

»Er ist impotent?« Peter begann zu kichern und prustete los: »Ein impotenter Mörder also.«

»Das ist nicht lustig«, fuhr Elsbeth ihn an, sie hatte sich wieder gefangen und war bereit, für ihren Lebensplan zu kämpfen.

»Ist ja gut, Mutter.«

Es wurde still im Wohnzimmer der Schlangensiefs.

»Also gut«, verkündete Peter nach einer guten Weile, »er wird untergehen. So wahr wir Bestatter sind.« Sein Herz hing nicht an Zingsheim.

»Das wollte ich hören«, seufzte sie, schaltete den Fernseher wieder ein. Im Ersten lief inzwischen der Spätfilm, eine Schwarz-Weiß-Tragödie aus den Dreißigern. Sie lehnte sich zufrieden zurück und schloss ihre kleinen, braunen Augen für ein wohlverdientes Schläfchen, das sie gern im Ohrensessel absolvierte, bevor sie zu Bett ging.

»Und was machen wir jetzt?«, flüsterte Paul, als er sicher sein konnte, dass sie eingeschlafen war.

1. Kapitel

Natürlich war es mitten in der Nacht auf dem Friedhof friedlich und still, nur die Schritte der beiden Bestatter knirschten auf den sandigen Wegen. Peter ging forsch, als hätte er ein Ziel, Paul marschierte neben ihm in seinem typisch abgehackten Gang, als wollte er jeden Moment der Länge nach hinfallen. Als ein Kauz in der Ferne schrie, zuckte er zusammen und stolperte. Plötzlich blieb Peter stehen, legte den Finger auf den Mund und horchte in die Dunkelheit hinein.

»Hörst du das?«

Tatsächlich. Ein winziges Wimmern schien von ganz in der Nähe zu kommen. Paul erstarrte. Hinter ihm erhob sich ein frischer Grabhügel mit Kränzen und letzten Grüßen. Ein süßer Duft nach Erde und Mimosen erreichte ihn mit der nächsten Bö.

»Hermine Kall«, entzifferte er auf dem hölzernen Kreuz, »die hat Zingsheim erst heute Morgen beerdigt.«

»Und wenn sie noch lebt?«

»O Gott, das wäre furchtbar.«

»Wir müssen nachsehen. Schnell.«

Alles, was sie dazu brauchten stand im Schuppen neben dem Haupteingang; Spaten, Harke und Schubkarre. Auch der Sargwagen und die Seilwinde mit Hebevorrichtung der Bestatter war dort untergebracht. Aus unerfindlichen Gründen bestand Peter darauf, zwei großen Säcke Graberde oben aufzupacken, als hätten sie nicht genug zu schleppen. Als er sich bückte, klaffte seine Jacke auseinander und ein blütenweißes Einweglaken blitzte hervor. Aber sie waren in Eile, es galt Leben zu retten und so stellte Paul keine Fragen.

Atemlos kamen sie zu Hermine Kall zurück, Peter warf die Kränze beiseite und ließ seinen Bruder graben. Paul stand schließlich auf dem Sarg, bückte sich ächzend, hielt ein Ohr an den Deckel und schüttelte den Kopf: »Ich hör nichts mehr.«

»Hol sie trotzdem hoch.«

Er setzte die Klammern an der Unterseite des Sarges an, kletterte heraus, holte per Seilwinde den Sarg herauf und mit vereinten Kräften schoben sie ihn auf den Sargwagen.

»Was für ein Sarg!«

Er passte wahrhaft zu Hermine Kall, die eine der reichsten Witwen in Oberprüm gewesen war, die Metzgersfrau. Sie war von ihrem silbergrauen Mercedes von einem Tag auf den anderen umgestiegen in diesen – abgesehen von einigen Erdklumpen – glänzenden Sarg aus echtem, massivem und poliertem Mahagoni-Holz. Griffe und Kreuz waren aus purem Messing. Der Schliff Handarbeit. Ein Unikat. Ein Prachtstück.

»Getränkt mit dem Blut unschuldiger Tiere!«, klagte Paul an und begann ein Ave Maria zu deklamieren.

Währenddessen strich Peter versonnen über das Holz und sagte: »Es ist eine Schande, dass dieser sau-teure Sarg da unten vergammeln wird.«

»Nachdem Tausende von Tieren dafür ihr Leben lassen mussten«, unterbrach Paul sein Gebet.

»Praktisch umsonst, für zwei Stunden im Tageslicht und dann ab in die Dunkelheit, für immer und ewig. Welch eine furchtbare Verschwendung!«

Mühsam öffnete Peter den Sargdeckel und es offenbarte sich, was die beiden geahnt hatten: Zingsheim hatte schludrig gearbeitet.

Hermine Kall sah schrecklich aus, nicht etwa weil sie über neunzig und übersät von schwarzen Totenflecken war.

Zingsheim hatte vergessen ihr die Augen zu schließen, die Kinnbinde war viel zu lose, die Hände lagen nicht gefaltet über der Brust und das Leichenhemd war obendrein hochgerutscht bis über die mageren Knie.

»Typisch Zingsheim«, schimpfte Paul, »oben hui und unten pfui.« Mitleid überkam ihn, und er begann ganz automatisch Hermine Kall herzurichten, als sein Bruder seinen Arm festhielt und sagte: »Warte.«

Peter beugte sich über die Tote, zog ihre spindeldürren Arme aus dem Leichenhemd und band die Schleife auf dem Rücken auf.

»Was machst du?«

»Psst. Willst du die ganze Stadt wecken?«

Das wären nicht viele Leute gewesen, denn der Stadtteil Oberprüm war mit hunderteinundzwanzig Einwohnern der zweitkleinste vor Steinmehlen. Und der Friedhof lag dazu noch außerhalb am Ende einer Sackgasse. Er war auch für die Stadt Prüm und die nördlich gelegenen Orte der Verbandsgemeinde zuständig.

»Psst. Weißt du, was dieses Leichenhemd kostet?«

»Natürlich weiß ich das. Neunundvierzig neunzig.«

»Richtig.« Peter stopfte das Hemd in die Hosentasche und fragte weiter: »Und die Sargmatratze mit Kissen?«

»Neunundsiebzig neunzig.«

»Richtig. Und dieser Sarg hier kostet?«

»Dreitausend?«

»Richtig.«

Fassungslos musste Paul mit ansehen, wie sein Bruder die nackte Tote vorsichtig aus dem Sarg hob, während er ihr seine starken, lebendigen Arme um Oberkörper und Beine legte, sie auf die aufgeworfene Erde bettete, das Einweglaken aus der Jackentasche zog und sie nahezu liebevoll darin einwickelte, nur um sie dann einfach hinabzurollen.

Mit einem dumpfen Knall kam Hermine Kall am Ende des Grabes auf.

Paul starrte ihr besorgt nach in die Tiefe und sagte: »Hoffentlich hat sie sich jetzt nichts getan.«

»Sie ist tot.«

»Erst Zingsheim und jetzt wir.« Höchst verloren sah Paul vom leeren Sarg über die aufgestapelten Kränze hinauf zum knochenweißen Mond und wieder zurück und fragte schließlich mit bebender Stimme über den Grabhügel: »Was hast du nur vor?«

»Wir werden diesen wunderbaren Sarg ein zweites und drittes Mal verwenden.«

Da wurde ihm schlagartig klar, dass Hermine Kall kein einziges Mal gewimmert hatte. Peter hatte von Anfang an nichts anderes gewollt als diesen Sarg, um ... warum eigentlich?

»Warum?«

»Oh Mann, weil wir diesen impotenten Mörder vernichten müssen, natürlich.«

»Das ist eine Sünde.«

Peter war auf diesen Satz vorbereitet. Wenn man Paul eine Sache verkaufen wollte, musste man bibelfest sein.

»Nein«, antwortete er, wischte sich mit dem Leichenhemd den Schweiß von der Stirn und winkte ab. »Denn damals waren Särge auch nur Transportmittel. Du erinnerst dich an Jesus? Selbst den haben sie nur in einem Laken beerdigt.«

Paul dachte nach und sagte nach einer Weile: »Muslime dürfen heute noch nicht mit Sarg beerdigt werden. Kam neulich im Fernsehen.«

»Siehst du.«

»Aber Hermine Kall war erzkatholisch.«

»Ja?«

»Natürlich. Wie alle hier.«

»Ihr Pech.«

»Dann sollten wir sie wenigstens nach Mekka gucken lassen.«

»Von mir aus. Wo haben wir denn hier Mekka?«

Die beiden sahen sich um. Am Himmel war nur der Mond und eine Handvoll Sterne.

»Da drüben geht die Sonne immer auf«, entschied Paul und zeigte auf ihr Elternhaus. Hinter dem Wohnzimmerfenster flackerte das blaue Licht des Fernsehers. Mutter, durchjagte es ihn, wenn Elsbeth sie sehen würde! Ihre einzigen Söhne!

»Ich mach's schon.« Er kletterte noch einmal hinab, drehte Hermine Kall vorsichtig mit dem Kopf in Richtung Mekka und murmelte eine Entschuldigung dabei.

»Beeil dich. Wir müssen von hier verschwinden. Wir können es ja nächstes Mal etwas sanfter machen.«

»Nächstes Mal?« Entsetzt schlug Paul sich mit den dreckigen Händen vor den Mund, verteilte die Graberde anschließend in seinem Gesicht und sah halb blind aus seinem Erdloch empor wie ein Maulwurf.

Peter reichte ihm die Hand und zog ihn hinauf, entleerte dann die beiden Säcke Graberde über Hermine Kall, um die fehlende Masse des Sarges auszugleichen, schaufelte das Grab wieder zu und trat die Erde platt. Seelenruhig legte er alle Kränze wieder oben auf und drapierte die Schleifen neu. Zum Schluss harkte er sogar den Weg und beseitigte alle Spuren ihrer Tat.

Zurück auf der Friedhofstraße schoben die Brüder Schlangensief den Sarg in ihren Leichenwagen und rollten mit Abblendlicht und niedrig laufendem Motor – fast lautlos und unsichtbar – vorbei an der schlafenden Elsbeth und erreichten die ersten Häuser von Oberprüm. Sie ließen die Villa des Dachdeckers Heinz Wilden links liegen und bogen wenig später am Marktplatz in die Poststraße ein.

Der Stadtteil Oberprüm lag knapp zwei Kilometer nördlich von Prüm – zwischen Tafel und Walcherath – auf einer Anhöhe in Hanglage und bestand fast nur aus Sackgassen. Eigentlich war der Ort selbst eine einzige Sackgasse. Es gab nur einen Weg hinein und hinaus; die Bergstraße. Gewendet werden musste am Marktplatz, den man umfahren konnte. Von dort gingen vier Sackgassen in alle Himmelsrichtungen. Hier befand sich auch die komplette Infrastruktur: Bushaltestelle, Metzger, Bäcker, der Allgemeinmediziner Dr. Michels, ein Kaufladen, wo man sowohl lose Bonbons als auch lose Schrauben erstehen konnte, ein Friseur, die Krater-Apotheke und die einzige Kneipe, der *Kraterhof*, vor dem im Sommer bei schönem Wetter Stühle auf dem Marktplatz standen. Alles weitsichtig angelegt und zugeschnitten für die Zukunft, in der Hoffnung, der Stadtteil Oberprüm werde wachsen und gedeihen.

Bei den vier Sackgassen handelte es sich um die Friedhofstraße, von der die Schlangensiefs gerade kamen, die Poststraße, auf der sich ihr Bestattungshaus befand, die Turmstraße sowie die Talstraße.

Oberprüm war ein glücklicher Ort. Er wurde im Jahre 1949, als am Prümer Kalvarienberg der Militärbunker in die Luft flog, fast völlig verschont. Lediglich ein leichtes Beben der Erde war damals zu verspüren gewesen, dem allerdings einige Häuser nicht hatten Stand halten können. Aber es hatte immerhin keine Toten gegeben. Für eine Katastrophe wie diese war Oberprüms erhöhte und – vom Krater aus gesehen – rückwärtige Lage ein Glücksfall. Die Stadt Prüm dagegen, im Tal und obendrein zu Füßen des Kalvarienberges, hatte es voll erwischt.

Die Einwohner Oberprüms kamen im Allgemeinen gut miteinander aus, bis auf wenige Ausnahmen. In Oberprüm war die Welt noch in Ordnung, auf jeden Fall war sie es bis zu dieser Nacht.

In der Poststraße stieg Paul aus und öffnete das Tor zum Hof, wobei ein ohrenbetäubendes Quietschen einsetzte. Peter fuhr den Wagen auf den Hof und Paul schloss das Tor. Sie warteten ein paar Minuten, ehe sie den leeren Sarg aus dem Leichenwagen hoben und ins Geschäft trugen. Bei grellem Neonlicht gingen Paul und Peter ihrer Arbeit nach, schüttelten das Kissen auf und weichten das Leichenhemd in einer Seifenlauge ein, befreiten den Sarg sorgsam von Erdklumpen und Grashalmen und klaubten Schnecken und Würmer ab. Sie schrubbten und wuschen und polierten und schoben ihn in den Ausstellungsraum auf ein Podest. Er sah aus wie neu. Erschöpft streckte Peter sich danach auf der schwarzen Ledercouch aus.

»Und was machen wir jetzt?«, fragte Paul.

»Das Leichenhemd kann gleich auf die Leine.«

Paul schob sich vom Sessel und schleppte sich ins Hinterzimmer. Während er das Leichenhemd wusch und wrang, ausschüttelte und schließlich mit Wäscheklammern an der Leine im Badezimmer befestigte, dachte er an die Ungerechtigkeit der Welt.

»Und was machen wir jetzt?« Er setzte sich neben Peter auf den Sessel und beobachtete ihn. Sein stummer Blick konnte Schlafende wecken, er musste nur lange genug sein Opfer anstarren, wie eine Schlange. Endlich öffnete Peter die Augen, verzog das Gesicht und brummte: »Warten.«

»Worauf denn?«

»Ob einer drauf kommt.«

Paul trommelte mit seinen Fingern auf den kleinen Rauchglastisch, auf dem die Prospekte für die Kunden lagen, als sein Blick wieder auf den Mahagoni-Sarg fiel.

»Wer soll ihn eigentlich bekommen?«, fragte er dann eher sich selbst als seinen schlafenden Bruder. »Eigentlich jemand, der ihn sich niemals im Leben hätte leisten können.

Ein Armer ... und ein Vegetarier dazu.« Wenn man etwas Schlechtes tut, dann sollte es wenigstens für einen guten Zweck sein.

Bis zum Sechswochen-Amt für Hermine Kall wechselten sich die Brüder auf dem Speicher ab. Tagsüber überwachte Paul von dort das Grab, Peter nachts. Die kurze Phase der Übergabe verbrachten sie mit dem Abendessen und einem Blick in die Blues Brothers.

Es war nicht einfach, Mutter Elsbeth die Situation zu erklären, ohne die Wahrheit zu sagen und ohne zu lügen. Als Paul sagte, er wolle auf dem Dachboden in sich gehen, log er nicht.

»Warum, Paul?«, fragte Elsbeth.

»Er hat kein Recht, so dick zu sein«, half Peter aus und fuchtelte hinter Elsbeth herum. Paul war nur unwesentlich dicker als sein Bruder. »Weil es so viele hungernde Kinder auf der Welt gibt.

»Ja«, haspelte Paul, »all die Kinder ...«

Elsbeth schüttelte den Kopf und schimpfte: »Ihr macht mich noch wahnsinnig.« Dann knallte sie die Tür hinter sich zu, dass der Dachboden bebte, und stampfte die schmale Holztreppe hinunter. Peter winkte seinem Bruder schadenfroh zu und folgte ihr.

»Vergesst mich nicht!« Pauls zaghafte Stimme wurde leiser. Sein Magen knurrte bei dem Gedanken an eine Fastenzeit und er war nicht gern allein.

Das Halbdunkel des Speichers schien Geheimnisse zu bewahren. Das schmale Dachfenster warf ein Bündel Licht – voller Staubflusen und Insekten – auf die Holzdielen. Und obwohl er oft genug hier oben mit seinem Bruder von Kindesbeinen an gewesen war, kamen ihm die Gegenstände fremd vor, als stünden sie an einem anderen Platz und hätten eine andere Form angenommen und als gäbe es hier oben jemanden, der sie verrückte und veränderte.

Er hasste es benutzt zu werden, Mutters Vollstrecker zu sein und Peters gefährliche Pläne auszuführen. Es bestand doch die Gefahr, dass Mutter sich nach Zingsheims Untergang andere Opfer suchen, und dass Peter, einmal auf den Geschmack des Geldes gekommen, sich vermutlich bis ans Ende ihrer Tage der wiederholten Grabschändung schuldig machen würde. Eine Zeit der Lügen und Intrigen stand bevor, statt eines friedlichen Lebens auf dem Friedhof.

Und er? Er stellte sich ans Fenster, die Hände auf der Brüstung, den Kopf gegen die aufgestellte Scheibe gepresst und sah hinaus und schon breitete seine Angst die Flügel aus und huschte davon, erhob sich über die Häuserdächer von Oberprüm hinweg, zu den Hügeln des Prümtals hinauf bis zum Horizont und darüber hinaus und sein Herz wurde leichter.

Er sammelte Kräfte. Wenn es soweit war, musste er stark genug sein, nein zu sagen.

2. Kapitel

Zur gleichen Zeit, aber Hunderte von Kilometern entfernt, kaufte eine Frau in einem Kiosk die ZEIT. Bis auf die Rubrik »Kennenlernen« warf sie alles ungelesen in den nächstliegenden Papierkorb und ließ sich mit einem Taxi nach Hause fahren. Sie hängte ihre helle Jacke an die Garderobe und ging die Treppen hinauf. Mehrere Türen führten von der großzügig geschnittenen Diele ab. Hinter einer dämmerte Harald seinem Ende entgegen. Hinter einer anderen lag ihr Zimmer, mit großem Balkon und Blick auf den blühenden Garten. Immer dann, wenn der Garten fertig war, musste sie weiterziehen.

Sie schloss sich in ihrem Zimmer ein, zog die Vorhänge zu und breitete die Zeitungsseiten auf dem Fußboden aus.

Nach kurzer, eingehender Prüfung musste sie mit Bedauern feststellen, dass an diesem Wochenende auf dem freien Markt nur zwei Kandidaten in Betracht kamen, die ihren Vorstellungen entsprachen. Was sie erwartete, ließ sich schlecht in Worte fassen. Aber sie würde sofort wissen, wer zu ihr passte und wer nicht.

Sie setzte sich an den Sekretär und antwortete auf Büttenpapier mit kleiner, eleganter Schrift. Sie verfasste ein paar nichts sagende Sätze und unterschrieb mit Sybille P. Dann legte sie noch ein Foto bei, das sie an einer unbestimmten Uferpromenade zeigte. Sie trug darauf ein hellgraues Seidenkostüm und trotz schäumender Gischt auf den Wellen, krümmte sich keines ihrer dunkelblonden, langen Haare. Die Kostümjacke stand offen, darunter konnte man ein weißes Top erkennen und die Spur eines Busens. Um den sonnengebräunten Hals trug sie eine Perlenkette, am Ohr den passenden Ring. Eine Hand lag auf der Reling, sodass der rote Nagellack in der Sonne blitzte, ein Bein war etwas vorgestellt. Sie trug hohe Schuhe ohne Strümpfe, ihre Beine waren tadellos ... und nackt.

Sie hatte an jedes Detail gedacht, besonders den richtigen Lichteinfall, der ihre Haut glatt und zart aussehen ließ und um Jahre jünger, als sie wirklich war. Man sah ihr nicht an, was sie hinter sich hatte. Auch nicht in Realität.

Sie adressierte den Brief an die ZEIT und eine fünfstellige Chiffre-Nummer. Als Absender gab sie das Postfach 2145 in Köln an und klebte die Umschläge zu. Bei einem Spaziergang warf sie die beiden Briefe noch am gleichen Abend ein.

Am folgenden Donnerstag kamen vier weitere Kandidaten hinzu, eine große Ausbeute.

Am 22. April stieg sie in Köln im Hotel *Goldener Hof* am Sudermannplatz ab. Dort bewohnte sie seit einigen Jahren die Nummer 42.

Nachdem ihr Elternhaus unter den Hammer gekommen war, war sie mit ihrer Mutter zunächst in ein kleines, billiges Hotel am nördlichen Stadtrand gezogen. Damals hatte sie sie noch ohne Bedenken über längere Zeiträume allein lassen können. Aber ihr Gesundheitszustand verschlechterte sich und sie musste sie bald in einem Altenheim unterbringen, den städtischen Riehler Heimstätten im Norden Kölns, denn ein privates Altenheim konnten sie sich damals noch nicht leisten.

Als das Geld zu fließen begann, wollte Mutter dort nicht mehr weg. Sie hatte sich inzwischen eingewöhnt und scheute jede Veränderung.

Sie besuchte ihre Mutter nur ungern. Die Atmosphäre eines Altenheims bedrückte sie. Und das Verhältnis war nicht das innigste. Im Gegensatz zu ihrer Mutter gönnte sie sich jedoch eine bessere Unterkunft. Der *Goldene Hof* war nun ihre Anlaufstelle, wenn sie in Köln war, und die Nummer 42 eine elegante Suite. Hier deponierte sie das Wenige, das sie besaß, und die beiden Lederkoffer, die sie auf allen Reisen begleiteten. Es lag günstig, nicht weit vom Bahnhof und der Postfiliale, wo sie ihr Postfach unterhielt, und nicht weit von den Riehler Heimstätten.

Und es war gut gesichert. Die Fenster hatten abschließbare Griffe, die Tür konnte mehrfach verriegelt werden, und es gab einen Notrufknopf im Bad und neben dem Bett, der mit der Rezeption verbunden war.

Nachts saß Charly dort. Ein Mann, der Sicherheit versprach. Ein Muskelpaket. Einmal hatte sie den Notrufknopf geprüft, ohne sich in einem Notfall befunden zu haben. Es hatte keine fünf Sekunden gedauert, ehe er ihre Türe mit einem Nachschlüssel öffnete. Er hatte ihr verziehen und war geblieben. Er bewachte den Haupteingang, wenn er nicht bei ihr lag.

Das gute Gefühl, wirklich sicher zu sein.

Sie ließ ihre Koffer im Hotel zurück und sah nach ihrem Postfach. Der erste Brief war eingetroffen. Sie steckte ihn ungeöffnet in ihre Handtasche und ging über den Ebertplatz in den länglichen Park am Theodor-Heuss-Ring, der bis zum Rhein hinunterführte.

Als das Mädchen direkt vor ihr mit seinen Skates stürzte, war sie sofort zur Stelle. Die Haut über seinem knochigen Knie war aufgeschürft, Blut lief am Schienbein entlang auf die hohen Sportschuhe. Erst als die Kleine das Blut sah, begann sie zu weinen.

»Wie heißt du?«

»Sarah.« Sie mochte sechs Jahre alt sein.

»Wo wohnst du?«

»Da drüben. Und du?«

Sie zog eine Bonbontüte aus ihrer Handtasche. »Magst du eins? Ich wohne ganz in der Nähe. In einem Hotel. Dort kann ich dir den Dreck auswaschen und ein Pflaster auf die Wunde kleben.«

Sarah wickelte ein Bonbon aus und steckte es in den Mund. Ihre Hände waren ganz schwarz vor Dreck und auf einer Innenfläche blutete sie.

»Nein. Ich muss nach Hause«, sagte sie, stellte sich wieder auf ihre Skates und rollte davon. Enttäuscht sah sie dem Mädchen nach.

Den anschließenden Besuch bei ihrer Mutter hielt sie so kurz wie möglich. Nicht zum ersten Mal kam ihr der Gedanke, dass sie erzählen konnte, was sie wollte, dass ihre Mutter es nicht einmal bemerken würde, wenn sie alles nur erfinden würde. Aber dazu gehörte mehr.

Aus dem kleinen Vorrat an Spielsachen, der sich in einem ihrer Lederkoffer befand, zog sie am Abend ein Kartenspiel hervor und legte eine erste Patience. Und wie immer konnte sie nicht aufhören.

Neues Spiel, neues Glück.

In der Nacht klopfte es leise an ihre Türe, im verabredeten Rhythmus. Charly schob die Tür auf und schlich zu ihr. Sie hatten sich lange nicht gesehen. Er wusste, dass er keine Fragen stellen durfte, und er hielt sich daran. Sie liebten sich schweigend und er ging, wie er gekommen war.

Die sechs restlichen Antworten trudelten nach und nach ein. Am 29. April öffnete sie die Briefe. Die beigelegten Fotos heftete sie an den linken Papierrand, damit keine Verwechslungen eintreten konnten, wobei ihr auffiel, dass es ein Kandidat vorgezogen hatte, sein Äußeres geheim zuhalten. Das war nicht weiter schlimm, denn auf das Äußere kam es nicht an, aber sie fühlte sofort, um welche Art Papier es sich handelte. Es war dünn und billig, was er ihr auch erzählen würde, reich war er nicht.

Ein weiterer Bewerber fiel durch das Raster, da er sich leichtsinnigerweise statt eines Füllfederhaltes eines Kugelschreibers bedient hatte, der im Laufe des Briefes seinen Geist aufgab und mit Gewalt gezwungen wurde, die letzten Worte ins Papier zu drücken. Er entsprach nicht den minimalsten Anforderungen.

Die verbliebenen vier Briefe legte sie nebeneinander und wählte nach einem undefinierbaren Prinzip den Ersten.

Er kam aus Berlin und verströmte einen leicht muffigen Essensgeruch. Ein gewisser Jakob Denger schrieb mit unsicherer Schrift von seiner großen Einsamkeit nach dem Tode seiner Frau. Er war fünfundsechzig Jahre alt und ein pensionierter Oberregierungsrat (obwohl er in seiner Anzeige von einer gehobenen Stellung gesprochen hatte). Der Rest seines dreiseitigen Schreibens entpuppte sich als Flop, da er zwei Töchter und ein Enkelkind hatte, von denen er schwärmte. Sie wohnten alle zusammen in einer Villa am Wannsee mit eigenem Seezugang und kleiner Yacht. Was zu seinem Glück fehlte, war eine aufopfernde Gattin, die es, wie er schrieb »gut bei ihm haben würde« und eine Oma für sein Enkelkind. Sie sah sich dem nicht gewachsen.

Ein gewisser Leonhard Berg aus der Nähe von Dortmund war indiskutabel, da sein Brief von Rechtschreibfehlern wimmelte. Er war Zeit seines Lebens LKW-Fahrer gewesen, hatte nun über eine Million Euro im Lotto gewonnen, die er mit einer erotischen Frau verprassen wollte.

Der dritte Brief stammte aus Frankfurt von einem Professor für Musik, Karl-Gustav von Osinsky. Der, nun emeritiert, feststellte, wie sehr ihm die Frau an seiner Seite fehlte. Im letzten Satz erwähnte er die Tatsache, dass er nun auf eine nicht unvermögende Frau hoffe, da er selbst aufgrund verschiedener Entwicklungen verarmt sei.

Nieten!

Verärgert zerriss sie alle Briefe, auch den letzten – ungelesen – und ließ sich aufs Bett fallen.

In der Nacht schreckte sie auf und machte Licht. Eher aus Langeweile als Interesse durchsuchte sie die Papierfetzen zerstreut nach dem letzten, ungelesenen Brief. Die Worte vermischten sich und die Fotos waren ruiniert, aber nach einer knappen Stunde hatte sie in mühsamer Kleinarbeit den Bewerber zusammengesetzt, der wider Erwarten allen Kriterien zu entsprechen schien: Es handelte sich um einen gewissen Heinz Wilden, Inhaber einer Dachdeckerei aus der Nähe von Prüm. Hoffentlich hatte Prüm wenigstens einen Bahnhof.

3. Kapitel

Einen Bahnhof hatte Prüm schon seit vielen Jahren nicht mehr – geblieben war nur die Gaststätte Zum Bahnsteig.

Nur selten fuhren heute noch Güterzüge an Prüm vorbei, so selten, dass Unfälle nicht ausgeschlossen waren, weil niemand mehr damit rechnete. 1883 war Prüm an den Schienenverkehr angebunden worden, genau hundert Jahre danach hatte sich die Bahn entschlossen, die Stadt nicht mehr zu bedienen, da angeblich kein Bedarf bestand – ohne sich jedoch überwinden zu können, das Grundstück freizugeben. Das brachliegende Bahnhofsgelände war nicht gerade eine touristische Attraktion für den, der die Stadt von Niederprüm aus besuchen wollte. Sondern vielmehr ein Ärgernis.

Für den jungen Anwalt Ben Salem aber hatte die Stadt einen entscheidenden Vorteil: die Tatsache, dass für Prüm das Landgericht Trier zuständig war. Und dort saß zu dieser Zeit Staatsanwalt Jakob Stettheim, ein ehemaliger Kommilitone. Einen besseren Neuanfang hätte es für ihn nicht geben können.

Erst vor einem Jahr war Ben Salem mit seiner Frau Sophie nach Prüm auf den Primelweg am nordwestlichen Stadtrand gezogen und hatte sich in seiner Einliegerwohnung ein Büro eingerichtet. Kanzlei wäre zuviel gesagt.

Der Vorbesitzer hatte sich scheiden lassen wollen und aus finanziellen Gründen das Haus aufgeben müssen. Sophie hatte Bedenken gehabt. Ein Fluch läge über diesem Haus. Sie wollte nicht weg aus Altenahr. Sie war Krankenschwester und hing an ihrem Krankenhaus.

Aber das Haus war unglaublich günstig, im Preis und in der Lage. Ben übernahm kurzerhand die Scheidung des Vorbesitzers, und man hatte einen wunderbaren Blick ins

Prümtal und wohnte keine zehn Minuten vom Kalvarienberg entfernt.

Er hatte zuvor in Altenahr in der Gemeinschaftskanzlei Schneider, Lax und Salem, Schwerpunkt Familienrecht und Arbeitsrecht, gearbeitet. Salem stand für seinen Vater, Johannes, der den Sohn unter seine Fittiche genommen hatte, um ihm den Einstieg ins Berufsleben zu erleichtern. Johannes Salem wäre auch bereit gewesen, irgendwann den Posten dem Sohn zu überlassen, wenn Ben etwas kooperativer gewesen wäre.

Äußerlich sympathisch unauffällig, war er für einen Anwalt zu blauäugig und naiv. Aber er war noch jung, gerade dreißig, konnte also dazulernen. Großes soziales Engagement für die Randgruppen der Gesellschaft zeichnete ihn aus, aber auch starke Sympathien und Antipathien »auf den ersten Blick« und eine gute Portion Selbstüberschätzung. Er hatte in der Vergangenheit öfter spontan aufs falsche Pferd gesetzt. Verlorene Prozesse dienen nicht der Reputation einer Kanzlei. Mit dem Landgericht Koblenz, in dessen Zuständigkeitsbereich Altenahr fällt, stand er bereits nach kurzer Zeit auf Kriegsfuß.

Zeitgleich bemerkte Sophie, dass sie schwanger war. Es war also abzusehen, dass die Drei-Zimmerwohnung mit Balkon in Altenahr nicht mehr lange ausreichend Platz bieten würde.

Die Zeit war reif für einen Wechsel.

Die beiden Kollegen – ältere, souveräne Anwälte – waren erleichtert, als sie von Bens Plänen hörten, sich in einer anderen Stadt selbstständig zu machen, und versicherten ihm, ihre Zuneigung sei ihm weiterhin gewiss, sie seien jederzeit mit Rat und Tat zur Stelle. Auch die väterliche Fürsorge sollte mit dem Stellungswechsel nicht enden.

Ben hatte nicht vor, darauf zurückzukommen. Er war froh, bald schalten und walten zu können, wie er wollte. Allenfalls dem Rat seiner Frau Sophie würde er in Zukunft eventuell noch Gehör schenken. Was nicht heißen sollte, dass er ihn befolgen würde.

Das Kind, das sie erwarteten, brauchte einen Sandkasten, Bachlauf und Hängematte, ein Baumhaus und einen Schuppen zum Basteln. All das wollte Ben bauen. Vor allem sollte es seinen Vater nicht nur vom Hörensagen kennen. Ben freute sich darauf, den Nachwuchs durchs Fenster im Garten spielen zu sehen, jederzeit hinausgehen zu können und in Rufweite zu sein. Durch einen kleinen Flur von Sophie getrennt, konnte sie ihm zur Hand gehen und die Sekretärin spielen. Sofern sie sich nicht zu sehr einmischte, denn dazu neigte sie. Ebenso dazu, sein gutes Gewissen zu sein und ihn zur Räson zu rufen.

Sie hatten eine klare Vereinbarung getroffen: Er war der Anwalt, Sophie die Mutter.

Als der kleine Lukas im November vergangenen Jahres auf die Welt kam, änderte sich das Leben der Salems von einem auf den anderen Tag grundlegend. Sophie bekam zu wenig Schlaf und wurde nervös. Ben war keine große Hilfe, er schob die Akquisition vor, machte sich gegen Abend auf den Weg und kam meist erst spät in der Nacht zurück, verschlief den Vormittag, ob Lukas schrie oder nicht, und bereitete dann die nächste Tour vor.

Nachdem er zunächst in der Nachbarschaft auf sich aufmerksam gemacht hatte, suchte er nicht nur im Uhrzeigersinn die fünf Prümer Stadtteile Niederprüm, Steinmehlen, Oberprüm, Dausfeld und Weinsheim auf, sondern auch alle dreiundvierzig Orte der Verbandsgemeinde. Erste Anlaufstelle war die Kneipe. In einigen Orten, die nicht über eine solche verfügten, sprach er die Einwohner auf der Straße an und fragte nach dem Weg, erwähnte beiläufig seinen Beruf und hinterließ seine Visitenkarte. Klinkenputzen nannte er das. Er war sich nicht zu schade dafür und machte sich nach einer Begegnung in seinem Auto sofort Notizen.

Währenddessen lernte Sophie etwas hilflos den Alltag mit einem Baby kennen.

Erst im Alter von vier Monaten schlief Lukas durch und die Lage entspannte sich etwas. Außerdem wurde es Frühling, die ersten anwaltlichen Anfragen aus der Stadt und der Verbandsgemeinde trafen ein und Sophie ging mit Lukas jeden Tag spazieren. In der Nachbarschaft gab es andere junge Familien. Das war unschwer an den Autos vor den Garagen zu erkennen, auf denen Abziehbilder klebten, an den Plastiktraktoren und Dreirädern vor den Haustüren, am Gelächter, das durch die Küchenfenster drang.

Direkt hinter dem Primelweg lag ein großer Spielplatz und ein Wanderweg führte von dort zum Krater. Nichts für den Kinderwagen, aber Sophie trug Lukas gern in einem Tragetuch auf der Brust.

Der zunächst geteerte Weg führte sie leicht bergauf an der neu erbauten, weißen Marienkappelle und einzelnen Kreuzwegstationen vorbei und mündete dann in einen Waldweg. Schon von weitem war das dunkelgraue, steinerne Friedenskreuz auf dem Gipfel zu erkennen. Nach ein paar Schritten stand sie am Abgrund. Eine steile Treppe, nur gesichert durch ein Holzgeländer, führte hinunter, sodass man auch auf halber Höhe im Krater eine Runde drehen konnte. Wenn sie aber dem Waldweg rechts folgte, sah sie das Sankt Josef Krankenhaus durch die Bäume schimmern. Hier wollte Sophie später wieder Arbeit finden, sobald Lukas im Kindergarten war.

Auf einer Bank unter dem Friedenskreuz machte sie die erste Pause, nahm Lukas aus dem Tragetuch und ließ ihn einen Blick ins Prümtal werfen. Aber Lukas öffnete nicht die

Augen und das Prümtal war zugewachsen. Sophie lehnte sich zurück, sog die klare Luft ein und versuchte, sich in das Jahr 1949 zu versetzen.

Historische Stille liegt über dem Abgrund, als mit unvorstellbarer Kraft – gleich einem Vulkanausbruch – Tonnen von Munition explodieren, Erdmassen und Gesteinsbrocken herausgeschleudert werden und hinunter auf die Stadt prasseln. Der Himmel verdunkelt sich, die Luft riecht nach verbrannter Erde. Nichts ist danach mehr wie es war.

Die riesige Aushöhlung war geblieben, groß wie ein Tal, in dem neues Leben entstand. Vor allem Birken hatten dort neuen Halt gefunden.

Lukas wurde unruhig und Sophie setzte ihren Rundgang fort. Ein Gedenkstein erinnerte an jenen »Schwarzen Freitag« von Prüm. Der Franz-Meyer-Weg hinter ihr führte einerseits zu einem Reiterhof, in die andere Richtung weiter nach Tafel, Oberprüm und Walcherath ... Ben hatte die Orte aufgezählt.

Ben. Er ließ sie im Stich. Natürlich war es heutzutage nicht einfach, sich selbstständig zu machen – auch nicht für einen Anwalt. Aber ein bisschen mehr Familiensinn hätte sie von ihm erwartet.

Über schmale Treppen nahe dem Abhang kehrte sie zurück zu ihrem Ausgangspunkt. Vom Primelweg aus sah sie, dass er in seinem Büro saß und telefonierte. Er winkte ihnen zu, beendete sein Gespräch, kam ihr entgegen gelaufen und übernahm Lukas.

»Hast du einen neuen Kunden?«, fragte Sophie, als sie sich die Schuhe auszog.

»Mandanten.« Er nickte und strahlte. »Ich füttere Lukas.«

Zumindest gab er sich Mühe.

An anderen Tagen ging sie mit Lukas im Kinderwagen über die Kalvarienbergstraße hinunter ins Tal und genoss den Ausblick auf Prüm.

Sie passierte eine alte Kreuzwegstation, den HIT-Markt, die Bertrada-Grundschule, später die Gärtnerei Roland Münz, das ehemalige Konvikt, in dem sich jetzt soziale und kirchliche Dienste befanden und an der Straßenkreuzung ein Kriegerdenkmal. Einige Treppenstufen am Übergang zur Stiftsgasse ließen sie umkehren und sie gelangte über die steile Hillstraße, wo die Bürgersteige immer schmaler wurden, bis auf den Johannismarkt.

Schon vor ihrem Umzug hatte sie die Stadt einer Prüfung unterzogen. Es war alles da: Kinderärzte, Spielplätze, Parks, Sportvereine, Kindergarten, Grundschule und Gymnasium ... Lukas musste die Stadt erst verlassen, wenn er studieren wollte.

Nach ein paar Besorgungen machte sie sich wieder auf den Heimweg. Prüm schien eine gute Wahl gewesen zu sein, alles sehr gemütlich und gerade ländlich genug, um doch noch ein Stück weit städtisch sein zu können. So wollte sie es haben.

Aber das war in Altenahr auch der Fall gewesen. Sie vermisste ihre Nachbarn und Kollegen aus dem Krankenhaus. Und ihre Freunde. Sie wollten sie besuchen kommen, das hatten sie alle versichert. Doch bislang waren sie alle erst zweimal da gewesen: zur Hauseinweihung und zu Lukas' Taufe.

Auf seiner Rundreise am 14. Mai kam Ben zum Schluss auch nach Oberprüm. Nach kurzer Inspektion stellte er fest, dass der Ort keinen Anwalt beherbergte. Im *Kraterhof* kam er an der Theke mit einem älteren Herrn ins Gespräch, der sich als Heinz Wilden vorstellte und aussah, als könne er sich einen Anwalt leisten.

»Dachdeckermeister.«

»Anwalt«, sagte Ben und klettert neben ihn auf den Barhocker. Sie waren die einzigen Gäste, die Kneipe hatte gerade erst geöffnet. Er bestellte eine Cola. Der Wirt füllte sie mit Eis auf und stellte sie temperamentvoll auf die Theke, sodass ein Teil überschwappte. Sein Nachbar trank Aquavit, abwechselnd mit Bier. Eine gefährliche Mischung für den frühen Abend. Er trug Hemd und Weste und hatte – wie Ben auf den ersten Blick feststellte – ein Problem, noch nicht den Alkohol, dafür sah er zu gepflegt aus.

»Wo haben Sie Ihre Kanzlei?«, fragte Wilden.

»In Prüm.«

»Dann sind Sie geschäftlich hier?«

Ben nickte, während Cola auf seine Hose tropfte. »Aber die Geschäfte sind nicht alles, nicht wahr?«

»Wohl wahr.«

»Zu Hause geht es bei uns gerade drunter und drüber. Wir haben Nachwuchs bekommen.«

»Herzlichen Glückwunsch.

»Danke, aber ich habe mir das alles ganz anders vorgestellt. Meine Frau schläft abends im Stehen ein, und ich ...« Sein Gegenüber konnte man am Besten aus der Reserve holen, wenn man vom eigenen Unglück sprach. »Mir geht der kleine Kerl ganz schön auf die Nerven. Das darf man zwar nicht laut sagen, aber es ist so.«

»Es gibt Schlimmeres. Ich ...«

Es funktionierte auch dieses Mal. »Kann ich etwas für Sie tun?«

»Nein. Es ist was Persönliches.«

»Ist nicht alles irgendwie persönlich?«

»Da muss ich allein durch.«

»Wer sagt das? Ihr Über-Ich?«

Wilden sah ihn verwundert an. »Wer?«

»Wenn wir meinen, etwas tun oder lassen zu müssen, ist es meistens dieses verdammte Über-Ich, das uns den Befehl gibt. Unser innerer Kommandant sozusagen. Warum streiken Sie nicht?«

Zur Tür kam eine hagere Gestalt im schwarzen Anzug herein und schlich an der Theke entlang.

»Wilhelm!«, sagte Wilden und hob kurz die Hand zum Gruß.

»Heinz!« Der neue Gast verschwand hinter der Tür, auf der *Toiletten* stand.

»Unser Bestatter«, erklärte Wilden.

»Nun?« Ben war hartnäckig.

»Ach«, Wilden seufzte zwischen einem Aquavit und einem Bier, »ich hab da was angefangen, das hätte ich besser nicht getan.«

»Doch keine Straftat?«, fragte Ben und hoffte inständig, dass Wilden Ja sagen würde.

»Nein. Gott bewahre. Eine Dummheit nur. Ich habe eine Heiratsanzeige aufgegeben.«

»He! Das find ich echt gut. Ehrlich.« Ben klopfte ihm anerkennend auf die Schulter. »Und mutig obendrein.«

»Wenn das in Oberprüm jemand wüsste, wäre ich das Gespött des Ortes. Sagen Sie bloß niemandem etwas.«

»Niemals. Dafür dürfen Sie um so mehr über mich erzählen.«

»Mach ich.«

»Und, schon einen Haufen Bewerberinnen gefunden?«

»Ja, ein paar waren es schon.«

»Wer wird die Glückliche sein? Haben Sie sich entschieden?«

»Ich, ja. Aber sie lässt mich am ausgestreckten Arm verhungern.«

»Und die anderen?«

»Keine andere.«

Die Kneipentür öffnete sich wieder und eine kleine Gruppe Gäste kehrte ein. Erschöpfte Wanderer, die lange diskutierten, ehe sie den richtigen Tisch gefunden hatten. Keine potentiellen Mandanten, erkannte Ben mit Kennermiene und wandte sich wieder seinem Nachbarn zu. »Sie sind ihr also schon verfallen?«

»Na ja. Ich habe eine Foto von ihr.«

»Zeigen Sie.«

»Ich hab's nicht dabei. Steht bei mir zu Hause. Sybille heißt sie.«

Der Bestatter war noch nicht wieder aus den Toiletten aufgetaucht. Ben legte seine Karte neben das leere Aquavitglas. »Ich muss wieder. Rufen Sie mich an und sagen mir, wie es weitergeht?«

»Wenn Sie das wirklich interessiert ...«

»Aber ja.« Ben zahlte und schob mit dem Euro-Schein seine Karte über die Theke.

Als die Tür des *Kraterhof* hinter ihm zufiel, kamen zwei schwarz gekleidete, junge Männer auf ihn zu, nicht in Jeans oder T-Shirt ihrem Alter entsprechend, sondern in gut geschnittenen, schwarzen Anzügen. Sie hatten schlohweiße Haare, stellte Ben irritiert fest.

»Unsere Idee ist todsicher«, sagte der eine gerade.

»Psst«, machte der andere und sah verlegen zu Boden, als er Ben entdeckte. Er hatte einen seltsam abgehackten Gang.

»Können Sie mir sagen, wie ich von hier nach Prüm komme?« Ben blieb ratlos stehen.

»Da lang.«

»Wo, meinen Sie?«

»Sie müssen über den Marktplatz, dann rechts halten. Da steht auch ein Schild. Noch zwei Kilometer. Wo müssen sie denn hin?«

Automatisch zog Ben seine Karte hervor und hielt sie den beiden unter die Nase.

»Und dann verfahren Sie sich hier?«

Der Trick klappte nicht immer, aber er war einen Versuch wert. »Gehen Sie zu einer Beerdigung?«, fragte Ben zurück.

»Nein. Wieso?«

Ben zeigte auf ihre schwarzen Anzüge.

»Wir sind Bestatter.«

»Aha. Dann gibt es hier in der Kneipe ein Meeting?«

»Ein Meeting?«

»Sie sind nicht die Ersten.«

Im Auto notierte Ben sich die Namen; Hubert – der Wirt; Wilden – der Dachdecker; Wilhelm – der Bestatter; zwei weitere, weißhaarige Bestatter (??).

Er klappte sein Heft zu. Seine Prümtal-Tour war damit beendet und er hatte circa hundert Visitenkarten unters Volk gebracht.

Nun hieß es warten. Auf den nächsten, der zusammen mit seinem Über-Ich eine Straftat beging oder durch widrige Umstände in eine hineingezogen wurde. Inständig hoffte er, dass sich dann beide an ihn erinnern würden.

4. Kapitel

Wilden begrüßte unterdessen im *Kraterhof* die beiden Schlangensiefs und als Zingsheim wieder von der Toiletten zurückkam, saßen alle vier eine Zeitlang schweigend nebeneinander an der Theke aufgereiht wie Vögel auf der Stromleitung. Die Bestatter belauerten sich misstrauisch über Wildens Kopf hinweg, beobachteten sich, als gäben sie sich ein Rätsel auf, während der Dachdecker sich in sich selbst zurückzog und an das Foto dachte, das sich seit dem 2. Mai seinem Kopf eingeprägt hatte wie ein Tattoo.

Er saß jeden Tag davor, am Morgen und am Abend, wenn er Essen zu sich nahm, von dem er nicht mehr wusste, was es war und wonach es schmeckte, und nachts, wenn er nicht schlafen konnte.

Er schätzte sie auf Anfang dreißig. Sie hatte ein spitzes, verschlossenes Gesicht, einen schmalen Mund und eine schmale Nase. Das Lächeln schien sie Kraft gekostet zu haben. Fast hörte er sie erleichtert aufatmen, als das Foto geschossen war.

Eigentlich hatte Wilden keine Zeit für große Gefühle. Er arbeitete viel und hart. Trotz seines hohen Alters war er unermüdlich. Er hatte neun Angestellte in seinem Dachdeckerbetrieb und war selbst für die Auftragsannahme und organisatorische Abwicklung zuständig. Das war Vertrauens- und also Chefsache.

Im Grunde seines Herzens war er immer noch der einfache Arbeiter. Auch wenn seine Knochen ihn nicht mehr aufs Gerüst steigen ließen, wusste er genau, wie ein Arbeiterherz schlug. Er behandelte seine Leute fair und großzügig, fühlte sich für die Sicherung ihrer Arbeitsplätze verantwortlich und zahlte pünktlich das Schlechtwettergeld. In Notfällen arbeitete er auch umsonst. Nach einem Sturm oder wenn ein öffentliches Interesse bestand. Er hatte damals das Dach der evangelischen Kirche repariert und bei den Bestattern Schlangensief auf der Poststraße das Dach neu eingedeckt. Da hatte er sich etwas Besonderes einfallen lassen und ein sechsseitiges Spitzdach kreiert, wie bei einer Kapelle. Er wollte sich gut stellen mit Gott und dem Tod.

Das Dach seines eigenen Hauses war das schönste in Oberprüm. Die Ziegel waren glänzend hellrot und eins a verlegt. Man konnte es von der Friedhofstraße aus sehen, auch wenn das Haus erst im hinteren Teil seines enormen Grundstücks lag. Der doppelte Kamin ragte kupferfarben empor, auf ihm drehte sich ein Wetterhahn, das war seine Art von Werbung.

Größe, Lage und Ausstattung machten das Haus zu einer Villa, den Garten zu einem Park. Eine breite Kieseinfahrt führte direkt zur Doppelgarage, deren Tor sich beim Nahen eines Fahrzeuges selbsttätig öffnete. Mächtige, dunkle Bäume standen in Gruppen, kleine Rasenbuchten luden zu einem Rundgang ein. Alles gepflegt, ein wenig langweilig vielleicht, in Immergrün.

Blickpunkt war ein Brunnen aus Kupferblech, in dem das Wasser über viele kleine Schalen, die spiralförmig angeordnet waren, letztendlich in einen Bachlauf und einen Teich mündete. Ein Reiher stand einbeinig am Ufer.

Eine Idylle. Eine einsame Idylle, denn seit vielen Jahren wohnte Heinz Wilden dort allein. Wenn er nicht arbeitete, floh er in den *Kraterhof*. Dort war er meist der Letzte – derjenige, hinter dem Hubert, der Wirt, das Licht ausmachte.

Im Wohnzimmer lag neben dem schwarzen Flügel in einer antiken Holztruhe seine Vergangenheit. Er hatte früher gern fotografiert, alles und jedes, er war geradezu besessen davon und in seiner Freizeit selten ohne Kamera anzutreffen gewesen. Seine Frau Marga und Konrad, der einzige Sohn, waren seine Lieblingsobjekte gewesen. Früher hatten sie von allen Wänden dieses Hauses gelächelt, jetzt waren sie aus seinem Blickfeld verbannt: in die Truhe, um die er seit Jahren einen großen Bogen machte. Er konnte sich nicht erinnern, wann er sie das letzte Mal geöffnet hatte. Marga war früh verstorben, Konrad mit neunzehn Jahren ausgewandert.

Um nicht erst in Versuchung zu kommen, hatte er eine Decke und Kissen darüber gelegt, sodass die Holztruhe eher einer Sitzgelegenheit glich, einem Hocker, auf dem er sich niederlassen konnte.

In einem besonders hartnäckigen Anfall von Trostlosigkeit hatte er eine Kontaktanzeige in der ZEIT aufgegeben. Zum ersten Mal in seinem Leben überhaupt, dabei war er kein Leser der ZEIT. Aber, wenn er im *Trierischen Volksfreund* inseriert hätte, wäre er vielleicht auf eine Bekannte gestoßen. Eine, der er das Dach gedeckt hatte.

Außerdem hätte man sich in der Redaktion Prüm über ihn halb krank gelacht. Im Wochenspiegel oder im Eifeljournal gab es vermutlich gar keine Bekanntschaftsanzeigen, er las sie nie.

Lange hatte er an den Worten gefeilt und viele andere Anzeigen studiert, um sich ein Bild von dem zu machen, was man in solchen Fällen schrieb. Sich selbst anzupreisen, lag ihm nicht. Der Text war nicht besonders originell geworden:

Nähe Prüm, 70-jähriger, nicht unvermögend, alleinstehend, möchte seinen Lebensabend mit einer einfühlsamen Partnerin verbringen. Meinen Dachdeckerbetrieb und meine Villa möchte ich nicht verlassen, ansonsten bin ich für alles Neue offen. Ich will Ihnen alle Wünsche erfüllen.

Dies entsprach der Wahrheit. Fast. Er war nicht völlig alleinstehend. Da war noch Konrad, sein Sohn.

Konrad hatte mit dem Sohn eines amerikanische Soldaten Freundschaft geschlossen, dessen Vater auf der Air Base Bitburg stationiert war, John Hellington. Sie hatten sich bei einem Fußballturnier kennen gelernt. Als der NATO-Flugplatz 1994 wieder für die zivile Nutzung freigegeben wurde, kehrte die Familie Hellington zurück in die USA. Konrad hatte es sich in den Kopf gesetzt, John zu besuchen, und Wilden hatte sich nichts dabei gedacht, seinem Sohn ein paar Wochen Amerika zum sechzehnten Geburtstag zu schenken. Aber als Konrad zurückkam, hatte er beschlossen auszuwandern. Nichts konnte ihn aufhalten, nach dem Abitur nach Amerika zu gehen. Er wollte dort Sprachen studieren und als Dolmetscher im Verteidigungsministerium arbeiten. Es war bereits alles arrangiert.

Das war jetzt sieben Jahre her. Sie telefonierten jeden Sonntag miteinander. Das Wort zum Sonntag, so nannte Konrad ihre Gespräche.

Wilden war stolz auf ihn und hielt alle im Dorf über die steile Karriere seines Sohnes auf dem Laufenden. Aber er vermisste ihn. Konrad hatte leider keine Zeit, ihn zu besuchen. Wilden wusste, dass er im Verteidigungsministerium viele neue Freunde gefunden hatte. Und eine Freundin, die Tochter seines Vorgesetzten, die er bald heiraten wollte, dass er sehr viel Geld verdiente und in einem Vorort von Washington lebte, in einem kleinen, weißen Haus mit Garten, und dass er zwei Katzen hatte.

Auf seine Anzeige waren tatsächlich ein paar Antworten eingegangen. Passende Damen in seinem Alter, wie zu erwarten, aber als der Brief der jungen Sybille kam und er ihr Foto sah, war es um ihn geschehen. Er sagte den anderen Damen mit Bedauern ab – sein Leben habe eine entscheidende Wendung genommen, was immer das heißen mochte, überließ er deren Fantasie – und verliebte sich sofort in Sybille.

Natürlich hatte er am gleichen Tag geantwortet und ein Foto von sich selbst beigelegt. Es zeigte ihn auf seiner Terrasse, unter der Markise, im Hintergrund immergrüne

Sträucher. Ein sympathischer, älterer, stattlicher Herr, der sich kerzengerade hielt. Schlips und Weste trug er mit selbstverständlicher Eleganz. Freundlich lächelten seine Augen in die Kamera.

Er hatte kein Foto aus der Truhe genommen, obwohl er ernsthaft daran gedacht hatte. Ein Foto, auf dem er fünfundzwanzig Jahre jünger war. Dann hätten sie noch besser zusammen gepasst.

In seinem Brief hatte er Sybille in sein Haus zu einem kleinen Kaffee eingeladen und, damit es schneller ging, seine Telefonnummer genannt. Das war jetzt zwei Wochen her. Er hatte das Telefon nicht aus den Augen gelassen und den Anrufbeantworter eingeschaltet, wenn er im Betrieb war.

Es war wahrscheinlich zu aufdringlich gewesen, sie beim ersten Treffen direkt in sein Haus einzuladen, sicher hatte sie sich dadurch bedrängt gefühlt. Er hätte ein Café ausmachen sollen, neutrales Terrain, um eine bestimmte Uhrzeit, eine Rose im Knopfloch, eine gefaltete Zeitung, ein Regenschirm ... zu spät, er hatte es verpfuscht.

Zu der Heiratsanzeige hatte ihm Konrad geraten. In Amerika würden das alle machen, da wäre es gang und gäbe. Anstatt endlich nach Hause zurückzukehren zu seinem einsamen Vater, verordnete er ihm ein Frau.

Lange hatte Wilden sich geweigert. Er, und eine Heiratsanzeige! Aber eines Donnerstagmorgens hatte er sich dann endlich die ZEIT gekauft. Und nicht den Wirtschaftsteil gelesen, sondern die Bekanntschaftsanzeigen. Er hatte überlegt, eine dieser Anzeigen zu beantworten. Er hatte sich für keine entscheiden können. Wochen waren darüber vergangen.

Konrad hatte immer nachgefragt: »Na, hast du?«

»Nein. Natürlich nicht.«

»Dad!«, hatte er dann immer gesagt. Konrad nannte ihn »Dad«, seit er in Amerika lebte, als ob er jetzt nicht mehr sein Vater wäre.

Und dann hatte er endlich Vollzug melden können.

»Wo wohnt sie?«

»In Köln oder in der Nähe jedenfalls.«

»He?«

»Ich habe an ein Postfach geschrieben.«

»Wie geheimnisvoll.«

Aber das war jetzt alles egal und Vergangenheit. Wilden versuchte sich zu trösten, wer weiß, wozu es gut war.

»Wir passen nicht zusammen«, sagte er ins Telefon, als Konrad wieder anrief.

»Denk noch einmal drüber nach.«

Wilden hängte auf, es gab nichts nachzudenken. Er räumte Sybilles Foto in eine Büffetschublade.

Am 15. Mai klingelte das Telefon. Es klingelte irgendwie anders als sonst, fand er, und es war mitten in der Nacht, ohne dass es einen Sturm gegeben hätte. Es klingelte zum zweiten Mal. Wilden griff nach dem Hörer auf seinem Nachttisch, ohne Licht zu machen.

»Wilden.«

»Hier ist Sybille.«

Es verschlug ihm die Sprache.

»Herr Wilden?«

Gut, dass sie ihn nicht sehen konnte, Schweiß sammelte sich in Sekunden auf seiner Stirn. »Ja.«

»Hier ist Sybille.«

Er nickte. Dann fiel ihm ein, dass sie das nicht sehen konnte und er murmelte: »Das ist schön.«

»Ich wollte mich für die Einladung bedanken.«

»Ich auch.« Sie lachte – ein leises Lachen, das Musik in seinen Ohren war. »Ich meine natürlich, ich freue mich, dass Sie anrufen«, verbesserte er sich rasch.

»Ich habe Sie geweckt. Ich hätte so spät nicht anrufen sollen.«

»Oh, das haben Sie nicht.« Gerade wollte er hinzufügen, dass er seit Wochen schlecht schlafen könne, als ihm einfiel, wie negativ sich das anhören würde, als habe er gesundheitliche Probleme, kränkele und suche womöglich eine Pflegerin.

»Wann passt es Ihnen denn?« Ihre Stimme war weich und sanft. Er hätte ihr stundenlang zuhören können.

»Wann Sie wollen.« Jetzt sofort, dachte er.

»Vielleicht morgen. Bei Ihnen?«

»Ja, natürlich. Morgen ist Sonntag. Kann ich Sie abholen?«

»Nein, danke. Ich werde ein Taxi nehmen. Sagen wir um drei Uhr?«

»Ja. Ja.« Er hätte zu allem Ja gesagt.

»Dann bis morgen.«

»Bis morgen.«

Wilden sprang aus dem Bett, stolperte über einen Pantoffel, rannte barfuß ins Erdgeschoss und machte in allen Räumen Licht. Er holte Sybilles Foto aus der Schublade, wischte mit dem Ärmel den Staub ab und setzte sich davor.

»Sie kommt«, murmelte er. Jetzt würde alles gut werden. Wenn er keinen Fehler machte. Nicht einen. Wenn sie ginge, bliebe er für den Rest seines Lebens allein, nicht noch einmal könnte er die Höhen und Tiefen durchstehen. Nicht noch einmal diese Tortour mit den Kontaktanzeigen in Angriff nehmen. Er wusste nicht, was ihn so sicher machte, dass sie die Richtige für ihn war. Er hatte nur dieses Foto.

Als er in aller Frühe aufwachte, war sofort die Unruhe wieder da. Er musste alles vorbereiten, vor allem musste er aufräumen. Er bat seine Putzhilfe um einen Sondereinsatz. Er hatte Angst, zuviel zu übersehen, was ihm das Genick brechen könnte. Frauen hatten einen anderen Blick für Ordnung und Sauberkeit. Aufgelöst lief er hinter ihr her und stand im Wege.

»Haben Sie das schon?«, fragte er immer wieder. »Und den Schrank. Was, wenn oben auf dem Schrank Staub liegt?«

»Was ist denn nur los mit Ihnen?«, fragte sie und zog am Staubsaugerkabel, auf dem Wilden stand. Die ältere Dame, die Wilden nur als Charlotte kannte, die eine Freundin seiner Frau gewesen war, ging ihm seit fünfundzwanzig Jahren zur Hand.

»Ich bekomme Besuch.«

»Der wird nicht das ganze Haus untersuchen.«

»Das wird er.«

Gegen Mittag unterbrach Konrads Anruf Wildens Geschäftigkeit. Ein bisschen angetrunken erzählte er von der Party, von der er gerade kam. Er und Peggy hätten die ganze Nacht getanzt. Peggy rief ein ausgelassenes »Hi« in den Hörer und Konrad schien ihr dem Geräusch nach einen Kuss zu geben.

»Sie hat angerufen«, unterbrach Wilden das Geplapper der beiden.

»Wer?«, fragte Konrad. Er schnaufte neuerdings am Telefon etwas. Wilden hatte ihn nach der Ursache gefragt und keine vernünftige Antwort bekommen, wahrscheinlich hatte er begonnen zu rauchen.

»Sybille.«

Dann hörte Wilden, wie Konrad seiner Peggy erklärte, wer Sybille war. Er konnte ein paar Brocken Englisch verstehen.

»Lovely!«, rief Peggy.

»Das ist wunderbar, Vater«, sagte Konrad und versuchte für einen Augenblick ernst zu sein. »Wann wirst du sie sehen?«

»Heute«, sagte Wilden und erschrak. Heute. Das war jetzt, in drei Stunden. Charlotte war noch nicht fertig.

»Wir drücken dir die Daumen.«

»Yes, we do!«, rief Peggy am anderen Ende der Welt.

»Danke«, sagte Wilden und fragte leise um Rat: »Was soll ich tun?«

»He?«, rief Konrad.

»Wenn sie kommt, was ...?«
»Gib ihr was zu trinken.«
»Nein. Im Ernst, Konrad.«
»Hast du noch deinen Weinkeller?«
»Natürlich.«

Es knackte in der Telefonleitung. Konrad schwieg schnaufend, dann räusperte er sich: »Geht in den Garten. Trinkt einen guten Roten. Das macht alles einfacher.«

Wilden nickte und sah aus dem Fenster. Es schien ein schöner Tag zu werden. Sie konnten vielleicht ein bisschen im Garten sitzen. Im Keller lag der Wein. Nebenan lief noch der Staubsauger. Hatte Charlotte an die Fensterbänke gedacht?

Als sie in der Türe stand, wirkte sie viel tatkräftiger als auf dem Foto, vor dem Wilden die ganze Zeit gesessen hatte. Sie trug ein schwarzes Kostüm mit kurzen Ärmeln. Hinzu kam ein unbekannter Duft, der sein Haus sofort zu erfüllen begann und den er für den Rest seines Lebens mit dieser Frau verbinden und nicht mehr vergessen würde.

Wilden war ebenfalls in Schwarz, was ihn jetzt ärgerte. Vor ein paar Stunden hatte er es für eine gute Idee gehalten, um dem Moment den gebührenden, feierlichen Aspekt zu geben, aber jetzt – beide in Schwarz – sahen sie eher aus, als gingen sie zu einer Beerdigung. Hoffentlich fiel es ihr nicht auf, hoffentlich störte es sie nicht, hoffentlich ... die Angst einen Fehler zu machen, brachte ihn fast um.

Und er machte bereits den nächsten, als er ihr noch in der Diele ein Glas Roten zur Begrüßung anbot. »Meine Hausmarke.«

Mit einem leichten Kopfschütteln lehnte sie ab. Natürlich trank er dann auch nichts, ließ die Gläser stehen und führte Sybille ins Wohnzimmer, öffnete die Türe weit und bat sie auf die Terrasse, ganz so, wie Konrad es ihm vorgeschlagen hatte.

Es war ein Sommernachmittag. Er hatte die gelben Polster auf die Gartenstühle getragen und die Markise ausgefahren, Kaffee gekocht und Kuchen bringen lassen. Auf einem Beistelltisch stand ein Likör in einer Karaffe mit zwei Gläsern auf einem Silbertablett. Blumen? Er hatte keine Blumen gekauft. Aber der Rasen war frisch geschnitten. Würde es ihr gefallen?

Sybille trat nicht hinaus, sondern durchlief das Erdgeschoss mit musterndem Blick, prüfte die Küche, das Esszimmer mit dem antiken Büffet, auf dem nur ihr Foto stand. Im Wohnzimmer bewunderte sie den schwarzen Flügel und strich über die Tasten, die mit Verzögerung reagierten. Dann kamen sie zur Bibliothek – Wildens ganzer Stolz, obwohl er nicht sehr belesen war.

Wieder in der Diele angekommen, blickte Sybille fragend die Treppe hinauf, sodass Wilden ihr auch das obere Stockwerk zeigte, vier Zimmer insgesamt, eines sein Schlafzimmer, das andere Konrads ehemaliges Kinderzimmer mit angrenzendem Bad, ein zweites Bad und zwei Gästezimmer. In einem hatte Marga früher genäht. Sybille warf kurze Blicke durch die geöffneten Türen und nickte jedes Mal.

Bis dahin hatten sie nicht mehr miteinander gesprochen als für die Erklärungen der Räume nötig gewesen war. Wilden war ratlos, wie er weiter vorgehen sollte, als sie fragte: »Hier in diesem wunderbaren, riesengroßen Haus wohnen Sie ganz allein?«

»Ja, ganz allein«, sagte er und nickte dazu.

»Sie haben keine Familienangehörigen?«

Wilden zögerte und sagte: »Nein, keine.« Mit Konrads Auftauchen war nicht zu rechnen, telefonieren konnten sie auch vom Betrieb aus. Er wollte, dass sie blieb.

»Ich will mit offenen Karten spielen«, sagte Sybille und ging langsam die Treppe hinunter.

»Bitte.«

»Ihr Haus gefällt mir sehr. Ich würde lügen, wenn ich sagen würde, es ist mir egal, ob Sie vermögend sind oder nicht.«

Sie ist jung, sagt einfach die Wahrheit. »Da können Sie sehr beruhigt sein. Ich glaube nicht, dass Sie es schaffen werden, mein Vermögen auszugeben. Kommen Sie.« Und er führte sie hinaus auf die Terrasse, zog einen Gartensessel zurecht und bat sie, Platz zu nehmen. Er setzte sich ihr gegenüber und schenkte Kaffee ein. »Ja, lassen Sie uns mit offenen Karten spielen. Erstens, Sie suchen offensichtlich einen älteren Mann, eine Vaterfigur, einen Beschützer, einen Gönner, es geht mich nichts an, warum. Zweitens möchten Sie ihn mit niemandem teilen müssen, all seine Aufmerksamkeit für sich haben, nur er und sie. Und drittens, Sie sind aus gutem Hause – das ist nicht zu übersehen – und Sie haben natürlich ein Anrecht auf Überfluss, Luxus, kurz: Sie sind es gewöhnt, dass Ihre Wünsche erfüllt werden. Ist es so?«

Sybille nahm zögernd einen Schluck Kaffee.

»All das werden Sie bei mir finden«, sagte Wilden und legte die Hand auf sein Herz. Sie reagierte mit einem verwunderten Augenaufschlag. »Sie werden sich fragen, welche Gegenleistungen ich erwarte.«

Wieder der Augenaufschlag.

»Keine. Nein, Halt, das stimmt nicht ganz. Ein bisschen Zuneigung, Gemeinsamkeit, Vertrauen ... nur soviel Sie wollen.«

Sybille räusperte sich, als wollte sie etwas sagen.

»Nur soviel sie wollen«, beteuerte Wilden.

»Wenn ich jetzt ein Stück Kuchen haben könnte«, sagte sie leise und hielt ihm ihren Teller entgegen.

Sie hatte Appetit und Hunger. Es war alles ganz einfach.

Der Nachmittag verflog mit Kleinigkeiten. Wilden war selig. Er hatte ihren Nerv getroffen, er spürte es. Sie würde bleiben und er nicht mehr allein sein.

Gegen Abend einigten sie sich auf eine Bedenkzeit und ein anschließendes Probewohnen, um sich besser kennen zu lernen. Mit allem Respekt natürlich. Sie wollte später gern kochen, das sei ein Steckenpferd von ihr. Wenn er ihr die Küche überließe, wäre sie überglücklich.

»Freiwillig?«, fragte Wilden erstaunt.

»Wenn ich in der Küche schalten und walten kann, wie ich will.«

»Kein Problem! Wenn ich nicht muss, werde ich Ihnen nicht im Wege stehen. Was kochen Sie am liebsten?«

»Sind Sie ein Gourmet?«

»Nein«, lachte er vorsichtig, »kein bisschen. Ich esse immer irgendetwas.«

»Dann werden Sie sich sicher verbessern.«

»Meistens musste es schnell gehen.«

»Und ich hätte gern ein eigenes Zimmer«, war ihr vorläufig letzter Wunsch.

»Natürlich. Welche Frage!«

Wilden bot ihr schließlich an, sie nach Hause zu bringen, aber sie bat um ein Taxi.

»Wann werden Sie sich entscheiden?«, fragte er, bevor sie einstieg. Ernst sah sie ihn an. Da nahm er seine Frage sofort zurück: »Auf einen Tag kommt es nicht an. Auf Wiedersehen ... Sybille«, und er sprach ihren Namen zum ersten Mal aus.

Sybille winkte durch die Seitenscheiben. Er sah dem Taxi lange nach und konnte sich nicht entschließen, in sein leeres Haus zurückzukehren. Es war erst acht Uhr. Er schloss die Haustüre ab und machte sich auf den Weg in den *Kraterhof*. Doch auf halber Strecke blieb er stehen. Er konnte über Sybille nicht mehr reden, wie es an der Theke üblich war. Sie war schon jetzt etwas Besonderes für ihn. Und nicht über sie zu reden, war ebenso unvorstellbar, weil alle seine Gedanken um sie kreisten wie die Planeten um die Sonne. Er kehrte um.

Wilden wollte alle Hindernisse so schnell wie möglich aus dem Weg räumen, den Weg frei machen für ein ungestörtes Glück. Er war sicher, dass Sybille wiederkommen würde.

Am nächsten Tag schaffte er zuerst alle Familienfotos in den Tresor im Betrieb, dessen Zahlenkombination nur ihm und Konrad in Amerika bekannt war, und legte stattdessen die Decken in die Truhe hinein.

Dann rief er Konrad an, vom Schreibtisch aus, als wollte er sich darin üben.

»Heute ist kein Sonntag.«

»Irgendwie schon. Sybille wird bei mir einziehen.

»Das ging aber schnell.«

Wilden überhörte die Bemerkung seines Sohnes.

»Wir werden es anders machen müssen, Junge. Es ist besser, wenn ich dich in Zukunft immer anrufe.«

»Wieso?« Konrad schnaufte wieder.

»Ruf mich bitte nicht mehr an. Sie weiß noch nichts von dir.

»Dann erzähl ihr von mir.«

»Später. Ich will sie nicht überfallen. Ich habe den Eindruck, sie hat schlechte Erfahrungen mit Verwandten gemacht.«

»Welche denn?«

»Das weiß ich nicht. Immer langsam. Wir bleiben auf jeden Fall in Kontakt, Junge. Keine Sorge. Ich will nur, dass alles glatt läuft. Sie ist eine wunderbare Frau.«

»Mach keinen Blödsinn, Dad.«

»Das musst du gerade sagen. Es war deine Idee.«

»Hoffentlich war es eine gute Idee.«

»Ja. Die beste, die du je hattest. Ich bin glücklich.«

»Das ist schön. Da will ich nicht weiter stören.«

»Ach, Konrad. So meine ich das nicht.«

»Schon gut, Dad. Grüß sie von mir. Ach, nein, das geht ja nicht. Viel Glück euch beiden.«

»Danke. Ich ruf dich an. Bestimmt. Und grüße Peggy von mir. Und hör auf zu rauchen, du schnaufst wie eine Lok.«

Konrads Lachen geriet zu einer Explosion. Wilden legte erleichtert auf, Konrad schien ihm das kleine, vorübergehende Versteckspiel nicht übel zu nehmen.

Wilden war ein Mann ohne Vergangenheit, als sie am nächsten Tag ohne Voranmeldung und mit zwei Lederkoffern in der Türe stand.

»Ich habe mich entschieden«, sagte sie.

»Lassen Sie mich raten?«, fragte er und half ihr das Gepäck hereinzutragen. Ein Hauch von Rosen zog an ihm vorbei, als sie in die Küche ging und ihre Handtasche auf die Arbeitsplatte stellte.

»Trinken wir einen Kaffee im Garten?«, fragte sie, öffnete einen Schrank und holte Geschirr heraus.

»Ja, natürlich.«

Er sah ihr zu, wie sie Kaffee kochte, die Milch aus dem Kühlschrank nahm und die Zuckerdose nachfüllte. Sie stellte alles auf ein Tablett. Die Hand einer Frau, dachte er erleichtert.

»Ihre Küche ist sehr gut ausgestattet.«

»Für Ordnung sorgt hier meine Hilfe, die Charlotte.«

»Wir benötigen sie nicht mehr«, entschied Sybille und trug das Tablett auf die Terrasse.

»Werden Sie das denn alles schaffen?«, rief er hinter ihr her.

»Aber ja. Das ist eine Kleinigkeit.«

»Ich weiß nicht, ich habe nicht nach einer Putzfrau gesucht.«

Sie lachte, kurbelte die Markise herunter, bis die Sitzgruppe im Schatten lag. »Ich mache das gerne. Ich habe mir ein Haus wie dieses gewünscht, verstehen Sie? Und nie bekommen.«

Wilden nutzte die Gunst der Stunde und fragte sie, woher sie käme.

»Lassen Sie uns nicht darüber sprechen. Nicht heute. Ein anderes Mal.«

»Soll auch Ihr Familienname ein Geheimnis bleiben?«

»Natürlich nicht. Nicht für Sie. Das P steht für Palm. Ich habe vergessen, es zu sagen.«

Wilden wiederholte den Namen in Gedanken – Sybille Palm – und wartete, bis der letzte Bissen in ihrem Mund verschwunden war, ehe er sagte: »Wenn Sie mögen, zeige ich Ihnen jetzt Ihr Zimmer. Es ist das größte im Obergeschoss mit Blick zum Garten. Sie erinnern sich?«

»Müssen Sie nicht in den Betrieb?«, fragte sie, als sie die Stufen in den ersten Stock hinaufgingen.

Wilden war entsetzt. An seinen Betrieb hatte er überhaupt nicht mehr gedacht und nicht mehr an sein bisheriges Leben. »Nicht an so einem Tag.« Er gab sich Mühe nicht außer Atem zu sein und ging mit schnellen Schritten vor.

»Warum nicht?«

»Ich bitte Sie. Ihr erster Tag in Oberprüm.« Er öffnete die Zimmertüre und ließ Sybille vorgehen.

Sie sollte das ehemalige Kinderzimmer von Konrad haben, es lag direkt neben seinem Schlafzimmer, zeigte zum Garten und verfügte über einen geräumigen, überdachten Balkon. Es war ein schönes, großes Zimmer. Mit einem breiten Bett in der Mitte, einem Schrank, einer Wäschekommode und einem Sekretär, alles in dunklem Kastanienholz. Eine Seitentüre führte zu einem eigenen Bad. Wilden hatte das Jugendzimmer auf den Sperrmüll getan. Konrad sollte hier wohnen, wenn er nach Deutschland kam, aber Konrad war nie gekommen.

Jetzt war Sybille da.

Wilden legte die beiden Koffer aufs Bett, zog die Gardinen beiseite und öffnete die Balkontür. Eine Elster flog mit kräftigem Flügelschlag aus der riesigen Fichte direkt gegenüber. Sie schrie kurz auf, ihr schwarz-weißes Gefieder schillerte in der Sonne.

»Gehen Sie ruhig.«

Wie gern hätte er ihr beim Auspacken zugesehen.

»Bitte.«

Unschlüssig stand er in der Tür. »Ich werde Ihnen als Erstes eine Vollmacht in meiner Bank erteilen.« Er würde die Vorstellung hassen, mit ihr über Geld zu reden. Eigentlich war das Reden selbst sein Problem. Er musste es neu lernen. Hölzern stellte er sich an. Ständig suchte er nach Worten. Ständig hatte er Angst, das Falsche zu sagen, Angst zu schweigsam zu sein – oder das Gegenteil. Er hatte in letzter Zeit viel mit sich selbst geredet. Dummes Zeug. Das durfte jetzt nicht mehr passieren. Sie sollte nicht denken, er sei alt und schusselig.

Sybille legte eine Hand auf seinen Arm. Der Nagellack glitzerte in der Sonne und er sah, dass eine Gänsehaut ihren nackten Unterarm überzog, die kleinen, blonden Härchen standen aufrecht. »Danke für das Vertrauen. Ich werde es nicht missbrauchen.«

Gefühle. Welch unsicheres Terrain. Er klammerte sich an Fakten. »Es ist die Volksbank auf dem Hahnplatz. Ich werde das regeln. Soll ich Ihnen das Auto hier lassen?«

»Nein. Ich fahre nicht selbst.«

Sie wird enttäuscht sein, dachte er, es gibt nur einen Bus von Oberprüm in den Rest der Welt.

»Meistens mit dem Taxi.«

»In der Diele liegt das Telefonbuch.« Eine geschäftliche Unterredung war es, die sie führten, dabei hatte er so viele andere Fragen. Zögernd ging er die Stufen ins Erdgeschoss hinunter und drehte sich im Flur noch einmal um. »Eine Bitte hätte ich auch«, rief er die Treppen hinauf.

Sybille trat an das Geländer, als wohne sie schon immer hier bei ihm, als seien sie seit langem ein Ehepaar. »Ja?«

»Die Anzeige. Würden Sie mir einen Gefallen tun und die Anzeige nicht erwähnen?«

»Darum wollte ich Sie auch bitten.«

»Perfekt!«, rief er erleichtert aus. Ihre Beziehung durfte von niemandem angezweifelt werden.

»Wir haben uns auf der Hochzeit eines Freundes kennen gelernt, Heinz«, sagte sie.

»Ja, das haben wir«, sagte Wilden überrascht. »Eine gute Idee, Sybille.«

Er hörte, wie sie in ihr Zimmer ging und die Türe hinter sich zuzog, sogleich wieder öffnete und noch einmal ans Treppengeländer gelaufen kam.

»Meine Türe hat keinen Schlüssel«, rief sie aufgelöst hinunter.

»Ich glaube alle Türen in diesem Haus haben keine Schlüssel. Sie liegen irgendwo im Keller herum. Noch von früher, als ...« Beinah hätte er hinzugefügt, als Konrad klein war.

»Aber ich brauche einen Schlüssel.«

»Dann sollen Sie einen haben. Sofort.« Wilden lief in den Keller. Er konnte sich beim besten Willen nicht erinnern, wohin er sie gelegt hatte. Plötzlich stand Sybille hinter ihm. »Alles Mögliche ist hier ... sehen Sie ... aber die Schlüssel.« Er kramte in Kisten und Kästen und stieß schließlich auf ein Knäuel Schlösser, Klinken und Schlüssel. »Einer von diesen wird es sein.«

Sie gingen hintereinander die Treppe wieder hinauf, sie vor ihm, und er sah, dass ihre Beine nackt waren. Er hatte Glück, einer der Schlüssel passte tatsächlich. Sybille schloss sich sofort ein und rief von drinnen. »Danke.«

»Schon gut.« Er dachte, sie würde noch einmal hinauskommen und wartete eine Weile im Flur.

»Bis heute Abend. Was halten Sie davon, wenn wir ein Gartenfest zu Ihrer Begrüßung machen?«

»Ja.«

Im Betrieb verbreitete er gute Laune.

»Madeleine, meine Liebe!«, rief er und atmete tief durch.

»Sie sehen heute so ... glücklich aus.«

»Das bin ich auch.«

Dann erzählte er ihr von Sybille, auch dass er sie auf der Hochzeit eines Freundes zum ersten Mal gesehen und sie sich sofort ineinander verliebt hätten. Und dass sie nun bei ihm wohnen werde.

»Da kann man ganz neidisch werden«, sagte Madeleine und kaute auf ihrem Filzschreiber.

»Ja. Ich bin ein Glückspilz. Du musst sie unbedingt kennen lernen. Jetzt lass uns was tun. Ich will ein Gartenfest machen und alle einladen, die ich kenne.«

Aber dann fiel ihm siedend heiß ein, dass Sybille eines Tages im Betrieb auftauchen könnte und mit Madeleine in ein Gespräch über Konrad geraten konnte. Beiläufig bat er sie, Konrad nicht zu erwähnen, er sei die Überraschung für Sybille. Er durfte niemanden vergessen.

5. Kapitel

Am Pfingstsamstag, nach dem Sechswochen-Amt für Hermine Kall, gab Peter Entwarnung. Sie standen nun völlig frei und ungehindert am Beginn einer neuen Zeitrechnung, einer Rechnung überhaupt.

»Ich habe nachgedacht«, eröffnete er seinem Bruder. Während sie zu Fuß über die Friedhofstraße ins Geschäft gingen, balancierte er wie immer auf der Bordsteinkante. Er hatte sechs Wochen lang keinen einzigen Auftrag bekommen und den Leichenwagen im Geschäft gelassen. Elsbeth fand einen Leichenwagen vor der Haustür beklemmend und unheilschwanger, als warte er auf sie.

Paul marschierte neben ihm her mit seinem abgehackten Gang Es war so heiß, dass die Straße flirrte. Kein Vogel riskierte einen Schrei. Schweiß brach in seinem Nacken aus.

»Wenn wir Zingsheim wirklich kippen wollen«, begann Peter, »müssen wir deutlich billiger werden als er. Um so schneller haben wir ihn. Verstehst du?«

»Ja, klar.« Paul zerrte an seinem Hemdkragen. »Es ist so heiß heute.«

»Da wir unsere Särge ab sofort verleihen oder vermieten, könnten wir zum Beispiel den ursprünglichen Einkaufspreis nehmen.«

»Plus Leichenhemden, Sargmatratzen und Kissen«, erinnerte Paul ihn.

»Ich weiß. Selbst wenn wir die zwei Sack Erde zum Auffüllen und auch noch die Einweglaken spendieren, werden wir reich.«

»Darum ging es aber nicht.«

»Ist doch ein schöner Nebeneffekt, nicht wahr? Überleg dir, was du mit dem ganzen Geld machen wirst. Ich weiß, was ich will. Ein richtiges Auto, einen eigenen Fernseher mit eingebautem Videogerät und ...«

»Wir könnten Mutter etwas ausstaffieren. Die immer mit ihren Kitteln.«

»Auch das.«

»Wir könnten unser Haus renovieren lassen, den Zaun reparieren und ...«

»Kein Problem.«

»Eigentlich würde ich am liebsten aber nur die Sonderpreise machen. Sonst nichts.«

»He?« Peter sah ihn entgeistert an.

»Wir hatten doch vor, Sonderpreise für Bedürftige zu machen.«

»Ich nicht.«

»Wenn wir so was machen, dann will ich, dass es für einen guten Zweck ist«, beharrte Paul.

»Wir haben bereits einen guten Zweck. Elsbeth und ihre Rache an Zingsheim, wie du dich erinnerst.«

»Ich persönlich halte nichts von Rache«, sagte Paul, »das ist kein wirklich guter Zweck.«

»Doch, und *ein* guter Zweck reicht.«

»Dann machen wir eben halbe-halbe«, schlug Paul vor.

»Wie?«

»Von meiner Hälfte gibt's dann noch einmal die Hälfte.«

»Das ist viel zu kompliziert. Wie soll ich das denn ausrechnen?«

»Du hast einen Taschenrechner.«

»Oh Mann, du gehst mir auf die Nerven. Glaubst du wirklich, du kannst dich von deinen Sünden freikaufen wie ein Pharisäer?«

Das saß. Paul ein Pharisäer? Alles, was er wollte, waren Sonderpreise. Es musste sich hier um ein Missverständnis handeln. Wenn er jetzt zögernd nachgab, so gab er doch nicht auf. Seine Stunde würde kommen.

Er zog das Hoftor auf und wartete auf das ohrenbetäubende Quietschen, wie auf den Donner nach dem Blitz. Aber es blieb ruhig. Er wiederholte den Vorgang ein weiteres Mal.

»Ich habe es geölt«, erklärte Peter endlich die Sachlage.

Er hatte außerdem aufgeräumt. Es sah alles sehr ordentlich und seriös aus. Sie setzten sich an ihre Nussbaum-Schreibtische und knipsten ihre grünen Banker-Lampen an. Sie öffneten die Schubladen und fanden Stifte, Papier und andere Büroutensilien sortiert. Die Telefone schwiegen, es roch nach Möbelpolitur. Hinter ihnen lächelten die Ahnen, als Paul aus dem Leichenkühlfach eine Flasche Sekt hervorzauberte und mit seinem Bruder auf die Zukunft anstieß.

»Und was machen wir jetzt?« Paul setzte das Glas ab und wischte sich über den Mund. Er mochte keinen Sekt.

»Wir hängen ein Schild ins Schaufenster: Särge 50% billiger.«

Während Paul sich anschickte, ein dekoratives Schild zu malen, fragte er sich, wer ihnen wohl zuerst auf die Schliche kommen würde. Elsbeth? Zingsheim? Fred und Jean, die Friedhofsgärtner? Die Hinterbliebenen? Gott? Das Standesamt? Das Finanzamt auf dem Kreuzerweg!

»Und was schreibst du in die Bücher, wenn wir nie wieder Särge einkaufen?«

Peter war für die Buchführung zuständig. Er musste sich etwas einfallen lassen und zwar schnell. Hektisch lief er auf und ab. Um Urnen und Vasen herum machte er eine Slalomrunde und trat zum Schluss wütend gegen einen Sarg.

»Wir könnten nur jede zweite Beerdigung weiterhin ordnungsgemäß abwickeln?«, schlug Paul vor.

»Warum nicht. Dann haben wir zwar erhebliche Einbußen, aber ... Zingsheim auch.«

Paul lehnte sich zufrieden zurück und verschränkte die Arme über der Brust. Ein halber Sieg war auch ein Sieg.

»Und was schreibe ich jetzt auf das Schild?«

Als einen Tag nach Pfingsten, am 22. Mai, eine Einladung zu einer Gartenparty im Hause Wilden ins Bestattungshaus flatterte, waren die Brüder mehr als überrascht, denn Wilden hatte in den letzten Jahren sehr zurückgezogen gelebt.

»Das muss an dieser neuen Frau liegen«, tippte Peter. Es hatte sich in Oberprüm herumgesprochen, dass der Dachdecker kein Single mehr war.

Den Brüdern war die Neue an seiner Seite erst vor kurzem auf dem Friedhof über den Weg gelaufen. Da hatten sie noch nicht gewusst, wer sie war. Sie schien sich für die Geschichte und Grabsteine zu interessieren, jedenfalls studierte sie eingehend die Inschriften. Sie war gerade am großen Familiengrab der Schlangensiefs angekommen, als Peter sie ansprach.

»Urgroßvater, Großvater und Vater.« Bis auf Elsbeth lagen auch die angeheirateten Frauen dort. »Eines Tages werden auch wir hier liegen. Und Mutter.«

»Und Ihre Frauen und Kinder und so weiter ...«, sagte die fremde Frau.

»So ist das Leben. Wer weiß, was uns dahinraffen wird. Die Männer unserer Familie sind alle Unglücken zum Opfer gefallen.«

»Wie furchtbar.«

»Der Urgroßvater dem Blitz, der Großvater dieser Explosion.«

»Als der Militärbunker in die Luft flog?«

»Ja«, sagte Peter erstaunt, »Sie wissen davon?«

»Ich habe davon gehört. Ich habe mich nicht vorgestellt. Ich bin Sybille Palm.« Sie war ein gutes Stück jünger als Wilden.

»Herzlich Willkommen in Oberprüm.«

»Danke. Ich habe Ihr Geschäft auf der Poststraße gesehen. Sehr schön.«

»Danke.«

»Und Ihr Vater?«

»Auch ein Unglück. Er wurde von einem Traktor überrollt. Wir waren noch klein damals.«

»Ihre arme Mutter hat sie also ganz allein großgezogen?«

»Ja. Es ist trotzdem etwas aus uns geworden«, sagte Peter.

»Das kann man sagen. Sie muss sehr stolz auf Sie sein.«

»Das ist sie. Und wie gefällt es Ihnen hier?«

»Gut. Sehr gut. Alle sind sehr nett zu mir. Ich bin wirklich gerne hier. Kommen Sie auch zu unserem Gartenfest?«

»Ja. Wir haben eine Einladung bekommen. Ich denke, alle werden kommen. Alle wollen Sie kennen lernen. Wir natürlich auch.«

»Ich bin ganz nervös deswegen. Hoffentlich gelingt es.«

»Keine Sorge. Sie werden der Mittelpunkt sein.«

»Das ist es ja. Das liegt mir ganz und gar nicht. Heinz kennt alle und ich kenne praktisch niemanden.« Dann verbesserte sie sich. »*Sie* kenne ich jetzt.«

»Wir passen auf Sie auf«, versprach Peter augenzwinkernd.

»Das ist reizend, aber ...«

»Sie werden sehen. Sie brauchen vor niemandem hier Angst zu haben.«

Sybille verabschiedete sich. Sie sahen ihr nach, wie sie auf den Hauptweg zurückging. Eine kleine Gestalt in heller Jacke und Jeans. Etwas verloren, aber mit mutigem Schritt.

»Wir werden sie unter unsere Fittiche nehmen, was meinst du?«, fragte Peter.

»Wie meinst du das?«

»Er wird kaum mit ihr ins Kino gehen wollen.«

»Und Sybille nicht mit dir. Vergiss es.«

»Ich gehe vor dem Fest sicherheitshalber zum Friseur. Kommst du mit?«

Auch Pauls Haare begannen, sich über den Ohren zu kräuseln. Es wurde Zeit für einen neuen Schnitt. Dagegen gab es nichts einzuwenden. Wenn er nicht eine unbestimmbare Ahnung gehabt hätte.

Der Friseur hatte seinen kleinen Salon am Marktplatz zwischen Apotheke und Kaufladen noch nicht lange und hatte, nachdem der schmuddelige Luxemburger seinen Salon Belle in der Poststraße verlassen hatte, die dadurch in Oberprüm entstandene Marktlücke sofort genutzt. Er kam aus Auw.

»Schneiden, wie immer?«

»Natürlich«, sagte Paul, nahm vor einer Reihe Spiegel Platz und lehnte sich zurück. Er ging gerne hierhin, seit eine junge Auszubildende eingestellt worden war, Tanja, die seine Kopfhaut stets mit viel Hingabe massierte, wobei er vorgab, die Augen zu schließen, gleichzeitig aber unauffällig in den Spiegel blinzelte, um ihr hübsches Gesicht zu studieren. Er war sicher, dass sie sich bei ihm besonders viel Mühe gab.

»Nein«, hörte er Peter sagen und fuhr herum.

»Waschen?«

»Nein.«

Der Friseur stand hilflos mit dem Umhang in der Hand da, Tanja lächelte Paul im Spiegel an.

»Färben.«

Dieser Tag würde in einer Katastrophe enden. Paul hatte es geahnt.

»Was wird eure Mutter dazu sagen?«, fragte der Friseur, der auch für Elsbeths Haare verantwortlich war. Er würde es nicht wagen, gegen ihren Willen zu handeln.

»Sie ist einverstanden.«

»Was für eine Farbe soll es denn sein?«

»Schwarz natürlich. Das schwärzeste Schwarz, das Sie da haben.«

Paul wechselte errötend Blicke mit Tanja. Zu gern hätte er gewusst, ob er ihr mit schwarzen Haaren gefallen würde oder vielleicht erst recht. Aber ihrer Miene war nur Verwunderung anzusehen, ehe sie mit ihrem Chef im Hinterzimmer verschwand und nach ein paar Minuten mit einem ätzend stinkenden Brei wieder auftauchte, den sie Strähne für Strähne auf seine weißen Haare verteilte, während der Friseur für Peter zuständig war. Langsam konnte es kein Zufall mehr sein, dachte Paul und überlegte, welche Fragen er stellen könnte, um die lange Zeit zu überbrücken. Er wollte gerne wissen, wo sie wohnt, ob sie einen Freund hat oder ob sie vielleicht mit ihm ins Kino nach Prüm fahren wollte, oder ein Eis ...

»Zwanzig Minuten.« Tanja deckte die Pracht mit einer Plastikhaube ab, wickelte ein Handtuch darum und legte ihm Zeitschriften von Königinnen und Grafen in den Schoß. Aber er war viel zu aufgeregt, um lesen zu können. Peter neben ihm ging es nicht besser. Zwanzig endlose Minuten lang starrten sie in den Spiegel, alles hing von diesen Minuten ab.

Dann endlich rappelte die Eieruhr im Hintergrund. Der Friseur und Tanja eilten herbei und es wurde still im Salon. Die anderen Kunden, die teils auf die Bedienung warteten, teils in der Zwischenzeit versorgt worden waren, schienen ebenfalls von seltsamer Anspannung befallen zu sein, drehten sich zu den Schlangensiefs um, ließen ihre Zeitungen sinken, setzten ihre Kaffeetassen ab und unterbrachen die Gespräche.

Unter dem Färbebrei war nicht sofort zu erkennen, was geschehen war. Schweigend warteten die Brüder den anschließenden Spülgang ab, der das lang ersehnte Wunder freilegen sollte. Als sie sich aufrichteten, waren ihre Haare weiß wie vorher, wenn sie nicht sogar weißer geworden waren.

Peter begann eine wütende Diskussion mit dem Friseur und war nicht bereit, für die misslungene Prozedur auch nur einen Cent zu bezahlen.

»An deiner Stelle würde ich hierüber schweigen wie ein ...«

»Ein Toter«, half Paul aus.

»Das mache ich. Darauf könnt ihr euch verlassen. Nicht einmal eurer Mutter werde ich ein Sterbenswörtchen sagen ...«

»Das möchten wir dir auch raten. Sonst kannst du nach Auw zurückgehen.« Die anderen Kunden nickten mitleidig. Die Brüder Schlangensief hatten einen Bonus in Oberprüm. Ihr Schicksal hatte niemanden unberührt gelassen.

»Man kann nicht alles haben«, fügte Paul sich, denn ansonsten waren die Brüder mitten auf der Erfolgsschiene. Die Leute in Prüm und Oberprüm starben in diesem Sommer reichlich. Schlangensiefs Preise sprachen sich in den Nachbarorten herum. Die Anreise lohnte sich. Zingsheim würde sicher bald die Luft ausgehen.

»Unsere Idee war todsicher, das hab ich immer gesagt«, jubelte Peter und rieb sich die Hände.

»Wir werden sehen.«

Es war kein leicht verdientes Geld. Leichenblass saßen die Brüder Schlangensief tagsüber in ihrem Büro. Es stand ihnen gut, die Leichenblässe, die weißen Schöpfe und die schwarzen Anzüge. Alles sehr pietätvoll, von den Fingernägeln mit dem Trauerrand abgesehen. Sie arbeiteten hart. Grab auf, Grab zu, die Särge durchs Tor, mit dem Leichenwagen durch die halbe Stadt bis ins Geschäft, bei Wind und Wetter und mitten in der Nacht. Dann im Laden die Erdklumpen abwischen, das Holz polieren, Kissen aufschütteln, Decke glatt ziehen, Leichenhemd waschen und bügeln, alles wieder ordentlich im Laden aufstellen. Mit der Zeit sahen die Kissen, Sargmatratzen und -decken und besonders die Leichenhemden etwas mitgenommen aus, aber der Kundschaft fiel es durch den tränenverschleierten Blick nicht auf – sie hatte ganz andere Sorgen. Hinterbliebenensorgen. Und nicht jeder wollte seinen Toten überhaupt noch einmal sehen.

Zingsheim hatte jetzt viel Zeit und nichts Besseres zu tun, als den Brüdern Schlangensief nachzustellen. Ab und zu tauchte sein rot glänzender, kahler Kopf auf dem Friedhof wie ein Planet zwischen zwei Zypressen auf, aber nur tagsüber, wenn Peter und Paul offiziell arbeiteten, nachts ruhten seine vom Rheuma geplagten Knochen. Da er Unregelmäßigkeiten wohl eher im Bestattungshaus vermutete, als auf dem Friedhof, trieb er sich vorzugsweise dort herum. Bei dem Versuch, Kundschaft vom Betreten des Hauses abzuhalten, sahen die Schlangensiefs ihn jedoch abblitzen. Einmal wagte er sich sogar bis in ihr Büro vor, stellte sie zur Rede und verlangte eine Auskunft über ihre Geschäftsmethoden. Peter erteilte ihm Hausverbot.

»Wenn du stirbst, Zingsheim«, rief Peter ihm nach, »gehörst du uns.« Und Zingsheim gab Fersengeld.

Manchmal hatten die Brüder das Gefühl, jemand wäre in ihrer Abwesenheit in ihrem Büro gewesen oder in den anderen Räumen. Da war ein anderer Geruch und die Couch hatte dort eine Sitzkuhle, wo keiner von ihnen jemals zu sitzen pflegte. Sie hatten Elsbeth im Verdacht. Oder Zingsheim.

6. Kapitel

Am Samstag fand im Hause des Dachdeckers die erste Party seit sieben Jahren statt. Es war ein sonniger Frühsommertag, der Himmel viel versprechend blau und wolkenlos. Auf dem Grundstück herrschte vom frühen Morgen an Emsigkeit. Ein Bierwagen wurden angefahren und auf den Kiesweg gesetzt, der Partyservice Ulis Kochtopf aus Prüm lieferte das ganze Programm: Biertische und Bänke, Stehtische und Sonnenschirme. Schüsseln und Platten wurden zur Kühlung in den Keller gebracht.

Sybille war beides gleichzeitig: Anlass und Organisatorin. Sie trug ein schwarzes Kostüm, ihre Beine waren nackt und die Sonne stand senkrecht in ihrem dunkelblonden Haar.

Wilden wollte sich keinen Schritt von ihr entfernen und gleichzeitig ein Auge auf alles halten. Er hatte Hinz und Kunz eingeladen, wollte alte Freundschaften wieder aufleben lassen, die er sträflich vernachlässigt hatte.

An oberster Stelle aber standen die Oberprümer: Dr. Michels und Apotheker Esser von der Krater-Apotheke, Metzger- und Bäckermeister natürlich. Ebenfalls waren geladen Frau Krämer aus dem Laden, die Bestatter Schlangensief und Zingsheim, die Friedhofsgärtner Fred und Jean, Hubert vom *Kraterhof*, Charlotte, seine ehemalige Putzhilfe, seine Sekretärin Madeleine und alle seine Angestellten mit Ehefrauen.

Aus den Nachbarorten wollte der eine oder andere erscheinen und es waren nicht nur Kunden, denen Wilden das Dach gedeckt hatte.

Die Stadt Prüm wurde vom Stadtbürgermeister vertreten und Mitarbeitern des Bau- und Ordnungsamtes, zwei Polizisten von der Polizeistation auf der Tiergartenstraße, dem Banker von der Volksbank, mit dem er unter der Hand die

Vollmacht für Sybille geregelt hatte, ohne dass sie sich hatte ausweisen müssen, was er ihr nicht hatte zumuten wollen.

Im letzten Moment hatte Wilden sich auch noch an Ben Salem erinnert, den jungen Anwalt aus Prüm, der ihm so aufmerksam im *Kraterhof* zugehört hatte.

Der Abend kam. Bunte Lampions hingen in den Bäumen, Brunnen und Gipsfigur wurden angestrahlt, eine Ein-Mann Kapelle spielte auf einem Keyboard Hintergrundmusik, die ersten Gäste trudelten ein, Wilden war in Hochform. Er stellte Sybille allen und jedem vor und reichte sie herum wie einen Hauptgewinn. Sie hörte sich geduldig die Namen an, gab jedem einzelnen die Hand, lächelte aufmerksam und sagte ein paar freundliche Worte.

Wildens Gäste waren angetan von ihr, zeigten sich von ihren besten Seiten, kehrten die Kavaliere heraus und holten ihr abwechselnd ein Getränk, einen Happen, eine Serviette, einen Strohhalm und lobten ihren guten Geschmack und ihr Organisationstalent. Immer wieder dankte sie ihnen mit einem Augenaufschlag.

Auch Ben Salem hatte ihr die Hand gegeben. »Ich bin auch neu«, hatte er gesagt, nachdem Wilden sie einander vorgestellt hatte, nicht ohne ihm einen bedeutungsschweren Blick zuzuwerfen. Natürlich hatte er sich nichts anmerken lassen, von dem, was er wusste. Die Heiratsanzeige war bei ihm in guten Händen, nicht einmal Sophie hatte er davon erzählt. Bevorzugte Charaktereigenschaft eines Anwaltes ist die Diskretion. »Wenn Sie Hilfe brauchen, ich bin Anwalt.«

»Einen Anwalt kann man immer gebrauchen.« Wilden griff nach Sybilles Hand und zog sie für einen Moment an sich. Aber sie machte sich mit einer kleinen, kaum sichtbaren Handbewegung los und steuerte auf den nächsten Gesprächspartner zu.

Jetzt lehnte Ben allein am Bierwagen, erschöpft von den Wochen der Akquisition und beobachtete von dort das gesellschaftliche Treiben. Sophie war irgendwo im Volk mit Lukas unterwegs.

»Zingsheim, mein Name.« Ein älterer, hagerer, schwarz gekleideter Mann stand plötzlich neben ihm, zerrte an seinem Ärmel wie der Tod persönlich.

»Salem.« Ben wandte sich entsetzt ab.

»Ich weiß, Herr Staatsanwalt«, sagte Zingsheim mit zischender Stimme, »hat sich herumgesprochen.«

»Anwalt«, verbesserte Salem ihn.

»Das macht nichts.«

Sybille machte sich gerade selbstständig und Wilden unterbrach sofort sein Gespräch, ging ihr nach, wollte sie aufhalten, da verschwand ihr Lächeln für einen Moment. Er ließ sie gehen. Langsam schlenderte sie an den anderen Gästen vorbei, verschenkte hier einen Augenaufschlag, dort ein Nicken. Dann kam sie direkt auf Ben zu. Automatisch stellte er sich gerade hin und wischte sich über die Lippen. Aber sie sah an ihm vorbei und bestellte ein Glas Orangensaft. Gerade als er sie ansprechen wollte, zerrte der hagere Kerl wieder an seinem Ärmel.

»Ich habe da eine Frage.«

»Ich bin nicht im Dienst«, sagte Ben ungehalten und bedauerte die verpasste Gelegenheit.

»Ich bin Bestatter.« Zingsheim grinste, zeigte in Richtung Friedhof und seine Augen verschwanden in den vielen Falten seiner papierdünnen Haut, der Mund wurde groß und breit und entblößte einen Haufen gelber, schiefer Zähne. »Noch. Ich werde bald aufgeben müssen. Wegen der Brüder Schlangensief.«

»Und wer sind die Schlangensiefs?« Ben verlor Sybille in der Menge, aber er hörte nicht auf, nach ihr Ausschau zu halten.

»Auch Bestatter. Da drüben stehen sie, die beiden jungen Kerle da. Der dickere ist Paul, der Ältere, der andere ist Peter.«

Ben erkannte die beiden Weißhaarigen sofort wieder. Zwischen ihnen fand er auch Sybille. »Was ist mit ihren Haaren passiert?«

Zingsheim gackerte wie ein Huhn. »Sie sind weiß.«

»Das sehe ich. Immer schon?«

»Von Geburt an.«

»Zwei Bestattungsunternehmen in Oberprüm ...«

»Ich war zuerst da.«

»Konkurrenz belebt das Geschäft.«

»Wenn sie fair ist. Das ist sie aber nicht.«

»Erzählen Sie!«

»Sie machen Preise, die absolut außerhalb jedes Vorstellungsvermögens liegen. Haben Sie nicht das Schild im Schaufenster gesehen? Jede zweite Beerdigung kostet da nur die Hälfte.«

»Tolle Werbeidee.«

»Mein Untergang. Und ich frage mich, ob ich mir das gefallen lassen muss.«

»Grundsätzlich muss sich niemand irgendetwas gefallen lassen.«

Zingsheim roch muffig, stellte Ben fest, als er über dessen hagere Schultern hinweg sah, dass Sybille sich von den Schlangensiefs verabschiedete und auf einen Mann zuging, der etwas abseits allein an einem Stehtisch stand und an seinem Bier nippte.

»Was kann ich dagegen unternehmen. Soll ich zur Polizei gehen? Was raten Sie mir?«

»Zur Polizei? Das würde ich an Ihrer Stelle auf keinen Fall tun. Wie schnell könnte das Gerücht in die Welt gesetzt werden, Sie wollten harmlose Nachbarn denunzieren.«

»Soll ich mir etwa einen Privatdetektiv nehmen?«

Ben winkte ab. »Der nimmt Sie aus. Warum gehen Sie nicht ins Rathaus und lassen im Standesamt prüfen, ob alles seine Ordnung hat.«

»Da war ich.«

»Na, dann.«

»Sie sind Staatsanwalt ...«

»Anwalt«, verbesserte Ben ihn wieder. Der Mann neben Sybille war rot geworden und Ben verlor den Faden. »Was haben Sie gesagt?«

»Nichts.«

»Ach ja, wir waren bei mir stehen geblieben. Sehen Sie, ich bin neu hier, kenne noch nicht die Verwicklungen und Beziehungen in Oberprüm, Sie wissen, was ich meine, wer mit wem, warum, wieso. Ich bin also völlig unbefangen. Es kann doch nicht angehen, dass zwei junge Kerle einen alteingesessenen Bestatter einfach so vom Markt fegen.«

Zingsheim nickte heftig.

»Ich bin der richtige Mann für Sie. Ich kann Einsicht ins Sterberegister nehmen, die Bücher prüfen lassen, ich könnte ...«

»Ja, ja«, knurrte Zingsheim, »mag sein, aber Sie sind bestimmt teuer.«

»Haben Sie keine Rechtsschutzversicherung?«

»Natürlich.«

»Dann ist alles klar. Sie bringen mir Ihre Versicherungspolice und ich setze einen kleinen Vertrag auf. Ich wohne in Prüm auf dem Primelweg. Werfen Sie sie einfach in meinen Briefkasten.«

Zingsheim hielt auf einmal seine Hand auf, in der ein rostiger Schlüssel lag. »Den werden Sie brauchen. Er passt zum Nebeneingang, einer ehemaligen Garage.«

»Woher haben Sie ihn?«

Zingsheim kicherte. »Von früher.«

»Kein Bedarf. Ich bin kein Einbrecher.«

»Nun nehmen Sie schon.«

»Also gut, wenn Sie darauf bestehen. Aber ich werde ihn nicht benutzen. Glück auf.«

»Glück auf?« Zingsheims Gesicht verdüsterte sich.

»Oder wie sagt man unter Bestattern?

»Auf den Tod!«

»Schöner Spruch.«

Zingsheim zog endlich wieder seines Weges. Ben atmete erleichtert auf und ließ den Schlüssel in seiner Hosentasche verschwinden.

»Ach, hier bist du.« Sophie kam auf ihn zu. Lukas saß auf ihrer rechten Hüfte und lutschte am Daumen. »Alle Frauen müssen ihm wenigstens einmal über den Kopf streicheln.«

»Armer Lukas«, Ben übernahm ihn und setzte ihn auf die Theke. Lukas ließ die kurzen, dicken Beine baumeln. »Sybille etwa auch?«

»Die besonders.«

»Ich habe gerade einen neuen Mandanten erobert.«

«Wen denn?«

Ben zeigte auf Zingsheim und sagte: »Zingsheim, den Bestatter.«

Dieser irrte gerade allein durch die Grüppchen, wenn er sich näherte, wandte man sich ab, er schien nicht gerade beliebt zu sein.

»Er sieht zum Fürchten aus«, sagte Sophie.

»Ich brauche jeden.«

»Es gibt hier noch ein Bestattungshaus in Oberprüm, hab ich gesehen.«

»Ich weiß. Das ist sein Problem. Schlangensief. Da drüben. Die beiden Weißhaarigen.«

»Die zwei? Dann kann ich mir denken, wie die Sache ausgehen wird. Mitleid steht in Großbuchstaben in deinen Augen.«

»Man darf die besonderen Lebensumstände eines Menschen nie unberücksichtigt lassen.«

»Und ich habe keine Lust nächstes Jahr wieder umzuziehen, wenn du dich mit allem und jedem angelegt hast.«

Ben bestellte neues Bier. Er ließ Lukas nippen, ehe Sophie es verbieten konnte. Sie nahm einen kräftigen Schluck. Ben lehnte sich an sie und strich mit zärtlicher Geste über die beiden kleinen Muttermale, die schräg auf ihrer Wange standen.

»Wetten, dass ich mehr Leute kenne als du?«, fragte sie.

»Ja, lass uns wetten.«

»Um was?«

»Um den Kachelofen.«

Sophie wollte einen Kachelofen, Ben wollte einen Kamin.

»Okay. Wer ist das?« Ben dirigierte Sophies Blick mit kleinen Hinweisen in die richtige Richtung: »Geradeaus, neben dem Sonnenschirm links, weiter geradeaus, siehst du den Stehtisch?«

»Sybille. Wildens Neue. Das war einfach. Ich habe sie neulich auf dem Spielplatz gesehen.«

»Hat sie Kinder?«

»Nein.«

»Was macht sie dann auf dem Spielplatz?«

»Gute Frage, Herr Anwalt.«

»Und wer ist das neben ihr?«

»Ha, den kenne ich auch«, rief Sophie, »das ist der Apotheker Esser. Bringt die Medikamente im Notfall auch ins Haus, sagt er. Ich war bei ihm, um neue Aspirin zu holen. Jetzt bin ich dran.«

Es war ein unfairer Wettbewerb. Sie hatte einen eindeutigen Vorteil vor Ben: Sie hatte mehr Zeit gehabt, Leute kennen zu lernen, und schien ihre Fühler bereits bis nach Prüm ausgestreckt zu haben, denn als ein Herr ganz nah an ihnen vorbeistreifte, flüsterte sie: »Herr Zierden.«

»Wer ist das?«

»Eigentlich ist er Lehrer in Gerolstein. Aber er wohnt in Prüm auf der Wenzelbachstraße und sein Hobby ist das Literaturbüro. Neulich war ein Foto von ihm auf der ersten Seite. Da war irgendeine Lesung oder Veranstaltung, ich weiß es nicht mehr genau. Wir könnten doch auch einmal abends nach Prüm fahren. Wir waren so lange nicht mehr aus.«

»Und Lukas?«

»Dann brauchen wir einen Babysitter.«

»Warum fragst du nicht Sybille? Sie scheint Kinder zu mögen.«

»Ach, ich weiß nicht.«

In diesem Moment meldete sich der Stadtbürgermeister zu Wort, hieß Sybille als hundertzweiundzwanzigsten Einwohner des Stadtteils Oberprüm willkommen und hielt eine Lobesrede auf den Dachdecker. Zum Schluss rief er ihn zu sich und überreichte ihm einen riesigen Präsentkorb. Alle klatschten erleichtert, als er zu einem Ende kam und aufforderte, auf den Dachdecker und seine Lebensgefährtin anzustoßen. Auch Sybille, die noch beim Apotheker Esser stand, fiel ein. Im Glückstaumel entschied sich Wilden plötzlich ebenfalls zu einer Rede. Aber die Gäste hatten zu diesem Zeitpunkt genug geschwiegen, und seine Worte gingen unter.

Kurz nach Mitternacht piepste Dr. Michels Handy neben Ben und Sophie und er verabschiedete sich hastig mit dem Wort: »Lungenentzündung.«

»Gehen wir auch?«, fragte Sophie.

Als sie im Bett lagen, schlief sie augenblicklich ein, noch ehe Ben seinen Arm um sie legen konnte. Ihr letztes Wort war: »Kachelofen.« Er lag lange wach, ließ die vielen neuen Gesichter an sich vorbeiziehen und kam zu dem Schluss, dass darunter jede Mengen Mandanten sein mussten.

Am anderen Morgen klingelte es früh. Sophie war die erste, die sich regte und nach dem Telefon suchte. Dann weinte Lukas. Dann rief Ben: »Die Türklingel.«

Später hörte er sie an der Haustür reden. Als sie zurück ins Schlafzimmer kam, hielt sie ein Papier in den Händen.

»Wer war das?«, murmelte er und hielt sich die Schläfen.

»Zingsheim und seine Versicherungspolice.«

Sophie ließ das Blatt fallen, das durchs Zimmer wehte und auf Bens Decke landete.

»Das wird er mir büßen.« Ben fegte es mit den Füßen auf den Boden.

Im Kinderzimmer war wieder Ruhe eingekehrt.

»Ich mache Frühstück«, Sophie drehte sich um und wollte wieder hinuntergehen. Ihre langen, blonden Haare standen kreuz und quer und ihr T-Shirt war hoch gerutscht. Die Morgensonne schien durch die Fenster, an denen noch keine Gardinen hingen, und zeichnete alles weich.

»Nein«, brummte Ben und winkte sie zu sich, »komm her.«

7. Kapitel

Im Juni herrschte nicht nur im gesamten Prümtal eitel Sonnenschein, sondern auch im Hause des Dachdeckers.

Sybille umsorgte Wilden – ein Umstand, der ihm über die Maßen behagte, hatte er doch viele Jahre darauf verzichten müssen. In seiner Abwesenheit erledigten sich alle unangenehmen Arbeiten wie Wäsche waschen, Schuhe putzen und bügeln und einkaufen wie von Geisterhand, ohne irgendwelche Spuren zu hinterlassen außer einem gefüllten, aufgeräumten Wäscheschrank, blitzblanken Fenstern und Böden und einem frischen Duft im ganzen Haus. Auf ganz andere Weise, als Charlotte, seine Putzhilfe, es getan hatte. Sybille dachte an die berühmten Kleinigkeiten.

Auf den Kommoden, Tischen und Fensterbänken standen Blumen. Von ihren täglichen Einkäufen kam sie mit allerlei Nippesfiguren zurück, die ihn zuerst befremdet hatten – sein Geschmack war eher nüchtern, aber natürlich liebte er, was sie liebte. Porzellanfiguren standen zwischen den Blumentöpfen, Strohpüppchen lagen auf den Kommoden, Marionetten und Windspiele hingen in den Zimmerecken oder vor den Fenstern.

Auch der Garten wurde unter ihren Händen jeden Tag ein bisschen bunter. Vor ihrer Zeit hatten nur immergrüne, sterile Pflanzen vorgeherrscht, jetzt blühte es in allen Ecken. Die Gärtnerei Roland Münz in Prüm hatte ein passendes Sortiment geliefert. Sybille hatte die schattenliebenden unter die Koniferen, die sonnenhungrigen in ein frei liegendes Beet, die kleinen nach vorne, die großen in den Hintergrund gepflanzt. Sie hatte sogar die Farben sortiert.

Ihr Faible aber war die Küche. Aus den einfachsten Gerichten zauberte sie kleine, verspielte Kunstwerke. Ein simpler Kartoffelpüree kam nicht als Klecks daher, sondern in der Form eines Sternes, die Serviettenfalten waren zu Schmetterlingen gefaltet, als wäre jede Mahlzeit mit ihm ein halber Kindergeburtstag. Das gefiel ihm, es verjüngte ihn. Die Krönung aber waren ihre selbst gemachten Süßspeisen. Wilden war kein großer Kenner der Materie, aber so viel war sicher; die Zitronencreme, die Sybille ihm am Ende eines harten Arbeitstages servierte, war vom Feinsten.

Danach genehmigte er sich gern einen kleinen Cognac und nach nichts stand ihm dann mehr der Sinn als nach ein paar Zärtlichkeiten. Die Mühe und Sorgfalt, die sie sich machte – sagten sie nicht alles aus über ihre Gefühle für ihn? Liebe geht durch den Magen, nie hatte dieser Satz mehr Wahrheit enthalten, als in ihrem Fall.

Sybille, die nie Alkohol trank, legte ihm stattdessen die Rechnungen des Tages vor. Sie führte Buch über ihre Taxifahrten und Einkäufe. Er wunderte sich, dass sie nie daran dachte, den Bus zu nehmen, aber natürlich sagte er es nicht laut. Als sie sich eines Abends entschuldigte, dass es etwas teurer geworden war als geplant, da setzte er ihrem Treiben ein Ende.

»Es ist unser Geld, Sybille«, rief Wilden aus und spielte den Herrn des Hauses. »Ich will nicht wissen, was du damit machst. Ich will keine Rechnungen sehen und das Wort Geld in diesem Hause nie wieder hören.«

Sie lächelte, faltete ihre Notizen, ließ sie in den Papierkorb fallen und servierte ihm Stunden später, gegen Mitternacht, ein Betthupferl und seine Belohnung. Eine neue Nachspeise.

Der Schokoladenpudding, schwer und leicht zugleich, süß und herb und fast schwarz, war umwerfend. Die Bitterkeit stammte von einer besonderen, schwarzen belgischen Schokolade, die sie – wie sie ihm beschrieb – in einem Delikatessengeschäft in Bitburg gefunden habe und die achtundneunzig Prozent Kakao enthielt.

»Woher hast du das Rezept?«

Ein geheimnisvoller Augenaufschlag war die Antwort. Dass sie über ihre Vergangenheit nicht sprechen wollte, wahr ihm recht, so kam auch seine nicht zum Zuge. Nie meldete sich jemand aus ihrem früheren Leben, als gäbe es niemanden. Sie schien niemanden zu haben außer ihm. Wilden war es zufrieden.

Und alle sollten es sehen. Nach dem gelungenen Gartenfest schlug er bald andere kleine, private Einladungen an den Wochenenden vor. Wenn sie die Speisenfolge und den Wein besprachen, probierte Wilden es immer wieder: »Und als Nachtisch diesen Schokoladenpudding.«

Und immer wieder lehnte sie ab.

»Nur einmal«, bettelte er.

Sie ließ sich endlich erweichen. Aber enttäuscht musste er feststellen, dass er nicht von der Perfektion war, die er kennen gelernt hatte. Er beschwerte sich nicht, sondern meinte nur vorsichtig: »Für uns zwei machst du ihn bitterer.«

»Das kam dir nur so vor.«

Wenn er sie bat, erweckte sie den Flügel zu neuem Leben und unterhielt die Gäste mit ihrem Spiel, das leicht und sicher war. Sie spielte ohne Noten. Die Stücke klangen fröhlich und munter und sie hatte einen guten, festen Anschlag. Marga hatte schwere, traurige Musik gespielt, besonders kurz vor ihrem Tod, und war ohne Noten verloren gewesen.

Danach setzte sie sich zu ihm auf die Sofalehne, sodass er einen Arm um ihre Hüften legen konnte und alle sahen, wie glücklich sie waren. Wenn sie die Gäste spät in der Nacht zur Türe begleiteten, geschah dies Hand in Hand. Alle beneideten Wilden um diese Frau, die ohne jeden Makel war. Dass sie danach in ihre getrennten Zimmer gingen, wusste niemand.

Er hatte es ein einziges Mal versucht. Die Klinke mitten in der Nacht heruntergedrückt. Sie schloss sich immer noch ein. Er akzeptierte es als Übergangsphase und tastete sich weiter vor, steckte die Grenzen ab, die sie ihm setzte, ohne sie anzuzweifeln. Er war sicher, auf dem richtigen Wege zu sein. Eine Frage der Zeit.

Etwas, das er vermisste, war das Fotografieren, seit er wieder ein Lieblingsobjekt im Hause hatte. Ein Versuch war es wert.

Eines Tages holte er seine Kamera aus der Verbannung und überraschte sie in der Küche. Sie lief davon. Er verfolgte sie ins Esszimmer, ins Wohnzimmer, in den Garten, dachte an ein Spiel. »Komm, lach mich an.«

»Nein.«

»Ach, komm. Du siehst wunderbar aus. Nur *ein* Foto.«

»Nein.«

»Ein einziges.« Wilden war über die Türschwelle gestolpert und hatte sich gerade mühsam wieder gefangen, als er ganz nah vor ihr stand. Sie legte die Hände vor die Linse. Er begriff es immer noch nicht, folgte ihr die Treppen hinauf und lockte sie. Als sie ihre Zimmertüre aufschloss, sah er für eine Sekunde ihr Bett und die geöffneten Koffer darauf.

Entsetzt ließ er den Apparat sinken. »Du verreist?« Sein Herz setzte einen Schlag aus. Was hatte er falsch gemacht?

»Ich habe nur aufgeräumt«, sagte sie. Sie war verlegen, er sah es ganz deutlich, huschte durch den schmalen Türspalt und schloss ab. Wie ein Idiot stand er davor.

Nach ein paar Minuten tauchte sie wieder auf, setzte sich an den schwarzen Flügel und spielte, als wäre nichts geschehen. Er stellte den Fotoapparat ab, zog einen Stuhl neben sie, setzte sich zu ihr und beobachtete ihre Finger. Er genoss die Klänge, die durchs ganze Haus drangen, konnte aber die Koffer nicht vergessen. Er musste etwas unternehmen, wenn er sie nicht verlieren wollte. Sie mussten reden. Als die letzten Töne verklungen waren, nahm er einen Anlauf.

»Wo hast du das nur gelernt?«

»Bei einem Klavierlehrer natürlich.« Ihr Zorn schien verflogen.

»Ich weiß immer noch so wenig von dir. Welchen Beruf hast du eigentlich erlernt?«

Verlegen wich sie aus. »Als Kind habe ich sogar Ballett getanzt.«

»Ballett?« Schon sah er sie vor sich, wie sie grazil und leicht wie eine Feder über den Boden wehte zu diesen fröhlichen Klängen. Die Haare hochgesteckt, das schmale Gesicht ernst und konzentriert.

»Ich habe auch gemalt und das ziemlich gut sogar ...«

»Ich könnte dir eine Staffelei kaufen. Hier im Haus fehlen ein paar Bilder.«

»Nein. Das ist vorbei.« Sybille unterbrach ihr Spiel, klappte den Klavierdeckel zu und legte ihre Hände darauf.

Sie saßen schweigen nebeneinander, als er nach einer Weile fragte: »Warum gehst du nie aus? Ich meine tagsüber, wenn ich im Geschäft bin, dass du unter Leute kommst, vielleicht eine Freundin findest ... Frauen brauchen Freundinnen.«

»Ich gehe aus, wenn ich einkaufen gehe. Alle vierzehn Tage mittwochs auf den Wochenmarkt in Prüm und ...«

»Das meine ich nicht. Spazieren oder so?«

»Ich gehe spazieren. Ich war auf dem Kalvarienberg, im Kurpark und bin sogar bis Niederprüm gefahren und habe mir dort den kleinen Skulpturenpark angesehen. Ich war kurz davor, ein Teil zu kaufen.«

»Der Brunnen im Garten ist von dort.«

»Das dachte ich mir. Es gibt wunderbare Dinge dort. Ein Spinnnetz in einem kahlen Baum. Ein Fisch, der im Baum über einem kleinen Bach hängt, riesige Libellen.«

»Ich weiß. Wir können noch einmal zusammen dorthin gehen.«

»Ja«, sagte Sybille und wandte sich ab.

Sie will es nicht, durchfuhr es Wilden. Hartnäckig fuhr er fort. »Du solltest nicht immer allein sein.«

»Das bin ich nicht. Stell dir vor, der ältere der beiden Schlangensiefs wollte sogar mit mir ausgehen. Ich habe natürlich abgelehnt. Und ich habe die Frau des Anwaltes wieder getroffen. Sophie Salem. Du erinnerst dich?«

Sie führt ein eigenes Leben, während ich arbeite, dachte er wehmütig und sagte: »Ja. Das ist schön. Wo?«

»Auf dem Spielplatz.«

Fragend sah er auf, aber Sybille stand jetzt an der Fensterbank und goss bedächtig die Blumen, strich über die Blätter und zupfte hier und dort.

»Sie brauchen einen Babysitter, sagt sie. Ich habe gesagt, das würde ich gern machen.«

»Ja, Kinder.« Wilden beobachtete sie, räusperte sich dann und nahm seinen ganzen Mut zusammen: »Hast du nie ... daran gedacht, selber Kinder zu haben?«

»Irgendwie hat es nicht geklappt.«

»Das tut mir Leid.«

»Und du?«, fragte Sybille. Wilden erstarrte auf dem Klavierhocker, kalt und heiß lief es seinen Rücken herunter.

»Was wäre, wenn ich Kinder hätte?«, fragte er mit bebender Stimme.

»Dann hättest du mich die ganze Zeit belogen«, sagte sie, ohne sich umzudrehen.

Es war zu spät, Konrad aus seinem Versteck hervorzuzaubern und wieder ins Spiel zu bringen. Er musste für immer in den Telefonleitungen verschwunden bleiben. Es war zu spät.

»Aber du bist noch jung genug ...«, flüsterte er, als er sich wieder gefangen hatte. Sie ging mit der Gießkanne an ihm vorbei in die Küche. »Und ich ...«, rief er ihr nach. Er war nicht jung genug, aber vielleicht auch nicht zu alt. Gab es nicht Männer, die im hohen Alter mit einer jungen Frau ... er wollte nichts lieber als das. Noch einmal von vorne anfangen. Noch einmal wie damals. Mit ihr. Er hörte, wie das Wasser in die Gieskanne lief.

»Ich habe mir etwas überlegt«, rief er, »ich möchte mein Testament ändern.« Das stimmte nicht. Er hatte es sich keineswegs überlegt. Es war eine spontane emotionale Entscheidung, die er in eben diesen Minuten getroffen hatte. Aber er wollte es wirklich. Er wollte Sybille an sich binden.

Was sprach dagegen? Konrad in Amerika verdiente selbst genug. Sprach er nicht immer von einem Haufen Geld? Hatte er nicht sogar schon ein eigenes Haus? Und war Peggy nicht eine Tochter aus reichem Hause? Sybille würde es Sicherheit geben.

»Wer ist denn zur Zeit der Begünstigte?«, hörte er sie fragen und erschrak. Sie stand in der Tür, als er sich herumdrehte. Ihr Gesicht war blass geworden.

»Eine Stiftung. Ich habe keine Erben wie du weißt.«

»Welche Stiftung?«, fragte sie weiter.

»Die ... eine Stiftung für berufsunfähig gewordene Handwerker.«

»Und wer soll es nun werden?«, unterbrach sie ihn.

»Du.«

»Ich?« Entsetzt zeigte sie mit dem Finger auf sich selbst.

»Ja.«

»Aber, du ... wir ... kennen uns noch nicht sehr lange.«

»Ich weiß sehr genau, woran ich bin. Du nicht?«

»Was soll ich sagen?«

»Freu dich einfach. Komm, gib mir einen Kuss.« Wilden breitete die Arme aus. Sybille stellte die Gieskanne ab und kam langsam auf ihn zu. Für Minuten durfte er sie halten. Er dachte, er hätte die erste Hürde genommen. Er war sicher, auf dem richtigen Wege zu sein. Wenn die Zeit gekommen war, konnte sie nicht mehr Nein sagen.

Er änderte sein Testament noch am gleichen Tag. Sybille sollte nach seinem Tod seine Haupterbin sein und Konrad nur den Pflichtteil erhalten. Das Original verblieb im Tresor im Betrieb. Er musste Konrad darüber informieren, aber nicht jetzt, an einem anderen Tag.

Bei seiner Rückkehr legte er eine Kopie für sie auf den Flügel. Sie fand sie erst am Abend. Wilden sah, wie sie sie mit einem Lächeln beiseite legte.

8. Kapitel

Seit ein paar Tagen klebte am Eingang zu Zingsheims Geschäft ein kleiner, weißer Zettel. »Wir machen Urlaub.« Vierzehn Tage später hing der Zettel immer noch dort. Elsbeth Schlangensief konnte sich nicht satt sehen. Stundenlang harrte sie aus und wies alle Passanten ausdrücklich darauf hin, falls sie gerade einen Sterbefall in der Familie hätten, dass sie sich leider zur Zeit nicht an den alten Zingsheim wenden könnten. Dafür aber um so mehr an ihre Söhne.

Nach einer Weile kam Zingsheim heraus und blickte sich nervös um. Elsbeth lauerte ihm auf.»Ich denke, du bist in Urlaub.«

»Bin ich auch.«

»Du hast aber noch nie Urlaub gemacht.«

»Es wurde Zeit.«

»Und, wohin fährst du?«

»Das werde ich dir gerade sagen.«

Ende Juni war Zingsheim immer noch in Urlaub. Elsbeth triumphierte und die Oberprümer gönnten es ihr, hatten sie alle als tapfere Mutter in Erinnerung, die nach dem Tode des leichtsinnigen Mannes vor dem Nichts gestanden hatte und nun mit vollem Recht stolz darauf sein konnte, was aus ihren Söhnen geworden war, obwohl sie weißhaarig waren und Waisenkinder und niemand ihnen eine besonders Zukunft vorausgesagt hatte. Außer ihr natürlich. Sie hatte immer gewusst, dass sie auserwählt waren. Jetzt konnte die Zeit der Ernte beginnen, für all das Leid, das ihr widerfahren war.

Als ihre Söhne die Gunst der glückseligen Stunde nutzten und ihr mitteilten, dass sie den Geschäftsnamen nun doch in »Pax Domine« ändern würden, gab sie nach: »Ganz wie ihr wollt, Kinder«, sagte sie andächtig und sah zu, wie der Monteur die Buchstaben über den Schaufenstern austauschte.

Sie wusste nicht, dass ihre Söhne nun schon über einen Monat an dem gescheiterten Versuch, schwarzhaarig zu werden, nagten. Peter schob es auf den unfähigen Oberprümer Friseur und seine noch unfähigere Auszubildende Tanja und überredete schließlich seinen Bruder, einen Fachmann aufzusuchen. Nach langem Hin und Her fuhren sie im Leichenwagen nach Bitburg zu einem so genannten Haarstylisten und nahmen wieder vor einer Reihe Spiegel Platz.

»Wir hätten gerne schwarze Perücken«, sagte Peter.

»Ich nicht!«, schrie Paul verzweifelt und legte seine Hände schützend auf seinen Kopf. Peter und seine haarsträubenden Einfälle.

»Warten Sie!«

Der Friseur zeigte ihnen mehrere Modelle aus kostbarem Echthaar, mit oder ohne Locken, lang oder kurz, deren Farbe zwar schwarz, aber nicht schwarz genug war, wie Peter mit Bedauern feststellte.

Eine Perücke aber war aus glitzerndem Kunsthaar und kohl-pech-raben-nacht-toten-schwarz. Dazu von angenehmer Länge, bis über die Ohren. Ein bisschen zerzaust zwar, aber es gab genau zwei davon seit langer Zeit auf Lager, als wären sie extra für die Schlangensiefs gedacht. Das gab schließlich den Ausschlag für Paul.

Sie sahen fantastisch aus, konnten sich im Seiten- und Rückspiegel des Leichenwagens nicht satt sehen. Auch im kleinen Spiegel in der Kundentoilette ihres Bestattungshauses mithilfe eines Handspiegels überprüften sie den Sitz der Perücken von allen Seiten und Perspektiven. Anfangs setzten sie sie nur während der Arbeit auf und ahnten nicht, wie schnell es sich im Ort herumsprach und zu Elsbeth vordrang, die alles abstritt, der Sache aber nachging. Ohne ersichtlichen Grund kreuzte sie im Geschäft auf und ertappte ihre Söhne auf frischer Tat. Sie schluckte, schlug die Hände vors Gesicht, gab einen spitzen Schrei von sich und fiel rückwärts in einen bereitstehenden, geöffneten, gebrauchten Sarg. Sie weigerte sich, die Augen wieder zu öffnen, und rang innerlich um göttlichen Beistand.

Sie bemühte sich ehrlich, ihren Söhnen entgegenzukommen, seit sie für sie Zingsheim zur Strecke gebracht hatten, ließ sie da an der langen Leine gewähren, wo sie früher energisch eingeschritten wäre. Sie hatten ihren Lebenstraum erfüllt, Zingsheim hatte gebüßt, büßte noch, würde büßen bis ans Ende seiner Tage, auch wenn das nicht mehr lange hin war. Denn seit seiner Zwangsbeurlaubung verfiel er zusehends.

Nie würde sie vergessen, was ihre Söhne für sie getan hatten. Aber ihre Haare waren ihr immer heilig gewesen. Kein Makel, sondern ein Geschenk, mit dem nur sie gesegnet waren. Sie zu färben, kam das nicht einer schändlichen Gotteslästerung gleich?

»Mutter!«, hörte sie ihre Söhne in der Ferne rufen.

»Wie konntet ihr nur«, murmelte sie mit geschlossenen Augen.

»Mutter! Wach werden!«

»Nicht so lange eure Haare schwarz sind!« Widerwillig ließ sie sich mit geschlossenen Augen auf eine Diskussion ein.

»Aber das sind sie nicht!«

Elsbeth riskierte einen Blick. Sie musste sich geirrt haben. Ihre Söhne waren weißhaarig wie eh und je.

»Es waren nur Perücken«, tröstete Peter sie.

»Ach so. Jetzt holt mich hier aber endlich raus.«

Bald gehörte das Aufsetzen der Perücken zu den morgendlichen Ritualen wie Zähneputzen und Rasieren und die Brüder spürten sie kaum. Sie saßen fest und gleichzeitig locker genug, um nicht das Gefühl einer Mütze zu erwecken. Sie wurden zu einem Teil von ihnen. Zu ihrem schönsten Teil. Paul und Peter entgingen nicht die Blicke der jungen Frauen, wenn sie in der Leichenhalle würdevoll standen, den Sarg über den Friedhof begleiteten, durch Oberprüm schritten oder im Leichenwagen an ihnen vorbeiglitten.

Hinderlich waren die Perücken nur bei ihren nächtlichen Grabungen, wenn der Wind heftig über die Weiden wehte. Einmal tauchte Paul ohne wieder auf. Erst als der leere Sarg auf dem Sargwagen stand, der Tote versenkt, das Grab wieder dem Erdboden gleich, alle Kränze drapiert und das Holzkreuz wieder in den Boden gerammt war, fiel Peter der Verlust auf. »Wo sind deine Haare?«

Paul fasste sich auf den Kopf und schrie leise auf. Da musste er das ganze Grab wieder ausheben und in schwarzer Nacht in schwarzer Erde nach einer schwarzen Perücke suchen.

»Du brauchst einen Hut«, sagte Peter, als Paul das gute Stück wiederfand, die Erde aus den einzelnen Strähnen schüttelte, die Blätter und Fichtennadeln herausklaubte, bevor er sie aufsetzte.

»Ja«, seufzte Paul, »ein Hut wäre gut.«

Ein paar Tage später hielt er sich allein in Prüm auf. Er hatte einen Auftrag aus der Stadt bekommen, de facto eine Überweisung des dort ansässigen Bestatters. Bei dem Kunden handelte sich um einen völlig verarmten Rentner, der für seine verstorbene Frau die Wahl zwischen einem Armengrab und einer Schlangensief Beerdigung hatte. Ein Fall für Paul.

Der Prümer Kunde bestand darauf, ihm sein ganzes Leben zu erzählen, das durch Kriegswirren, Flucht und etliche

Ausbombungen reich an Anekdoten war. Er legte ihm alle Fotos seines Daseins vor und fand kein Ende. Paul schaffte es nicht, ihn zu unterbrechen. Nach über drei Stunden trat er wie betäubt auf die Pfannstraße.

Als er in das Bestatterbüro zurückkehrte, sah sein Bruder plötzlich aus wie einer von den Blues Brothers. Original. Genau wie im Film. Er trug einen schwarzen Hut und eine schwarze Sonnenbrille.

»Kam mit der Post«, erklärte Peter und legte die Füße auf den Schreibtisch. Er trug auch weiße Socken.

»Und ich?«

»Bedien' dich.«

Auf Pauls Schreibtisch stand ein geöffneter Karton, aus dem er einen zweiten schwarzen Hut und eine zweite Sonnenbrille hervorzog, beides in Seidenpapier eingewickelt. Er verschwand in der Toilette und überprüfte sein Aussehen. Die Sonnenbrille war das I-Tüpfelchen.

»Kundschaft«, hörte er Peter rufen und trennte sich unwillig von seinem Spiegelbild.

Durch das Bürofenster sahen sie, wie sich auf dem Hof auf Zehenspitzen eine schmale, gramgebeugte, männliche Gestalt anschlich, nach ein paar Metern nah neben der Mauer auf die Knie ging und dort hocken blieb. Zingsheim. Paul und Peter traten hinaus, blieben auf der obersten Treppenstufe stehen und blickten auf ihn hinab. Zingsheim hatte sie in ihrem neuen Staat nicht gleich erkannt, denn er winkte ihnen scheinheilig zu: »Ich habe etwas verloren, die Herren.«

»Auf unserem Hof?«, drohte Peter und scharrte mit den Füßen, dass Zingsheim zu Tode erschrak und nicht wieder auf die Beine kam. Da griffen die Brüder nach ihm, zogen ihn hoch, trugen ihn vom Hof und ließen ihn auf dem Bürgersteig wortlos fallen wie einen Müllsack.

Danach drehten sie zu Fuß eine langsame Ehrenrunde durch Oberprüm. Vor dem Friseur am Marktplatz hielt Paul an, rückte seine Sonnenbrille zurecht und betrat erhobenen Hauptes den Salon.

»Hallo, Paul.« Tanja ließ ihre Kundin im Stich und kam auf ihn zu. Ihr Lächeln war verlegen.

»Hallo, Tanja.« Er konnte sich jederzeit umdrehen und wieder gehen, wenn sie nichts oder das Falsche sagte. Lässig versenkte er die Hände in den Hosentaschen. Tanja warf sich ein Handtuch über die Schulter. Sie trug ein rosa T-Shirt mit dünnen Trägern.

»Gilt dein Angebot noch?«, fragte sie.

»Welches Angebot?« Er konnte sich nicht erinnern, sie etwas gefragt zu haben.

»Du weißt schon. Gehen wir am Samstag ins Kino?«

»Morgen?«

»Ja.«

»Ich hole dich ab.«

Auf dem Absatz drehte er sich um und wollte mit würdevollem Abgang verschwinden, als er gegen die Glastür stieß.

»Und?«, fragte Peter draußen neugierig.

»Sie will unbedingt mit mir ausgehen«, seufzte Paul und sah gelangweilt geradeaus.

Wenig später betraten sie Elsbeths Küche.

»Kinder!« Jedes weitere Wort blieb ihr unweigerlich im Halse stecken. Es war Respekt, Stolz, Bewunderung und ein bisschen Angst, was die Brüder in ihren kleinen braunen Augen zu sehen glaubten. Endlich schien sie sie als das wahrzunehmen, was sie wirklich waren: Große und starke, richtige Männer. Die Kinder in ihnen gab es nicht mehr. Der letzte Schritt war getan. Elsbeth wusste nichts mehr zu sagen.

Am anderen Morgen, es war Samstag, tauchte dieser Mann im Bestattungshaus auf, der sie einmal vor dem *Kraterhof* nach dem Weg gefragt hatte und den sie auch auf Wildens Gartenfest gesehen hatten.

»Ben Salem«, stellte er sich vor.

»Ich bin Paul«, sagte Paul und rückte seine Sonnenbrille zurecht.

»Ich bin Anwalt in Prüm.«

»Haben Sie sich wieder verlaufen?«

»Nein, ich wollte nur mal reinschauen.«

»Kommen Sie nur herein, ich wasche gerade einen Kunden.«

»Ach, nein, lassen Sie mal.« Ben Salem machte irritiert einen Schritt rückwärts.

»Dann decke ich ihn rasch ab und schieb ihn ins Kühlfach. Bei diesen Temperaturen kippt er mir sonst um.«

»Umkippen?«, fragte Ben und sah ihm nach, wie er in einem gekachelten Raum verschwand und herumhantierte.

»Die Fäulnis. Die Fäulnis. Umkippen ist hier weniger physikalisch als chemisch zu sehen«, erklärte Peter, woraufhin Ben Salem einen Teil seiner gesunden Gesichtsfarbe verlor. »Haben Sie einen Todesfall in der Familie?«

»Nein. Gott sei Dank nicht.«

»Möchten Sie vielleicht unseren Ausstellungsraum sehen?«, fragte Paul diensteifrig, als er zurückkam.

»Gerne.«

Er führte ihn herum und erklärte ihm die verschiedenen Sargmodelle, die Innenausstattung, die Urnen, die Vasen, geriet ins Schwärmen und fand kein Ende.

»Also, ich persönlich möchte später verbrannt werden, und meine Asche soll ins Meer fliegen«, sagte Ben.

»Davon halte ich nichts. Nichts geht über eine richtige Beerdigung mit Sarg.«

»Es gibt neuerdings diese Pappsärge.«

»Ekelhaft.« Paul schüttelte sich.

»Es ist eine Preisfrage.«

»Nein. Es ist würdelos.«

»Vielleicht haben Sie Recht. Beerdigungen sind eine teure Angelegenheit.«

»Das muss nicht sein. Wollen Sie vielleicht zur Probe liegen?« Er zeigte einladend auf einen geöffneten Sarg, der mit blütenweißer Seide ausgeschlagen war, über ein Kopfkissen mit Spitzen und eine gesteppte Decke verfügte.

»Ganz bestimmt nicht.« Ben Salem schien sich nicht wohl in seiner Haut zu fühlen. »Eigentlich bin ich nur hier, weil der Herr Zingsheim mir einen Auftrag erteilt hat.«

»Der wieder«, rief Peter, der vom Büro aus die Führung beobachtet und mit angehört hatte. »Gestern erst hat er hier wieder Hausfriedensbruch begangen, trieb sich einfach auf unserem Hof herum.«

»Er meint, ich soll hier nach dem Rechten sehen.«

»Tun Sie das«, sagte Peter. »Wir haben nichts zu verbergen. Sehen Sie sich um und fragen Sie, wenn Ihnen etwas komisch vorkommt.«

»Wie könnte ein Bestattungshaus komisch sein?«

»Ich zeige Ihnen gern die Bücher.«

Bei diesem Stichwort rannte Paul hinaus. Ben Salem sah ihm überrascht hinterher und wandte sich dann seinem Bruder zu. »Interessieren würde es mich schon, wie Sie das mit den Preisen so hinbekommen. Ist denn die Spanne so hoch?«

»Unglaublich hoch«, beteuerte Peter, »nahe hundert Prozent.«

»Nicht wahr!«

»Doch. Kommen Sie.« Während er Ben Salem einen Blick in seine Kontoführung werfen ließ, sagte er: »Zingsheim hätte das auch machen können. Aber dann hätte er zu wenig verdient. Und darum geht es. Ums Geldverdienen. Er ist geizig und gierig. Und ich frage Sie, als Anwalt und Mensch, sind das erstrebenswerte Eigenschaften für einen Bestatter?«

»Nein, wirklich nicht. Reich werden kann man hier sowieso nicht. Wie ich sehe, sterben nicht viele. Nur sechs Beerdigungen letzten Monat.«

»Ist es nicht wunderbar? Die Oberprümer sind von eiserner Gesundheit.«

»Eigentlich müssten Sie sich das Gegenteil wünschen«, sagte Ben Salem anerkennend.

»Sie können natürlich eine Querprüfung machen, das Sterberegister im Standesamt überprüfen. Wir decken hier die nördlichen Orte ab: Tafel, Walcherath, Gondenbrett, Obermehlen et cetera und Oberprüm natürlich. Sie müssen wissen, der Friedhof unten in Prüm ist so gut wie voll besetzt. Es soll zwar ein neuer in der Nähe des Krankenhauses oben am Krater entstehen, aber die Planungen stecken fest. So lange sind wir hier die ideale Zwischenlösung für die Stadt.«

»Sie sind sicher mehr als das«, sagte Ben.

»Sie können auch auf unserem Friedhof die Gräber nachzählen ...«

»Auf keinen Fall.«

»Sehen Sie, wir sind mit dem Vorsatz hier angetreten: Wenn schon Bestatter, dann wollen wir den Menschen das Sterben leicht machen. Wissen Sie, eigentlich wollten mein Bruder und ich Friedhofsgärtner werden. Paul!« Paul blieb verschwunden. »Mein Bruder spricht nicht gern über seine guten Taten. Ach ja, Friedhofsgärtner, sagte ich.«

»Warum sind Sie es nicht geworden?«

»Unserer Mutter zuliebe.«

»Das ist ...« Ben schien gerührt.

»Es war ihr Lebenstraum. Und ich bitte Sie, kann man den seiner Mutter abschlagen?« Peter breitete dramatisch die Arme aus.

Ben Salem schloss das Kontobuch und wechselte das Thema. »Stehen Ihnen übrigens gut.«

»Die Hüte?«

»Auch.«

»Die Sonnenbrillen?«

»Ich meine die Haare. Muss eine Erleichterung für Sie gewesen sein.«

»Mein Bruder und ich, wir wissen, was es heißt, nicht dazuzugehören, vielleicht sind wir deswegen so ...«

»Nichts für ungut. War nur eine Formsache. Machen Sie weiter so und vergessen Sie diesen Zingsheim.«

»Das ist leichter gesagt, als getan.«

»Sie können auf mich zählen.« Ben überreichte Peter seine Visitenkarte und zog den Schlüssel aus der Tasche, den Zingsheim ihm überlassen hat. »Der passt auf den Nebeneingang.«

»Woher ...?«

»Zingsheim. Von früher angeblich.«

»Das ist die Höhe.«

»Das sehe ich auch so. Wie gesagt, wenn was ist ... Sie können auf mich zählen.«

»Gerne.« Peter führte ihn hinaus, schloss das Hoftor sorgfältig hinter ihm, kam feixend zurück ins Geschäft.

»Paul!«

Die Toilettentür fand er schließlich abgeschlossen.

»Wie war ich?«, rief er durch das Schlüsselloch.

»Mir graut vor dir«, flüsterte Paul.

Als er am Abend Tanja abholen wollte, war der Friseurladen geschlossen. Er wusste nicht, wo sie wohnte. Alle Vorbereitungen waren umsonst gewesen, enttäuscht stolperte er nach Hause.

9. Kapitel

Mitte Juni zogen im Haus des Dachdeckers erste dunkle Wolken auf. Wilden war an einem Punkt der Ratlosigkeit angekommen. Er kam einfach nicht an Sybille heran. Die vermeintliche Übergangsphase wurde zu einem Dauerzustand. Auf den ersten Blick war alles harmonisch, es gab keinen Streit, nie eisiges Schweigen, keine Verletzungen irgendwelcher Art. Sie behandelten sich gegenseitig mit Höflichkeit und Entgegenkommen.

Er erfüllte ihr jeden Wunsch, wie er es versprochen hatte. Er hatte sogar eine Alarmanlage im Haus einbauen lassen. Nachdem sie sich einige Nächte im Erdgeschoss begegnet waren, sie ganz aufgelöst, als sei sie auf der Flucht, er schlaflos. Obwohl er der festen Überzeugung war, dass in Oberprüm keine Gefahren lauerten, war Sybille nicht davon abzubringen gewesen. Wochenlang hatten Techniker das ganze Haus umgekrempelt. Jetzt war nichts mehr dem Zufall überlassen. Es schien ihr zu helfen, sie geisterte nie wieder im Treppenhaus herum.

Sie revanchierte sich, bestellte Haus und Garten, kochte hervorragend, kaufte überlegt ein, plante meist eine Woche im voraus und er hatte das Gefühl, sie liebte diese einfache Küchenarbeit wirklich. Denn was sonst konnte es bedeuten, dass sie dabei summte.

Aber genug war ihm das natürlich nicht.

Ihr Zimmer nicht betreten zu dürfen, bedeutete die Entbehrung der wirklichen Nähe. Einer Nähe, die er zwar noch nicht besessen hatte, von der er aber ahnte, wusste, wie wunderbar sie sein würde. Er durfte ihre Hand halten, wenn sie auf der Terrasse saßen, sich an sie lehnen und ihren Duft einatmen. Er durfte ihr Haar zurückstreichen und sie auf

Stirn und Wangen küssen. Nicht mehr. Gleichzeitig hinterließ sie im ganzen Haus eine Spur, die ihn schier wahnsinnig werden ließ. Ihre Jacke an der Garderobe oder ein Schal über einer Stuhllehne, die er, wenn sie es nicht sah, an sich drückte. Wehmütig strich er über das Buch, das sie zu lesen angefangen und auf dem Büffet vergessen hatte, legte die Finger auf die Klaviertasten, die sie eben noch berührt hatte. Er stand am Fenster und beobachtete sie, wenn sie sich auf der Terrasse sonnte, wie sie die Beine übereinander schlug, sich eine Haarsträhne zurückschob, oder die Ärmel hochschob und sich eincremte. Er konnte sich mit seinen siebzig Jahren nicht auf sie stürzen wie ein jugendlicher Liebhaber, weder auf der Couch noch auf dem Teppich. Er konnte sie nicht in sein Zimmer zerren und aufs Bett werfen. In der Dusche lieben. Obwohl er an all das dachte. Immer wieder. Und es sich ausmalte – so lange, bis es weh tat.

Das Ganze schlug ihm auf den Magen. Die Folge waren nächtliche Übelkeit bis zum Erbrechen und grimmige Durchfälle. Und das ihm, der sich stets in außergewöhnlich guter körperlicher Verfassung befunden hatte und sich nicht erinnern konnte, je mehr als ein paar Aspirin genommen zu haben. Jetzt war er es, der nachts durchs Haus geisterte, auf Zehenspitzen, um Sybille nicht zu stören. Sie sollte sich nicht seiner erbarmen.

»Was macht diese Frau mit dir?«, hatte Konrad einmal gefragt, als er ihm seine Beschwerden geschildert hatte.

»Nichts, mein Junge. Es ist nur ein Virus.«

Schon vierzehn Tage hauste der Virus in Wildens Gedärm. Er hatte ein paar Pfund abgenommen, seine Wangen waren eingefallen und seine Hände zitterten. Unfassbar schien es ihm, dass Sybille nichts bemerken sollte. Wohl nahm er ab und zu ihren forschenden, prüfenden Blick wahr, spürte ihn am ganzen Körper, als taste sie ihn ab, aber nie kam ein Wort über ihre Lippen, aus dem er hätte schließen können, dass sie von seinem nächtlichen Geheimnis wusste. Aber er fand, es gebe eine eindeutige Erklärung: Sie respektierte ihn. Es war seine Entscheidung zu schweigen.

»Ich war ein bisschen zu dick«, erklärte er, ohne dass sie gefragt hätte, und legte eine Hand auf seinen rumorenden Bauch.

»Ich habe Probleme im Betrieb«, sagte er ein anderes Mal, vorbeugend, dass sie nicht auf den Gedanken kommen konnte, sein körperlicher Zustand könne mit ihrer Person zusammenhängen.

Die Balance zu halten, fiel Wilden immer schwerer. Bald meldete sich ein neues Organ; jenes, in dem alle Gefühle zusammenlaufen: das Herz.

Sein Pulsschlag kam nicht mehr mit, lief ein paar Schritte hinter der Gegenwart her, ohne sie jemals einholen zu können. Dann wieder raste er los, flatterte und schlug nervös bis zum Hals, trieb sein Herz in beklemmende Enge. Immer öfter litt er zudem unter stechenden Kopfschmerzen.

Am Freitag, dem 28. Juni, suchte er zum ersten Mal Dr. Michels am Marktplatz auf. Seine größte Sorge galt nicht der Diagnose, sondern der ärztlichen Schweigepflicht.

»Dass ich das noch erlebe, den Dachdecker in meiner Praxis.«

Wilden lächelte gequält.

»War ein schönes Gartenfest.«

»Ach, das ist lange her.«

»Wir haben uns seitdem nicht mehr gesehen. Also nochmals Danke für die Einladung.«

Damals war noch alles gut. »Deswegen bin ich nicht hier.«

Dr. Michels bot ihm einen Platz an und legte sich die Karteikarte zurecht, die seine Assistentin hereingebracht hatte.

»Sie waren zuletzt vor zwei Jahren hier. Mit Husten. Was haben wir denn heute? Sie sehen schlecht aus.«

Dr. Michels hörte geduldig zu, ließ sich Wildens Symptome erläutern und machte sich Notizen. »Das Ganze hört sich nach vegetativer Dystonie an.«

»Wonach?«

»Nach seelischen Problemen.«

»Ich habe keine seelischen Probleme«, widersprach Wilden energisch.

Dr. Michels untersuchte er ihn, tastete und klopfte die inneren Organe ab, er legte die runde Metallscheibe seines Stethoskops auf Rücken und Brust.

»Atmen ... nicht atmen und jetzt husten ... Aha.«

Er maß den Blutdruck, wobei er seinen Patienten sorgenvoll musterte. Er zählte seinen Pulsschlag und seine Lippen bewegten sich murmelnd. Er machte eigenhändig ein EKG in Ruhe und Belastung und nahm zuletzt Blut ab.

»Negativ«, entschied er, nachdem er die Kurven besichtigt hatte, die der Drucker ausgespuckt hatte.

»Also doch.« Wildens Stimme zitterte.

»Negativ heißt in der Medizin positiv. Ihre inneren Organe sind zwar in Aufruhr, Ihr Puls ein wenig zu schwankend, aber Sie haben nicht einmal einen Bluthochdruck. Wir müssen die Blutuntersuchung abwarten.«

»Aber ...«

»Mein lieber Wilden, kann es sein, dass Ihre neue Lebenspartnerin Sie zu sehr beansprucht?«

»Wie meinen Sie das?«

Dr. Michels lachte und klopfte ihm auf die Schulter: »Sie wissen, was ich meine. Schonen Sie sich ein bisschen. Denken Sie daran, Sie sind nicht mehr der Jüngste. Schlafen Sie viel ...«, und mit einem Augenzwinkern fügte er hinzu, »und allein.«

Wilden seufzte, während Dr. Michels ein Rezept ausfüllte und dabei vor sich hin murmelte: »An erster Stelle verschreibe ich Ihnen ein Beruhigungsmittel. Magen und Darm rücken wir chemisch zu Leibe, fürs Herz nehmen wir zunächst ein leicht unterstützendes homöopathisches Mittel, bis wir die Blutergebnisse haben.« Er reichte ein Rezept über den Schreibtisch. »Esser hat alles vorrätig. Und denken Sie daran, schön mit der Ruhe.«

»Ja. Danke. Ich habe da eine Bitte, würden Sie meinen Besuch bitte diskret behandeln ... wissen Sie ... ich meine, falls ...«

»Sie müssen mich nicht an die Schweigepflicht erinnern.«

»Ja. Entschuldigung. Ich dachte nur, wenn ...«

»Ihre neue Lebenspartnerin muss es längst bemerkt haben?«

Wilden schüttelte energisch den Kopf.

»Sie stehen ganz schön unter Druck.«

»Nein. Ja. Das ist mein Problem, ganz allein mein Problem.«

»Ich rufe an, wenn die Blutwerte nicht in Ordnung sind. Und Sie melden sich, wenn die Medikamente nicht anschlagen, dann nehmen wir etwas anderes.«

»Ja. Ich melde mich.«

Anstatt in der Apotheke fand er sich nach wenigen Schritten im *Kraterhof* wieder, den er seit Sybilles Eintreffen nicht mehr betreten hatte. Er brauchte dringend einen Schluck. Er war schließlich krank. Was würde aus ihm werden, wenn die Medikamente nicht anschlügen? Er war noch nie krank gewesen. In letzter Zeit knackten seine Knochen manchmal und er war nicht mehr ganz schwindelfrei, aber sein Herz ... Wilden bestellte einen Aquavit. Als das Glas vor ihm stand, überlegte er, was Magen und Herz dazu sagen würden.

»Prost«, sagte Hubert, der Wirt.

Wilden nickte und starrte auf das Glas.

»Wie läuft's?«

»Gut.« Nicht einmal Hubert, den er seit vielen Jahren kannte, konnte er sein Leiden anvertrauen, Wirte haben keine Schweigepflicht. Hubert war zwar grundsätzlich ein schweigsamer Typ, der nicht mehr sagte als nötig, aber vielleicht würde es doch ein Oberprümer aus ihm herauskitzeln. Als Hubert nicht hinsah, kippte er den Aquavit in den nächstliegenden Blumentopf und zahlte.

Dass der Apotheker Esser für seine Schweigsamkeit und Integrität weniger bekannt war, fiel ihm erst ein, als er hinter seiner Ladentheke erschien. Außer ihm gab es keine Kunden. Er mochte Esser nicht besonders. Auf sein Gartenfest war er als Geschäftsmann eingeladen worden. Er hatte vor nicht allzu langer Zeit die Apotheke seines Vater übernommen, wie das üblich war, und schmeichelte sich so offenkundig bei seinen Kunden ein, dass man blind und taub sein musste, um es nicht zu bemerken. Die alten Leutchen fielen reihenweise auf ihn herein. Wilden war nicht alt und taub und blind, sondern kurz angebunden und wachsam.

»Du hier?«, fragte Esser erstaunt und musterte ihn eingehend.

»Ja.« Er legte das Rezept auf die Theke

»Aha. Magen und Darm und Herz also.« Esser verschwand hinter seinen Regalen und kam mit einem kleinen Fläschchen und einer Tablettenpackung wieder zum Vorschein. »Du bist über siebzig oder?«

»Ich bin genau siebzig.« Wilden zahlte. »Fitter als mancher Dreißigjähriger. Übrigens – das hier bleibt unter uns, das ist klar, oder?«

»Natürlich, Heinz, wem sollte ich es sagen? Ist bestimmt harmlos, oder?«

»Davon gehe ich aus.«

»Gute Besserung!«

Esser hatte zwar nicht gesagt, dass er schlecht aussah, aber ihm war sein mitleidiger Blick nicht entgangen.

Im Betrieb nahm er zuerst zehn Tropfen und zwei Tabletten und stellte dann die Medizin in den Tresor. Bei nächster Gelegenheit musste er Sybille die Zahlenkombination nennen, sobald er wieder gesund war. Nicht jetzt. Jetzt barg der Tresor sein großes Geheimnis. Er setzte sich an seinen Schreibtisch und wartete, dass die Medikamente wirkten, als Madeleine nach ihm sah.

»Alles in Ordnung?«

»Natürlich«, brummte Wilden, nahm ein paar Unterlagen zur Hand und tat geschäftig.

»Wo waren Sie denn? Ich habe Sie vermisst.«

»Auf dem Bauamt«, sagte er und sah nicht hoch.

»Warum denn?«

»Kannst du einen Tee machen?«

»Keinen Kaffee?«

»Hörst du schlecht?«

»Ist schon gut. Kamille?«

»Ja.«

»Dann geht es Ihnen also schlecht.«

»Raus!«

Er war gereizt und reagierte ungerecht. Ausgerechnet an Madeleines Adresse. Sie hatte es nicht verdient. Sein Geheimnis wäre bei ihr in guten und sicheren Händen, aber er begann die mitleidigen Blicke um sich herum zu hassen.

Kaum war er allein, rief er Konrad an, vergaß auf die Uhr zu sehen und nachzurechnen, welche Tageszeit nun in Amerika war. Es war auch nicht Sonntag. Aber er musste ihn endlich über die Testamentsänderung informieren. Als

Madeleine mit dem Tee kam, unterbrach er seine Litanei und redete vom Wetter.

»Was ist los mit dir, du wirkst ein bisschen durcheinander«, fragte Konrad verwundert.

Wilden wartete, bis er wieder allein war, und fragte: »Was rätst du mir?«

»Das ist schwer. Frag sie, ob sie dich heiraten will«, schnaufte Konrad.

»Daran habe ich auch schon gedacht. Ist das nicht viel zu früh?«

»Nur so erfährst du, ob sie es ernst meint, dich wirklich liebt oder ob sie mit dir spielt.«

»Und wenn sie Nein sagt?«

»Dann weißt du, woran du bist.«

»Ach, du fehlst mir, weißt du das?«

»Ich würde kommen, wenn ...«

»Es ist alles so kompliziert.«

Über das Testament zu reden, hatte er nicht vergessen, er wusste nur immer noch nicht, wie er es anfangen sollte.

10. Kapitel

Sybille fror, als sie wach wurde. Am ganzen Körper. Wilden war im Geschäft. Sie wartete immer, bis er das Haus verlassen hatte. Sie sah auf die Uhr. Noch über zehn Stunden. Sie hatte heute einen Termin. Sie würde ihn den ganzen Tag nicht sehen, es sei denn, er wäre noch auf, wenn sie vom Babysitting kam, und das konnte spät sein.

Die letzten Wochen waren ohne großes Aufsehen dahingegangen. Morgens ein Einkauf, Gartenpflege oder Hausarbeit, nachmittags ein Spaziergang, abends kochte sie und ging früh auf ihr Zimmer. Dort holte sie eines der Spiele aus ihrem Koffer, legte sich aufs Bett und trug den Wettkampf gegen einen Unbekannten aus.

Eine Patience zu legen, das Puzzle zusammenzusetzen oder die Mikadostäbchen aufzugreifen machte keinen Lärm, beim Würfeln musste sie leise sein.

Den ganze Abend allein mit einem Baby zu sein, darauf freute sie sich. Sie hoffte, dass der kleine Lukas nicht sofort einschlief, sondern dass ein wenig Zeit blieb mit ihm zu spielen.

Sie zog eine Jacke über ihren Schlafanzug, schloss die Zimmertüre hinter sich ab, steckte den Schlüssel ein und ging hinunter ins Erdgeschoss. Appetit hatte sie keinen, sie war zu aufgeregt. Aber eine Tasse Kaffee wollte sie sich kochen. Im Erdgeschoss kam es ihr noch kälter vor und sie band die Jacke fest zu. Sie zog die Rollladen in der Küche hoch und setzte Kaffee auf. Während die Maschine ihre Arbeit tat, ließ sie in die anderen Räumen das Tageslicht hinein. Sie genoss den Blick in den Garten, der nicht benutzt wurde, nicht von Wilden, nicht von ihr. Sie saßen manchmal auf der Terrasse.

Sybille nahm einen Schluck Kaffee und zog sich oben im Bad an, eine weiße Jeans, ein rotes T-Shirt und darüber eine helle Jacke. Im Flur schlüpfte sie mit nackten Füßen in die Sandalen, bestellte ein Taxi und ließ sich nach Prüm fahren.

Auf der Suche nach einem Spielwarenladen hatte sie vor einiger Zeit das Geschäft von R. Koch auf der Ecke Spitalstraße gefunden. Unschlüssig studierte sie die Schaufenster. Nichts erschien passend für Lukas. In ihrer Erinnerung war er kein Baby mehr.

Die Idee kam ihr, als sie den Laden betreten und sich ein wenig umgeschaut hatte. Die Verkäuferin legte auf ihre Frage hin ein rotes Plastiknetz auf die Ladentheke. Sybille nahm es auf und hielt es gegen das Licht. Sie zählte mit den Fingern sechs Stück, zahlte, lehnte eine Verpackung ab, zerriss das Netz und ließ die Murmeln einzeln in ihre Jacken tasche gleiten. Heute Abend würde sie gegen Lukas spielen.

Im Eiscafé auf dem Hahnplatz mit Blick auf die Basilika verbrachte sie die restliche Zeit bis zum Abend.

Sie hatte die Basilika schon an ihrem ersten Tag in Prüm besichtigt. Lange hatte sie ganz dicht vor dem Hauptportal gestanden. Zu beiden Seiten waren steinerne Figuren eingelassen. Hinter einer hatte sich ein Fußball verfangen. Vogelschwärme kreisten um die barocken Turmspitzen. Sie hatte den Kopf in den Nacken gelegt und das Gefühl, die Kirche und der graue Himmel darüber bewegten sich auf sie zu.

In Gedanken war sie einer kleiner Führung gefolgt, ohne zu hören, was die Dame, die sich zu Beginn als Monika Rolef vorgestellt hatte, den Touristen erzählte. Sie hatte das milchig weiße Licht durch die hohen Fenster fallen sehen und sich über den üppigen Altar und das Chorgestühl gewundert, die in einem Gegensatz zu der schlichten Bauweise standen. Die geführte Gruppe hatte sich zuletzt im

Seitenschiff um eine Figurengruppe geschart. Jesus wurde zu Grabe getragen.

Gegen halb acht ließ sie sich von einem Taxi auf den Primelweg fahren. Sophie Salem öffnete die Haustür, Lukas saß ihm Schlafanzug auf ihren Hüften und lutschte am Daumen.

»Tut mir Leid«, rief ihr Frau Salem zur Begrüßung entgegen, »so ein schöner Abend, so warm, und Sie müssen unseren Sohn hüten. Entschuldigung.«

»Das ist okay«, sagte Sybille, bat den Taxifahrer um eine Quittung und folgte ihr ins Haus.

Es war modern und mit hellen Kiefernmöbeln eingerichtet. Es gefiel ihr nicht. Bei Wilden war alles gediegen, antik, kostbar und schien seit vielen Jahrzehnten am selben Platz zu stehen. Hier war alles für den schnellen Übergang. Junges Wohnen. Das war nicht ihre Welt.

»Sie können sich auch in den Garten setzen und Lukas in den Kinderwagen legen.«

»Wir werden sehen.« Sybille musterte Lukas. Sie hatte ihn anders in Erinnerung, keck und neugierig, jetzt schien er winzig und hilflos.

»Wollen Sie ihn nehmen?«

Sie schüttelte den Kopf.

»Dann lege ich ihn schon ins Bett. Er hat gegessen und ist gewickelt und wenn wir Glück haben, schläft er sofort ein.« Sophie lief mit Lukas die Treppen hinauf ins Kinderzimmer. Sie dachte, Sybille würde ihr folgen, denn sie sprach immer weiter. »So mein Kleiner, ab ins Bett. Sybille?«

Sie war im Wohnzimmer geblieben und hatte die Hand auf den Kachelofen gelegt. Er war kalt. »Ja?«

»Wollen Sie nicht das Kinderzimmer sehen und ihm Gute Nacht sagen?«

Sybille betrat zögernd das Kinderzimmer. Es zeigte mit zwei Sprossenfenstern zum Garten, hatte eine bunte Tapete und ebenfalls helle Kiefernmöbel. Das Kinderbett war ein Himmelbett und halbhoch vergittert. Es stand in der Mitte des Zimmers, sodass man sich von allen Seiten hinüberbeugen und an das Kind gelangen konnte. An der Wand hing eine gelbe Lampe in Form eines Halbmondes.

Sie beugte sich nicht zu Lukas hinab und sagte nicht Gute Nacht.

»Die Lampe lasse ich immer brennen.« Sophie deckte ihn zu.

»Ist gut.«

»Und wenn etwas ist«, Sophie drückte ihr einen Zettel in die Hand, »hier ist meine Handynummer.«

»Ist gut.«

Sophie lief hinaus in den Flur und öffnete eine Tür. »Ben! Wir müssen!«

»Moment. Ich komme.« Sybille konnte hören, wie Ben Salem weiter telefonierte und versuchte, seinen Gesprächspartner los zu werden. »Vergessen Sie die ganze Geschichte, mein lieber Zingsheim. Bei den Schlangensiefs ist nichts zu holen. Die sind koscher ... Ja. Ja ... Also bis dann ... Stimmt ... Auf Wiedersehen. Ach, übrigens, ich bringe Ihnen die Police in den nächsten Tagen vorbei. Den Schlüssel, den habe ich den Besitzern zurückgegeben, ich denke, dass war in Ihrem Sinne, ich berechne Ihnen nichts für meinen Aufwand ... Ja. Ja ... auf Wiedersehen.«

Es war warm im Kinderzimmer, aber Sybille fror und zog die Schultern hoch.

»Guten Abend.« Ben Salem stand hinter ihr. »Ich bin froh, dass Sie kommen konnten. Ist Ihr Mann nicht sauer, dass er ohne Sie auskommen muss?«

»Nein. Er arbeitet noch.«

»Um diese Zeit?«

»Ja. Leider.«

»Unten im Kühlschrank steht zu essen und zu trinken. Sie bedienen sich?«

Sybille nickte.

»Ich hoffe, er benimmt sich.« Ben strich Lukas über die Wangen.

Sybille beobachtete ihn dabei, er war jung und er sah gut aus. Er war Anwalt, verheiratet und hatte ein kleines Kind. Er spielte seine Rolle gut.

»Also«, Ben verabschiedete sich, »einen schönen, ruhigen Abend. Bis später. Ach, hat Sophie Ihnen unsere Handynummer gegeben?«

»Ja, aber ich werde Sie nicht stören.«

»Kein Problem. Vielleicht können wir uns irgendwie revanchieren.«

»Ich habe keine Kinder.«

»Irgendwie«, sagte Ben lächelnd und zwinkerte er ihr zu. Sybille hatte es deutlich gesehen, es war wie eine geheime Absprache.

»Kommst du?«, rief Sophie vom Erdgeschoss her, ehe Sybille etwas sagen konnte.

Sie atmete auf, als sie mit Lukas allein war, schloss alle Fenster und ließ die Rollläden herunter. Dann löschte sie im Kinderzimmer den Halbmond aus, ging hinunter ins Wohnzimmer, setzte sich auf die Couch und fror. Als Lukas zu weinen begann, dachte sie, es müsste ihm gehen wie ihr selbst. Sie ging ins Kinderzimmer und knipste den Halbmond wieder an. Aus seinem kleinen, bunten Kleiderschrank zog sie zwei dicke Jäckchen, Socken und Hosen hervor. Nach längerem Suchen fand sie eine Mütze und Handschuhe. Das alles zog sie ihm über, bis nur sein kleines weinendes Gesicht hervorschaute und er wie eine Mumie dalag. Sie deckte ihn mit einer Decke zu bis zum Hals.

Er weinte weiter.

Sie trug ihn herum und sein Gesicht wurde immer röter und schwoll an. Endlich fielen ihr die Murmeln wieder ein, mit denen sie ihn aufmuntern konnte. Sie setzte sich mit Lukas auf den Boden und ließ die Erste über den Teppichboden rollen. Der Teppich schluckte das kullernde Murmelgeräusch. Lukas verfolgte sie mit den Augen. Sybille schickte die zweite, dritte, vierte, fünfte und sechste hinterher. Sie stießen mit einem klirrenden Geräusch aneinander, liefen kreuz und quer, schlugen andere Richtungen ein und trafen sich wieder. Lukas lächelte, krabbelte los, den Murmeln nach und vergaß zu weinen.

Sybille stand auf und ließ ihn allein. Nach einer Weile setzte das Weinen im Kinderzimmer wieder ein. Sie lief nicht sofort hinauf, vielleicht würde sich Lukas wieder beruhigen und sie hätte dann umsonst nach ihm gesehen. Das Weinen wurde lauter.

Als sie zu ihm kam, saß er mit hochrotem Kopf zwischen den Murmeln. Sie strich über seine Wangen, wie es Ben getan hatte, sie waren glühend heiß. Er hat Fieber, dachte sie und sammelte die Murmeln ein und steckte sie lose in ihre Jackentasche. Die sechste fand sie nicht. Vielleicht war sie die Treppe heruntergerollt.

Es hatte wenig Zweck, Sophie oder Ben anzurufen, lieber sofort einen Arzt, und sie suchte im Wohnzimmer neben dem Telefon nach der Nummer des Kinderarztes, einer Gemeinschaftspraxis, deren Praxisschild sie am Hahnplatz in Prüm gesehen hatte. Als sich der Anrufbeantworter einschaltete, legte sie sofort auf und wählte eine andere Nummer.

»Esser.« Sie war froh, seine Stimme zu hören.

»Fieber? Hast du gemessen?«

»Nein.«

»Dann tu das als Erstes. Ich warte«

Sybille fand im Badezimmer im Obergeschoss einen gut gefüllten Arzneischrank und darin ein Fieberthermometer. Sie steckte Lukas das Thermometer in den Mund. Er spuckte es sofort aus. Dann steckte sie es unter eines der dick verpackten Ärmchen. Die Quecksilbersäule stieg sehr schnell auf neununddreißig Grad.

»Das geht bei kleinen Kindern schnell. Gib ihm ein Fieberzäpfchen. Schau nach, ob du eines finden kannst, ich warte solange.«

Der Arzneischrank im Badezimmer barg viele verschiedene Medikamente, die vielen Packungen und der schreiende Lukas im Hintergrund machten sie nervös.

»Ich kann nichts finden.«

Esser wollte sofort aufbrechen und eine Packung Fieberzäpfchen bringen.

»Danke.«

Nach ein paar Minuten klingelte es an der Haustür und sie öffnete ihm. Lukas Schreien war nicht zu überhören.

»Wo ist er?« Sybille zeigte aufs Kinderzimmer.

»Warum ist er so dick angezogen?«, fragte er und sah zu Sybille hinüber, die ihre helle Jacke fest um sich gewickelt hatte.

»Mir ist kalt.«

Esser zog die Rollläden im Kinderzimmer hoch und öffnete beide Fenster, er zog Lukas bis auf ein Unterhemdchen und das Windelpaket aus, nahm ihn auf den Arm, wanderte hinunter ins Wohnzimmer, öffnete die Terrassentür und trat hinaus.

»Aber es ist warm draußen. Es müssen noch immer knapp dreißig Grad sein.«

Sybille blieb in der Türe stehen und sah zu, wie er mit dem kleinen Jungen, der still geworden war, in den dunklen Garten hinausging. Sie hörte, wie er auf das Kind einredete. Nach einer Weile kamen sie zurück. Lukas' Wangen waren nicht mehr so rot, er hatte sich beruhigt.

»Mach' dir keine Sorgen. Ich messe nach, aber ich glaube, das Fieber ist fast weg. Er ist nicht krank. Er war nur viel zu warm angezogen.«

Esser legte Lukas ins Bett. »Achtunddreißig drei. Ich gebe ihm zur Sicherheit ein Zäpfchen. Nur zur Sicherheit. Es ist alles in Ordnung.«

»Gott sei Dank.« Sybille war erleichtert und sah zu, wie er Lukas neu windelte und nur mit einem leichten Baumwolllaken zudeckte.

»So ein kleiner Körper«, erklärte er dabei, »kann den Temperaturausgleich so schnell nicht schaffen. Weder kalt noch warm. Er hat einfach zu wenig Hautoberfläche. Bei uns Erwachsenen ist das anders.«

Sybille zitterte.

»Du frierst.«

»Vielleicht habe ich mich erkältet.«

»Das ist möglich. Wie lange wollten die Salems bleiben?«

Sybille sah auf die Uhr. »Noch eine Stunde, glaube ich.«

»Dann werde ich jetzt wieder gehen. Lukas wird gleich schlafen. Es ist alles in Ordnung. Du kannst ganz beruhigt sein.«

»Danke.«

»Gerne.«

»Wirst du es ihnen sagen?«

»Ich? Den Salems?«, fragte Esser erstaunt. »Was denn?«

Sybille blickte verlegen zu Boden und ihre Jacke öffnete sich ein wenig.

»Ich glaube nicht. Nein.« Esser sah an ihr hinab. Seine Augen blieben an den nackten Füßen in den Sandalen hängen. Auf den rot lackierten Zehennägeln.

»Danke.« Sie begleitete ihn zur Haustüre.

»Und sonst geht es gut?«, fragte er und legte eine Hand auf die Klinke. Als er ihre darunter spürte, sah er sie erwartungsvoll an. Sybille ließ es zu.

»Mir? Ja.«

»Schön. Und der alte Wilden?«

»Weniger.«

»Wie kommt's?«

»Die Tabletten, die dieser Dr. Michels ihm verschreibt, taugen anscheinend nichts.«

Esser lächelte. Seine Hand bewegte sich über ihrer. Er streichelte sie, schloss die Haustür und lehnte sich dagegen. »Er ist nicht mehr der Jüngste. Und du bist ... sehr ... sehr leidenschaftlich ...«

Verlegen sah sie zur Seite. »Vielleicht solltest du jetzt besser gehen.«

»Was machst du die ganze Zeit, wenn er im Geschäft ist?«

»Dies und das.«

»Und abends, wenn er im Bett liegt?«

»Dann liege ich auch im Bett.«

»Nicht in dem gleichen?«

Sie lächelte nur.

»Welche Verschwendung. Wann sehen wir uns wieder?«

»Bald. Aber jetzt musst du gehen.«

»Nicht ohne ein Datum. Morgen?«

»Morgen nicht. Am Freitag vielleicht.«

»Wieder in der Apotheke? Während der Mittagspause?«

Sybille nickte.

Lukas schlief tief und fest, als Sophie und Ben Salem zurückkamen. Sybille erzählte von dem kleinen Zwischenfall. Sie erwähnte Essers kurzen Besuch.

Sophie war beunruhigt. »Warum haben Sie uns nicht angerufen?«

Ben verteidigte Sybille. »Was willst du? Sie hat alles richtig gemacht.«

»Es war nur halb so schlimm. Bei Kindern kommt das Fieber schnell und geht genau so schnell«, sagte Sybille ernst.

»Das stimmt.«

Sophie maß sicherheitshalber noch einmal Fieber bei Lukas. Er war auf Normaltemperatur angekommen und verschlief die Prozedur.

»Siehst du«, sagte Ben.

Sophie hielt eine Murmel in der offenen Hand, als sie zurück ins Wohnzimmer kam. »Was soll das sein?«

»Eine Murmel. Ein Geschenk für Lukas. Sie hat ihm gefallen.«

»Wie können Sie nur!« Sophie trug die Murmel in die Küche. Sybille hörte, wie sie in den Mülleimer fiel.

»Mütter!«, murmelte Ben und dann sagte er laut: »Ich fahre Sie nach Hause.«

»Das ist nicht nötig. Wenn Sie mir ein Taxi bestellen würden. Taxi Wirtz bitte.«

»Natürlich.« Ben erfüllte sofort ihren Wunsch. »Dürfen wir Sie denn noch einmal anrufen, wenn wir wieder einen Babysitter brauchen?«

Sybille war auf dem Weg in den Flur. Sie sah sich um, als Sophie gerade seinen Arm nahm und ihn flüsternd zurechtwies.

»Natürlich«, sagte sie und wusste, dass Sophie es verhindern würde.

Es dauerte keine fünf Minuten, bis sie durch die gläserne Haustür das Schweinwerferlicht sahen. Als die Haustür hinter Sybille zufiel, begann im Haus die unvermeidliche Diskussion.

»Wie kann man nur so naiv sein!«, schrie Sophie, »weißt du, was alles hätte passieren können?«

»Es ist aber nichts passiert!«, schrie Ben zurück.

»Ich werde den Apotheker morgen fragen, was hier wirklich los war. Und dann ...«

»Wie kann man nur so misstrauisch sein!«

Lukas begann wieder zu weinen.

11. Kapitel

Heute wollte er sie fragen, das entschied er beim Aufwachen. Heute oder nie. Er hatte in den letzten Nächten, in denen er zwischen Bett und Bad hin- und hergewandert war, über Konrads Vorschlag nachgedacht und war zu dem Schluss gekommen, dass er einen Versuch wert war. Er wagte sich nicht auszudenken, was mit ihm geschehen würde, wenn sie Nein sagte.

Heute. Es war Sonntag und sie hatten nichts vor. Sie war sehr spät gestern Abend vom Babysitting nach Hause gekommen. Natürlich hatte er auf sie gewartet. Er hätte sowieso nicht schlafen können, ohne Sybille im Nebenzimmer – mit diesem Virus im Bauch und dem flatternden Herzen in der Brust.

Die Medikamente hatten nicht geholfen. Höchstens in den ersten drei Tagen war eine kleine Linderung eingetreten. Dr. Michels hatte sich nicht mehr gemeldet, also waren seine Blutwerte wohl in Ordnung. Alles war rein psychisch, alles würde gut werden, wenn sie Ja sagte.

Eigentlich hatte er sie sofort fragen wollen, mitten in der Nacht, und hatte sich die Sätze zurechtgelegt, aber sie war zu müde gewesen, wollte sofort ins Bett. Morgen, hatte sie versprochen, morgen könnten sie reden. Und dabei erschöpft und verängstigt ausgesehen. Vielleicht hatte dieses Kind ihr den ganzen Abend keine Ruhe gelassen und geschrien. Sie mutete sie sich einfach zuviel zu. Er musste noch einmal auf eine Haushaltshilfe zu sprechen kommen, sodass ihr ein bisschen mehr freie Zeit blieb, die sie mit Dingen verbringen konnte, die ihr Spaß machten. Von ihm aus auch Babysitting.

Er stand auf, kochte Kaffee und deckte den Frühstückstisch. Als sie herunterkam und schob er ihr den Stuhl zurecht.

»Ist heute etwas Besonderes?«, fragte sie lächelnd. Sie schien ausgeruht und gut gelaunt. Das beflügelte Wilden und er legte sofort los.

»Das kann man wohl sagen.«

Sie griff nach einem dunkel gebackenen Brötchen und schnitt es auf.

»Ich will nicht lange um den heißen Brei reden.«

Sie belegte ihr Brötchen und führte es gerade zum Mund, als Wilden fragte: »Willst du meine Frau werden?«

»Oh ja. Nichts lieber als das«, sagte sie und biss ein Stück ab.

»Ja?« Er konnte es kaum fassen. So einfach sollte das sein?

»Natürlich, Heinz. Welche Frage? Das würde ich gerne.«

Er glaubte Zwischentöne zu hören. »Aber?« Irritiert beobachte er sie, wie sie kaute und dabei aus dem Fenster in den Garten sah. Es war zu schnell gegangen.

»Es geht nicht. Was werden deine Bekannten sagen? Und die Nachbarn?«

»Das ist mir egal.«

»Mir nicht. Sie werden mich für eine halten, die sich einen alten, reichen Mann angelt, um ihn möglichst bald zu beerben.«

»Noch bin ich kerngesund.« Das stimmte nicht, sein Herz erschlug ihn fast.

»Ich will nicht, dass man schlecht über uns redet.«

»Das ist egal.«

»Nein, das ist nicht egal.«

Wilden ahnte in diesem Moment, dass es vergebens war, aber er wollte noch nicht aufgeben. »Ich ...«, begann er mit leiser Stimme, »eigentlich wünsche ich mir nur ein bisschen mehr Nähe, weißt du, was ich meine, körperliche Nähe. Ich wünschte, du würdest nachts neben mir liegen ...« Sybille sah ihn verwundert an, als verstünde sie nicht, was er ihr sagen wollte. »Wenn eine Frau einen Mann wirklich liebt ...«

»Ich liebe dich.«

»... dann sollte sie nicht ihr Zimmer vor ihm abschließen.«

»Ich habe dir gesagt, dass ich ein eigenes Zimmer haben möchte. Am ersten Tag. Hast du das vergessen?«

»Nein, natürlich nicht. Aber das eine schließt das andere nicht aus.« Langsam nur begann Wilden zu begreifen.

»Ich schließe es nicht vor dir ab, Heinz. Es gibt mir ein Gefühl der Sicherheit. Das hat mit dir nichts zu tun. Das musst du mir glauben.«

»Du bist hier sicher. Ich bin da und die Alarmanlage und in Oberprüm ist noch nie etwas passiert.« Er bettelte, während sie begann den Frühstückstisch abzudecken.

»Entschuldige mich. Was möchtest du denn heute Abend essen?«

»Ich weiß nicht«, sagte er leise und konnte sich nicht vorstellen, jemals wieder Appetit zu haben. Er hörte sie in der Küche hin- und hergehen. Keinen Augenblick hielt er es länger aus in ihrer Nähe.

Er floh ins Geschäft. Er fühlte sich ausgebrannt und leer, ging durch die sonntäglich stille Werkstatt, setzte sich an seinen Schreibtisch und starrte vor sich hin. Die Heirat war vom Tisch, es war zu spät, er hatte ihr Herz und Seele und seinen Sohn geopfert.

In seiner Not ermahnte er sich: Warum war er nicht zufrieden mit dem, was er hatte? Sybille und er hatten eine gute Zeit zusammen gehabt, bevor er angefangen hatte, sich in diese Sehnsucht hineinzusteigern. Warum hatte er es nicht dabei belassen können? Wie dumm von ihm zu glauben, er könne eine Frau wie sie an sich binden. Was hatte er denn zu bieten außer Geld? Er war ein alter, kranker Mann.

Er rief Konrad an, aber er schaffte es nicht, ihm von seiner Abfuhr zu berichten und ihm gleichzeitig mitzuteilen, dass er ihn wegen dieser Frau gleichsam enterbt hatte. Er beließ es bei Belanglosigkeiten.

»Es geht mir ganz gut.«

Bei seiner Rückkehr wollte er sofort hoch in sein Zimmer gehen, als er im Esszimmer den gedeckten Tisch sah – und sie: Sybille hielt ein Sektglas in den Händen und winkte ihm zu. Er ließ sich überreden und aß ihr Menü. Der Schokoladenpudding schien bitterer zu schmecken als gewöhnlich. Er bekam ihn kaum herunter, als er merkte, dass Sybille ihn beobachtete.

»Magst du ihn heute nicht?«

»Doch. Er ist wunderbar wie immer.«

»Er ist heute bitterer als sonst, nicht wahr?«

»Er ist gut.«

Er lag noch wach, als die Klinke seiner Zimmertüre heruntergedrückt und die Türe langsam aufgeschoben wurde. Er sah in der Dunkelheit ihr weißes, langes Nachthemd. Wortlos legte sie sich neben ihn auf die rechte, unbezogene Seite seines Ehebettes. Wilden erstarrte. Nach einer Weile hob sie seine Decke an und rutschte näher zu ihm, so nah, dass sich ihre Beine berühren mussten. Wilden durchjagte ein Blitz. Dann fühlte er ihre Hand, ihren Mund und als sie sich auf ihn legte, hatte er das Gefühl zu ersticken. Er war wie gelähmt, konnte nichts erwidern, sie nicht umarmen, nicht küssen, nicht streicheln, nicht lieben ... er war wie tot, in eine andere Dimension getreten. Und je mehr er sich wünschte, etwas tun oder sagen zu können, desto weniger gelang es ihm, ein Lebenszeichen von sich zu geben.

Nach einer Weile ging sie, wie sie gekommen war. Ohne ein Wort zog sie die Türe hinter sich zu ... und er war wieder allein.

Tränen flossen über sein Gesicht. Später fuhr er schweißgebadet hoch. Sein Puls raste. Als er panisch ins Badezimmer stolperte, um sich zu übergeben, sahen ihm im Spiegel schreckgeweitete Pupillen entgegen. Sein Gesicht war bleich wie der Mond, doppelt, unscharf und verschwommen. Was er sah, war ein Monstrum ohne Nase und Mund.

Mit wachsender Verzweiflung steigerte er sich in die Vorstellung hinein, dass es nun zu Ende ging mit ihm. Und keine Zeit war für die rasante Fahrt durch einen Tunnel vor eine Bretterwand besser geeignet als die Nacht, in der es keine Ablenkung gab und kein Licht. Schlaflos wälzte er sich hin und her.

Dr. Michels nahm ihn sofort mit in sein Sprechzimmer, als er ihn am nächsten Morgen im Wartezimmer sitzen sah.

»Was ist passiert? Sie sehen furchtbar aus.«

»Ihre Pflanzen können Sie sich an den Hut stecken«, schimpfte Wilden. »Geben Sie mir was Vernünftiges.«

»Sie wollten sich früh genug melden.«

»Ich bin hier.«

»Was ist passiert?«

»Das wüsste ich selbst gern.«

Dr. Michels untersuchte ihn nochmals und schüttelte den Kopf: »Das ist mir zu gefährlich. Ich überweise Sie zu einem Kardiologen nach Bitburg.«

Wilden nickte ergeben und Dr. Michels rief seinen Kollegen an.

Der Kardiologe spulte am nächsten Tag sein Repertoire herunter, warf mit einem Haufen Fremdwörter um sich, als Wilden nach dem Befund fragte, und füllte dann ein Rezept aus.

»Werde ich sterben?«

»Nicht, wenn Sie diese Medikamente nehmen. Mit dem Herzen spaßt man nicht.«

»Gut, dass Sie das sagen«, sagte Wilden gereizt.

Im gleichen Haus lag eine Apotheke, Wilden löste das Rezept sofort ein und schluckte die erste Tablette noch im Hausflur. Schon auf der Heimfahrt wurde er ruhiger und spürte, dass sein Herz seinen Rhythmus wiederfand, und das Blut wieder gleichmäßig durch seine Adern floss.

Tag für Tag ging es nun spürbar bergauf mit ihm, sein Herz funktionierte wie ein gut geölter, neuer Motor, Magen und Darm bereiteten keine Probleme mehr. Wilden war dankbar und lobte den Kardiologen in den höchsten Tönen, als er wieder bei Dr. Michels vorstellig wurde, um Nachschub zu besorgen.

»Was habe ich denn nun?«

»Ein nervöses Herz, Rhythmusstörungen, Angina Pectoris, Bradikardie ... von allem ein bisschen ...«

»Mit anderen Worten, Sie wissen es nicht?«, unterbrach Wilden.

»Sie meinen, die Ursache? Nein. Aber mit dem richtigen Medikament ist alles kein Problem, wie Sie sehen. Werden Sie mir jetzt aber nicht leichtsinnig«, warnte Dr. Michels.

»Ich nicht.«

Als Wilden sein neues Rezept einlösen wollte, erblickte er in Essers Apotheke Sybille. Sie war allein und er wahrscheinlich zwischen seinen Regalen verschwunden. Er ließ das Rezept in der Brusttasche, stellte sich direkt hinter sie und flüsterte »Bist du krank?«

Sybille drehte sich um, ihr Gesicht war ernst. »Nein, natürlich nicht. Du etwa?«

Er zeigte auf seinen Hals. «Ich hole mir ein paar Bonbons.«

»Ich hab's gleich«, rief Esser unsichtbar.

»Ach, Heinz«, sagte Sybille laut. Esser erschien auf der Bildfläche und ließ eine kleine Schachtel in seine Kitteltasche gleiten, griff im Vorbeigehen nach einer Cremetube aus dem Regal und legte sie vor Sybille auf die Ladentheke.

»Da haben wir sie. Die ganze Familie ist hier?« Er lächelte etwas gequält.

»So ein Zufall«, sagte Wilden, während er die Cremetube musterte und erkannte, dass es sich um ein Kosmetikum handeln musste: Vichy Tagescreme. Sybille wollte zahlen, aber Wilden hielt sie davon ab. »Das übernehme ich und eine Rolle Halsbonbons für mich.«

»Ich mache uns heute Abend einen Vitamintrunk«, sagte Sybille, als sie mit Wilden die Apotheke verlassen hatte. »Ich habe jede Menge Früchte gekauft.« Sie zeigte auf ihre Einkaufstasche. »Das wird helfen.«

»Eine gute Idee. Bis dann also.«

Wilden sah ihr nach. Einen Augenblick kam ihm der Gedanke, dass sie seine Fürsorge nicht brauchte, sondern sehr gut allein zurecht kam. Sogleich verwarf er den Zweifel wieder und machte sich stattdessen Vorwürfe. Er hatte ihr ein paar Minuten lang misstraut, anders konnte man das nicht nennen, was ihm sofort durch den Kopf gegangen war, als er sie in der Apotheke gesehen hatte. Er versuchte, nicht mehr an Esser zu denken, und an die Packung, die in seiner Kitteltasche verschwunden war, und an diese eine Nacht, in der das Fiasko seinen Höhepunkt gefunden hatte.

Wildens Vertrauen in die Medizin verkehrte sich schon zwei Tage später ins Gegenteil. Das gleiche Medikament, das anfangs hervorragend gewirkt hatte, schien plötzlich hinfällig zu sein, verlor sich in seinen Blutbahnen wie ein Stern in der Milchstraße.

Heimlich erhöhte er die Dosis und schluckte bis zur doppelten Menge. Auch das war vergebens. Die Reaktion war gleich null. Und eine rasante Talfahrt ins Ungewisse setzte ein. Dramatische Szenen spielten sich ab – und immer in der Nacht, während Sybille nebenan friedlich schlummerte.

In der Toilette stülpte sich sein Inneres unter Qualen nach außen. Er spuckte sich die Seele aus dem Leib. Puls- und Herzschlag spielten verrückt. Für Minuten nahm er nur ein Flimmern und Glitzern wahr, die Konturen bekannter Gegenstände verschwammen; Treppenstufen, die er verfehlte, das Geländer, das er nicht mehr greifen konnte, Stühle, gegen die er stieß. Als wäre sein Haus ein Tollhaus geworden. Und er der halb blinde, betrunkene Narr darin. Wenn er an ihrer Türe vorbei wankte, glaubte er manchmal ein merkwürdiges Rappeln zu hören, in anderen Nächten eine Art Kullern und Klacken auf dem Holzboden.

Dr. Michels war sehr beunruhigt über die Entwicklung, konnte aber keine Erklärungen aus Wilden herausquetschen. Er wechselte nach Rücksprache mit dem Kardiologen das Medikament, bestellte ihn immer wieder in die Praxis, um ihn zu untersuchen und auszufragen. Wilden blieb dabei. Er hatte keine Probleme, bis auf diese körperlichen Unpässlichkeiten.

»Dann müssen Sie stationär behandelt werden. Es führt kein Weg daran vorbei.«

»Ich in ein Krankenhaus? Niemals. Ich kann Sybille nicht allein lassen.«

12. Kapitel

Als Dr. Michels sich weigerte, länger die Verantwortung für ihn und seine Krankheit zu übernehmen, wenn er nicht bereitwillig ein Krankenhaus aufsuchte, wusste Wilden nicht mehr weiter. Zu diesem Zeitpunkt ging es ihm so schlecht, dass nichts mehr eine Rolle spielte.

Er weihte Sybille ein.

Sie war schockiert und enttäuscht. »Hast du kein Vertrauen zu mir?«

»Mehr als zu jedem anderen Menschen auf der Welt«, sagte er und dachte an Konrad.

»Warum hast du nichts gesagt? Mein Gott, wenn ich daran denke, dass du die ganze Zeit allein mit deinen Schmerzen warst ...«

»Hast du es denn nicht gemerkt?«

»Du hast dich verändert«, sagte sie traurig.

»Ich wollte dich nicht beunruhigen.«

»Aber ich bin ... ich bin deine Frau.«

»Ich wollte, du wärst es wirklich.«

»Ich bin es, auch wenn es nicht auf dem Papier steht.«

Wilden knickte ein. »Ich werde ins Krankenhaus gehen ...«

»Was wird dann aus mir?«, schrie Sybille auf, ließ die Glasschüssel fallen, in der sie den Salat zubereitet hatte.

»Ich würde es nicht tun, wenn ich einen anderen Ausweg sähe. Ich kann wirklich nicht mehr«, sagte er leise, bückte sich und wollte die Scherben einsammeln, als sie ihren Fuß darauf setzte.

»Du verlässt mich?«

»Davon kann keine Rede sein. Ich dachte, du kommst jeden Tag und besuchst mich. Es wird nicht für lange sein.«

»Nein.« Sie ließ ihn den Salat und die Scherben in den Mülleimer räumen.

»Was soll ich denn tun?«, fragte er erschöpft. Das Aufstehen fiel ihm schwer und er musste sich an der Arbeitsplatte festhalten, um nicht das Gleichgewicht zu verlieren.

Sie stützte ihn und führte ihn ins Wohnzimmer, drückte ihn auf seinen Sessel und kniete sich vor ihn. »Ich möchte dich pflegen. Ich kann das viel besser als jeder andere.«

»Ich weiß, aber ...«

»Komm. Ich bring dich nach oben.«

Gemeinsam schafften sie die Treppen, sie half ihm sich auszuziehen, deckte ihn zu und setzte sich auf seine Bettkante.

»Dr. Michels ist nicht der Arzt, den du brauchst«, sagte sie, »von jetzt an, werde ich alles tun, um es dir etwas leichter zu machen.«

Und das tat sie. Sie verbot ihm nachdrücklich in den Betrieb zu gehen, besorgte selbst die Rezepte bei Dr. Michels, löste sie in der Krater-Apotheke ein und wachte darüber, dass er die Medikamente regelmäßig einnahm.

»Was sagt denn Dr. Michels dazu?«, fragte er sie.

»Ich habe ihn ausgetrickst.«

Wilden brachte ein Lächeln zustande.

»Ich habe ihm gesagt, es gehe dir besser in meiner Obhut. Er kann dich nicht zwingen, ins Krankenhaus zu gehen.«

Sie pflegte ihn rührend, spielte ihm jeden Abend auf dem Flügel seine Lieblingsstücke vor, während er mit geschlossenen Augen auf der Couch lag. Sie las ihm vor. Auch wenn er die Hälfte nicht mitbekam, war ihre Stimme allein schon beruhigend und heilend. Sie führte ihn in den Garten, stundenlang lag er im Halbschatten und dämmerte dahin.

Als er in einem wachen Moment nach seinem geliebten Schokoladenpudding verlangte, verweigerte sie ihm das Gewünschte, aber er bettelte so lange, bis sie ihn mit einer kleinen Portion fütterte. Als es ihm danach prompt schlechter ging, sagte sie lächelnd. »Ich habe dich gewarnt.«

Nur einmal bat sie um ein paar freie Stunden.

»Was ist heute für ein Tag?«

»Sonntag.«

Er hatte es gespürt, immer sonntags wurde er unruhig. Konrad würde sich Sorgen machen, wenn er nicht anriefe. Er hatte seinem Sohn immer noch nichts von dem geänderten Testament und seinem Gesundheitszustand gesagt.

»Kann ich dich denn allein lassen?«

»Geh nur.« Wenn sie ginge, konnte er Konrad anrufen.

»Willst du nicht wissen, wohin?«, fragte sie erstaunt.

»Doch. Natürlich.«

»In Prüm ist Kirmes.«

Sankt Salvator Kirmes. Bei dem Gedanken an die sich drehenden Fahrgestelle und ihre Geschwindigkeit wurde ihm schlecht. »Du wirst vielleicht enttäuscht sein. Früher, als sie noch auf dem Hahnplatz stattfand, war sie schöner.«

»Ich bleibe nicht lange. Und mach keinen Unsinn. Bleib ja liegen.«

Wilden versuchte zu lächeln.

Kaum hörte das Taxi wegfahren, griff er zum Telefon neben seinem Bett. Er ließ es lange klingeln, aber Konrad hob nicht ab.

Am darauf folgenden Donnerstag hielt er es nicht mehr aus. Sybille war mit dem Taxi nach Prüm zum Einkaufen gefahren. Wilden schleppte sich mühsam in die Garage und fuhr in den Betrieb. Zu Fuß hätte er den Weg nicht geschafft, das Auto gab ihm einen Rest Sicherheit. Er hatte das Gefühl, nicht länger warten zu können. Ungesehen gelangte er in sein Büro, öffnete den Tresor, während er Konrads Nummer wählte, holte die alten Medikamente heraus und warf sie in den Mülleimer. Er räumte auf.

»Heute ist nicht Sonntag«, murrte Konrad verschlafen.

»Nein. Wie viel Uhr ist es bei dir?«

»Sechs Uhr in der Frühe.«

»Und du bist wach?«

»Ja. Ich muss heute früh raus. Ich fliege nach ... Brüssel.«

»Das ist nicht weit von hier.«

»Weit genug.«

»Ich wollte dir schon die ganze Zeit etwas sagen«. Er hielt das Blatt in den zitternden Händen und dachte an seinen zerstörten Traum. »Ich habe mein Testament geändert.«

»Bist du betrunken?«

»Nein. Du behältst natürlich deinen Pflichtteil, aber Sybille ist nun einmal meine Lebensgefährtin. Ich will nicht, dass sie ohne alles dasteht, wenn mir etwas zustoßen sollte. Sie hat niemanden außer mir.«

Konrad schwieg und schnaufte am anderen Ende der Welt.

»Bist du sauer?«

»Nein. Ich wundere mich nur. Hast du dir das gut überlegt?«

»Ja, das habe ich. Es ist mein Wunsch.«

»Soll ich kommen, Dad?«

Viele Jahre lang hatte Wilden sich nichts anderes als diese Frage von Konrad gewünscht, jetzt bedeutete sie eine Katastrophe. Sein Herz jagte. Er durfte auf keinen Fall kommen. »Es ist nicht nötig, dass du extra deswegen kommst«, beteuerte er. »Ich wollte es dir nur sagen. Du verdienst genug da drüben, oder? «

»Darum geht es nicht. Es geht um dich.«

»Das Testament liegt im Tresor. Wenn etwas geschieht, du kennst ja die Zahlen. Mach's gut, Junge.«

Er legte auf, ehe Konrad weitere Fragen stellen konnte. Kaum hatte er das Testament wieder eingeschlossen, kam ihm der Gedanke, es könnte dort nicht sicher sein. Ein Testament gehörte in die Hände eines Notars oder zumindest eines Rechtsanwaltes. Nicht dass er Konrad oder Sybille misstraute, er wollte nur den geregelten Weg gehen.

Ben Salem war der einzige Anwalt, dem er vertraute. Ben Salem war auch der Einzige, der außer Konrad von der Heiratsanzeige wusste. Damals hatte er ihm Mut gemacht, ihn nicht ausgelacht. Er war auf seinem Gartenfest gewesen, Sybille hatte in seinem Haus Babysitting gemacht, er selbst hatte ihn zwar danach nicht wieder getroffen, aber er war sicher, dass das Testament bei ihm gut aufgehoben sein würde. Außerdem wollte er, dass er sich um Sybille kümmere, wenn es soweit wäre.

Ben Salems Visitenkarte lag im Notizbuch. Er wohnte in Prüm auf der Primelstraße. Als Wilden den Betrieb verließ, hatte er das Gefühl, es wäre zum letzten Mal. Die Welt schien unterzugehen, ganz so wie damals, 1949, am 15. Juli, dem Schwarzen Freitag, als sich der Himmel unter der riesigen Staubwolke verdunkelte. Dieses Mal war es nur ein Tiefdruckgebiet, das aus Westen heranjagte und eine riesige, drohende Wolkenwand vor sich hertrieb.

Kaum saß er im Auto stürzten die Wasserfluten schon herab. Nach wenigen Minuten waren alle Straßen überschwemmt, aus den Gullys stieg das Wasser auf und floss ungehindert in die ersten Kellerfenster. Von weitem hörte er das Martinshorn in den Nachbarorten, in Oberprüm würde die Feuerwehr auch bald zu tun haben. Hoffentlich hielten die Dächer und Regenrinnen stand. Hoffentlich war Sybille wieder heil und trocken zu Hause.

Langsam rollte er durch die Pfützen. Die Scheibenwischer schafften die Wassermassen nicht mehr, die Scheinwerfer konnten die Regenwand kaum durchdringen. Oberprüm war gespenstisch leergefegt.

Als er am Marktplatz Essers Apotheke passierte, war es vierzehn Uhr. Wilden parkte auf der gegenüberliegenden

Straßenseite. Nur für einen Moment, sein linker Arm schmerzte, ein Krampf, der sich von der Schulter über die Brust bis in die Hand zog. Er beobachtete die Uhr auf dem Armaturenbrett.

Er musste eingeschlafen sein, denn als er wieder auf die Uhr sah, waren es fünfzehn Uhr und die Apotheke immer noch dunkel. Kurz darauf trat ein Kunde in Gummistiefeln unter das Vordach, schloss seinen Regenschirm und rüttelte an der Tür. Er fand keinen Einlass. Dann begann er mit eiligen Schritten zurück durch den Regen zu gehen, dicht an den Häuserwänden entlang.

Wilden stieg neugierig aus, legte beide Hände an die rechte Schaufensterscheibe und versuchte etwas zu erkennen. Vom Auto aus hatte er geglaubt, einen schmalen Lichtstrahl gesehen zu haben. Er wechselte den Standort, sah durch die Eingangstür und schließlich durch die linke Schaufensterscheibe. Ein Schatten huschte durch den Lichtstrahl. Ein zweiter, kleinerer folgte ihm. Er klopfte gegen die Scheibe. Da verschwand das Licht. Warum öffnete Esser nicht?

Verstört warf Wilden den Motor an und verließ über die Bergstraße Oberprüm. Zwischendurch verlor er streckenweise das Gefühl für Zeit und Ort. Einmal hatte er den Eindruck, ein Auto folge ihm. Dann fehlten wieder Meter und Minuten und er fand sich in Prüm auf dem Wanderparkplatz unterhalb des Kalvarienberges wieder. Von dort führten nur ein paar Stufen direkt zum Primelweg. Die Nummer 30 lag am Ende des Weges, das Testament steckte in seiner Brusttasche.

Als ihm niemand öffnete, kehrte er enttäuscht um. Er wusste nicht weiter. Er stolperte, er fiel, er rappelte sich wieder auf.

Gerade als er ins Auto steigen wollte, blendete ihn ein heller Strahl, der direkt vom Kalvarienberg zu kommen schien.

Er ließ die Türe offen stehen, die Marienkapelle und drei Kreuzwegstationen links liegen, marschierte über die geteerte Strecke. Blitze jagten durch die Dunkelheit. Dann sah er das Friedenskreuz, das sich hinter dem Krater auf dem Gipfel erhob. Da war der Strahl wieder. Und eine Stimme. Ein Ruf.

»Komm!«

Und er folgte dem Ruf. Immer wieder verließ ihn unterwegs das Bewusstein, tauchten Schatten und Gesichter auf, die ihn bedrohten. Er torkelte, strauchelte, hielt sich an Büschen und Stämmen fest, schleppte sich über den matschigen Weg bergauf. Die Dunkelheit und der Regen, die schwankenden Baumwipfeln über ihm – wahr oder nicht wahr?

Er stand an der obersten Stufe einer Treppe, ein schmales Holzgeländer sicherte den steilen Abgang, rechts daneben zwei weitere Kreuzwegstationen, vor ihm die stockfinstere Tiefe des Kraters, als die lockende, fordernde Stimme ihn rief.

»Komm!«

Sein Körper fühlte sich schwammig an, zog sich zurück und wölbte sich vor, war plötzlich frei von allen Schmerzen. Da glaubte er, statt des Kreuzes ausgebreitete Arme zu sehen und fiel ihnen entgegen.

13. Kapitel

Als das Telefon morgens im Bestattungshaus klingelte, brummte Peter: »Kundschaft.«

Paul hob ab.

»Heinz ist tot«, erklärte eine flüsternde Stimme.

»Wer?« Paul kannte keinen Heinz, jedenfalls nicht sofort.

»Heinz Wilden.«

»Wir kommen.«

»Der Dachdecker ist gestorben«, sagte Paul.«

Zusammen mit einem Zinksarg betraten die beiden wenig später Wildens Villa.

»Er ist nicht hier.« Sybille stand in Jacke und Sandalen fertig zum Fortgehen. »Er liegt im Krater.«

Hinter ihren Sonnenbrillen war den Brüdern keine Regung anzusehen.

»Ihr müsst mir helfen, ihn da herauszuholen.«

»Wir sollten eher einen Krankenwagen rufen oder die Polizei«, sagte Paul mit belegter Stimme. »Ich geh da nicht hin.«

»Aber ich«, sagte Peter.

Sie sprachen nicht unterwegs, parkten neben Wildens Wagen auf dem Wanderparkplatz. Um diese Uhrzeit gab es keine Touristen und die Prümer wanderten auch nicht in aller Frühe durch die Gegend. Die Brüder trugen den Sarg zwischen sich, Sybille ging voraus. Es war ein kühler Morgen. Die Luft feucht vom gestrigen Regen, der Weg matschig. Von den Blättern tropfte es auf die schwarzen Hüte der Schlangensiefs.

Dort, wo die Spazierwege sich trennten, blieb sie abrupt stehen und wies mit der Hand einige Meter voraus. Da lag er, zusammengekrümmt auf den letzten Treppenstufen.

»Ich habe ihn überall gesucht«, erklärte sie. »Dann habe ich sein Auto auf dem Wanderparkplatz stehen sehen, die Fahrertüre offen. Mir war sofort klar, dass er zum Kreuz hatte hochgehen wollen. Sein Lieblingsplatz. Ich eilte den Weg hinauf und ...« Sie brach ab, ihre Stimme versagte ihr den Dienst.

»Vielleicht hätten Sie besser einen Arzt gerufen.«

»Er war schon tot. Als ich ihn dort liegen sah, bin ich zu ihm gelaufen. Er war schon tot.« Sybille wandte sich ab, verbarg ihr Gesicht in den Händen. Die Schlangensiefs verstanden ihre Geste als Zeichen, den Toten abzutransportieren. Die Totenstarre hatte längst eingesetzt, so war es schwierig ihn im Zinksarg unterzubringen. Mühsam schlossen sie den Deckel. Heinz Wilden machte sich schwer, als sie ihn hinabtrugen.

»Er ist zu Hause in seinem Bett gestorben«, entschied Sybille.

»Ist er aber nicht«, gab Paul zu Bedenken und stolperte am Ende des Zinksarges.

Peter hingegen verstand sofort und reagierte, wie er es für richtig hielt: »In Ordnung. Er starb friedlich in seinem Bett.«

»Ich möchte keinen Aufstand, keine Sensation. Er hat genug mitgemacht.«

»Wie konnte das passieren?«, fragte Paul.

»Ich war gestern Abend früh im Bett. Ich wusste nicht, dass er noch fortgegangen war.«

Paul schien eine weitere Frage auf den Lippen zu liegen, doch sein Bruder stieß ihn an und bedeutete ihm, nur ja den Mund zu halten. Sie brachten den Sarg zu ihrem Wagen und fuhren zurück zur Villa.

Die Schlangensiefs übernahmen es dann für Sybille, Heinz Wilden gründlich zu reinigen. Dies war ihr Handwerk, dies verstanden sie: Sämtliche Spuren des Unwetters – Dreck unter den Fingernägeln, im Gesicht und in den Haaren – waren säuberlich entfernt, als sie den Toten in seinen Schlafanzug steckten und so die blauen Flecken an Knien und Ellenbogen verschwinden ließen. Sie legten ihn auf sein Bett. Peter nahm Wildens Gebiss heraus.

»Die Bestatter sind schon da?«, fragte Dr. Michels erstaunt. Er hatte den Leichenwagen am Straßenrand gesehen.

»Ich habe sie gleich angerufen. Ich möchte keine Verzögerung.«

»Natürlich.«

Sybille nickte und führte ihn zu dem Toten. »Er ist einfach nicht mehr wach geworden«, flüsterte sie, »dabei war es ihm in letzter Zeit wirklich besser gegangen.«

»Sein Herz war trotzdem schwer geschädigt«, sagte Dr. Michels und untersuchte den Toten nur kurz und oberflächlich, schob die Augenlieder hoch und öffnete anschließend die Jacke seines Schlafanzuges. »Der Starre nach zu urteilen muss er seit vier bis zwölf Stunden tot sein. Irgendwann musste es passieren. Ich hatte ihn gewarnt.«

Während er den Totenschein ausstellte, sagte er: »Kann ich Sie allein lassen oder brauchen Sie vielleicht ein Beruhigungs mittel?«

Sybille schüttelte den Kopf.

Nachdem Dr. Michels das Haus verlassen hatten, schloss Paul die Augen und sprach ein kurzes, gemurmeltes Gebet vor sich hin.

»Haben Sie im Betrieb angerufen?«, hörte er Peter fragen.

»Nein. Würden Sie das für mich machen?« Sybilles Stimme klang belegt, als hätte sie viele Stunden voller Tränen und Schluchzen hinter sich, aber ihre Augen waren nicht rot geweint. Ihr Make-up war perfekt. Vielleicht gerade alles frisch erneuert, dachte Paul. Manche Hinterbliebene lassen sich gehen, andere möbeln sich auf.

»Natürlich«, versprach Peter in geschäftsmäßigem Ton und räusperte sich.

Sybille fragte nach der exklusivsten Beerdigung, die die Schlangensiefs anzubieten hatten. Worin sie im Einzelnen bestand, wollte sie nicht wissen. »Das ist für Heinz gerade gut genug«, unterbrach sie Peter, als er ihr alle Einzelheiten ausführlich schildern wollte; die Holzsorte des Sarges, die edle Innenausstattung, die Musik, die Ausschmückung der Leichenhalle.

»Wir müssen über die Anzeige und die Trauerkarten sprechen.«

»Nein.«

»Sie müssen uns sagen, was darauf stehen soll.«

»Keine Karten, keine Anzeige, bitte. Heinz hätte das nicht gewollt.«

»Eine Messe?«

»Ich dachte an eine kleine Andacht in der Leichenhalle.«

»Geht in Ordnung. Und was ist mit dem Grab und dem Grabstein?«, fragte Peter.

»Bitte«, murmelte Sybille und putzte sich die Nase.

»Entschuldigung. Wir werden alles regeln. Keine Sorge.«

Sie wollte sofort in bar und im Voraus zahlen. »Sind zehntausend Euro in Ordnung?«, fragte sie.

»Zehntausend Euro sind zuviel.«

»Warten Sie, ich hole einen Scheck.«

Paul und Peter blieben an Wildens Bett zurück. Sie hatten ihn auf die linke Seite des Doppelbettes gelegt, die rechte war nicht bezogen. Auf dem Nachttisch neben ihm stand ein abgestandenes Glas Wasser neben einer Packung Taschentücher, keine Medikamentenschachteln. Die Nachttischlampe warf einen Schatten an die Wand.

»Hast du gehört. Zehntausend Euro! Ohne Rechnung?«, fragte Peter leise.

Sybille kam zurück und drückte ihm einen Scheck in die Hand. Er überprüfte mit einem kurzen Blick die Summe, faltete dann den Scheck zusammen und schob ihn lässig in die Innentasche seines Jacketts, als bekäme er tagtäglich eine hohe Summe ohne Rechnung zugeschoben.

»Wenn Sie einverstanden sind, werden wir den Verstorbenen jetzt in den Wagen tragen und ihn in unser Bestattungshaus überführen, damit Sie ihn nicht länger ansehen müssen.«

Diskret drehten die Schlangensiefs für einen Moment dem Toten den Rücken zu, damit Sybille sich verabschieden konnte. Paul sah in den Spiegeltüren des Kleiderschrankes, dass sie kurz über seine fahle Hand strich.

Sie hoben Heinz Wilden wieder in den Sarg und verschlossen den Deckel, trugen ihn die Treppen hinunter durch den Vorgarten zu ihrem Leichenwagen.

Auf dem Rückweg zu Wildens Villa murmelte Paul: »Sie scheint nicht besonders traurig zu sein.«

»Doch«, sagte Peter, zog den Scheck hervor und bestaunte noch einmal die Summe. »Nicht jeder flennt sofort los und kann seine Gefühle zeigen wie wir. Er war ihr immerhin zehntausend Euro wert.«

»Geld ist kein Maßstab.«

»Also ich finde, es ist okay.«

Sybille hatte in der Zwischenzeit auch die linke Matratze im Sterbezimmer abgezogen und eine Tagesdecke über das Doppelbett ausgebreitet, die sie gerade sorgsam glatt strich. Peter wollte ihr zur Hand gehen, er bückte sich und sammelte die Bettwäsche ein, während Paul neugierig einen kurzen Blick in das Zimmer nebenan warf, dessen Tür nur angelehnt war.

Dunkle Holzmöbel, trübes Wetter, hinter den zugezogenen Gardinen. Im geöffneten Kleiderschrank hingen auf der Garderobenstange Blusen oder Jacken auf Holzbügeln, der Rest lag in den beiden Koffern auf dem Bett. Paul stieß die Tür vorsichtig auf und machte einen Schritt in den Raum hinein. Ein süßer Duft kam ihm entgegen. Sein Blick glitt über das Bett, den Schrank und die Kommode. Es gab einen kleinen Sessel, auf dem Sybilles Handtasche lag. Sie stand offen, Paul war nicht der Typ, der in fremden Handtaschen wühlte.

Neben einem der Koffer auf dem Bett erspähte Paul ein Foto von Sybille, auf dem sie in einem hellgrauen Kostüm an einer Uferpromenade stand und in die Kamera lächelte. Daneben lag ein kleines Netz mit bunt schillernden Murmeln, ein Mikado-Spiel, ein kleines Puzzle, ein Würfelbecher und Patience-Karten; Spiele, die sie allein spielen konnte. Vielleicht hatte sie sich mit ihnen die Langeweile am Abend vertrieben, vielleicht hatte der alte Wilden keine Lust gehabt zu spielen. Er wollte einen Blick aus dem Fenster werfen und ging hinüber. Am Fußende des Bettes stieß er gegen ein kleines, ovales Weidenkörbchen, das mit getrockneten Blättern, Blüten, Kastanien und Eicheln, Beeren und Wurzeln gefüllt war, die Sybille auf Spaziergängen gesammelt haben mochte. Das Körbchen fiel um und einige Blätter raschelten heraus. Als sich Schritte und die Stimmen von Peter und Sybille näherten, schob er sie rasch mit den Füßen unters Bett, stellte das Körbchen wieder an seinen Platz und steckte schnell die Hände in die Hosentaschen.

»Kommen Sie?« Sybille stand in der Tür. »Das ist mein Zimmer.«

»Entschuldigung«, murmelte er.

Peter stand hinter ihr, mit einem Bündel Bettwäsche unter dem Arm, wie ihr Kammerdiener.

»Vielmehr, es *war* mein Zimmer«, berichtigte sie sich und es klang wehmütig.

»Haben wir Sie beim Packen gestört?«, stammelte Paul, womit er seine Verlegenheit zu überspielen hoffte.

»Nur unterbrochen. Ich werde nach der Beerdigung Oberprüm verlassen. Zuviel erinnert mich an Heinz. Viel zuviel.«

»Das kann ich gut verstehen«, sagte Peter. »Gehen Sie zurück?«

»Nach Niederndorf?« Als sie den fragenden Gesichtsausdruck der Brüder sah, beeilte sie sich, ihre unachtsame Bemerkung zu überspielen: »Niemals, meinte ich. Ich werde einen neuen Anfang machen. Zu machen versuchen, vielmehr. Ich bin noch jung. Wohin das Schicksal mich verschlagen wird, weiß ich nicht. Es wird irgendwie weitergehen. Es muss. Norden oder Süden, wir werden sehen.«

»Wenn Sie bleiben würden, könnten wir Ihnen bei der Trauerarbeit helfen«, bot Peter an.

»Ich weiß. Danke. Jeder hat seine eigene Methode mit dem Tod umzugehen. Ich bin der Typ, der flieht. Legen Sie die Wäsche bitte ins Bad?«

»Ja. Sie wissen, wo sie uns finden, nicht wahr?«

Paul ging vor. Neben der Haustür entdeckte er eine kleine Schalttafel. Das musste das Bedienungsfeld der Alarmanlage sein, von der Wilden – wenn er sich recht erinnerte –gesprochen hatte. Er wusste nicht mehr, wann und wo er das zum Besten gegeben, oder ob der Elektriker, der sie eingebaut, an der Theke im *Kraterhof* geplaudert hatte.

Paul wartete im Garten und ließ sich von einem Eichhörnchen ablenken, das die große Birke ansteuerte, in Windeseile hochjagte, um von dort in den nächsten Baum zu springen. Etwas war im Hause Wilden nicht so, wie es sein sollte. Es war anders als in anderen Trauerhäusern, unspektakulär. Keine Anzeigen, keine Karten, niemand war gekommen, um dem alten Wilden eine letzte Aufwartung zu machen.

»Ich danke Ihnen«, hörte er Sybille sagen, als Peter sich endlich vor der Türe verabschiedete.

Sie waren schon auf der Poststraße, als Paul plötzlich aufschrie: »Konrad!«

Peter bremste scharf, sodass Heinz Wilden im Kofferraum gegen die Abtrennung prallte.

Sie hatten Konrad vergessen!

Ihr Leben war in unterschiedlichen Bahnen verlaufen: Sie hatten nach der Grundschule die Realschule besucht, Konrad war aufs Regino-Gymnasium gewechselt. Er hatte das Abitur gemacht und war danach nach Amerika ausgewandert, um sein großes Glück zu machen, wie sein Vater allen erzählt hatte, die es hören wollten oder nicht. Konrad war kein Oberprümer mehr.

»Sybille hat ihn nicht erwähnt.« Es war Peter, der das Schweigen der Erinnerung im Leichenwagen nach einer Weile unterbrach. »Die hat jetzt wahrscheinlich andere Sorgen. Er würde sicher zur Beerdigung kommen, wenn er es wüsste.«

In Paul regte sich Misstrauen. Er beobachtete das angestrengte Profil seines Bruders, der an einem seiner gefürchteten Pläne zu arbeiten schien.

»Ich lege keinen großen Wert darauf, ihn wiederzusehen.«

»Ich auch nicht«, gestand Paul, »aber wir müssen ihn trotzdem anrufen.«

»Ich nicht.«

»Du denkst nicht im Ernst daran, ihn nicht anzurufen?«

»Ist das meine Aufgabe?«

»Dann ruf ich ihn an.«

»Tu das«, kicherte Peter los, »mit deinen Englischkenntnissen wird das lustig werden.«

Peters Englisch war auf der Schule keinen Deut besser gewesen. Sie hatten sich beide gequält und zwar ziemlich erfolglos.

»Wilden wird heute nicht arbeiten können«, tönte Peter wenig einfühlsam, als sie das Büro des Dachdeckerbetriebes betraten und Madeleine vorfanden.

»Wieso nicht?« Sie saß hinter ihrem Schreibtisch und vor einem Berg Papiere. »Geht es ihm wieder so schlecht?« Erst jetzt schien ihr aufzufallen, dass es sich um die Bestatterbrüder handelte, die vor ihr standen. Nach einigem Schweigen im Raum, begann sie zu schluchzen.

»Er ist tot«, verkündete Peter.

»O Gott.«

»Ja.«

Madeleine stürzte sich in seine Arme und heulte seinen schwarzen Anzug in Sekunden nass. Als er sich aus der Umklammerung befreien konnte, war der Kragen seinen Hemdes verschmiert von Lippenstift.

»Wo ist er denn jetzt?«, fragte sie mit bebender Stimme.

»Im Kofferraum«, sagte Paul und zeigte aus dem Fenster, wo der Leichenwagen im Halteverbot parkte.

»Kann ich ihn sehen?«

»Natürlich.«

Madeleine trommelte auch den Rest der Belegschaft zusammen und alle kamen erschüttert herbeigelaufen. Paul öffnete den Zinksarg und jeder durfte hineinsehen und sich verabschieden. Passanten wurden auf die Aktion aufmerksam, kamen hinzu, und wie ein Lauffeuer verbreitete sich die Tatsache in der Stadt, dass Oberprüm nun keinen Dachdeckermeister mehr hatte.

Wilden brauchte wirklich keine Anzeigen oder Trauerkarten, dachte Paul und schloss den Sargdeckel und die Kofferraumtür.

»Ich muss unbedingt seinen Sohn anrufen«, rief Madeleine auf einmal und schluchzte wieder auf, »er war nicht bei ihm in seiner letzten Stunde, ist es nicht furchtbar?«

»Wir können das später für Sie erledigen«, bot Paul an.

»Habt Ihr denn die Telefonnummer?«

»Nein«, sagte Peter fest.

»Ich suche sie sofort raus.«

»Du wirst sehen, was du davon hast«, zischte Peter, als sie Madeleine über die Stufen ins Büro folgten. Sie durchwühlte ratlos ihren Schreibtisch. Als sie aus dem Büro in ein anderes laufen wollte, hielt Paul ihren Arm fest: »Immer mit der Ruhe. Wo sind denn die Telefonrechnungen?«

»Ach ja«, rief sie aufgeregt, »da links, die grünen Ordner. Ich kann es nicht fassen.«

Paul sah sich um. Die Wände standen deckenhoch voller Regale. Die Ordner waren ordentlich nach Farben sortiert. Eine gute Idee, dachte er, sie sollten dieses System für ihr Bestattungshaus übernehmen. Die grünen Ordner standen griffbereit direkt hinter Madeleines Stuhl. Er zog einen heraus, auf dessen Rücken »Wasser/Strom/Heizung/Telefon 2002« stand. Er schlug ihn auf und vertiefte sich in die erste Seite. Wilden war tot, er hatte keine Eile.

Anders Madeleine. »Geben Sie her«, sagte sie, nahm im ungeduldig den Ordner ab und begann hastig zu blättern. Tränen tropften auf die sorgsam eingehefteten Unterlagen. »Hier im Juni zum ersten Mal. Das hier ist sie.« Sie klappte den Bügel auf und zog die Rechnung heraus. »Wilden hat ihn früher nur von zu Hause aus angerufen.«

»Wann früher?«, fragte Paul und beobachtete sie.

»Vor dem Juni, natürlich. Bevor Sybille kam. Sie sollte nichts von ihm wissen, er sollte eines Tages die große Überraschung sein. Wollt ihr ihn für mich anrufen? Ich muss bestimmt die ganze Zeit heulen.«

Peter nahm die Telefonrechnung an sich, wählte und wartete.

»Ist da jetzt nicht Nacht?«, flüsterte Paul.

»Konrad Wilden, please … hello ... ach so ... ach so … danke, eh, thank you.« Peter legte auf und strahlte.

»Das ging aber schnell.«

»Er ist auf Dienstreise. Da kann man nichts machen.«

»Wer war denn dran?«

»Eine Frau.«

»Bestimmt seine Freundin Peggy, Wilden hat mir von ihr erzählt«, schluchzte Madeleine.

»Du hättest ihr sagen müssen, dass es sich um einen Notfall handelt«, schimpfte Paul los.

»Ja, hätte ich. Was heißt denn Notfall auf Englisch, he?«

Madeleine sah aufgelöst von einem Bruder zum anderen. »Er kann also nicht kommen?«

»Sieht so aus.«

»Das ist furchtbar. Gut, dass Wilden das nicht mehr erfährt. Ich persönlich glaube ja, er ist vor lauter Sehnsucht nach seinem Sohn gestorben.«

»Sehnsucht nach Konrad«, murmelte Peter, verdrehte die Augen und schüttelte verständnislos den Kopf.

»Ich hab manchmal mitbekommen, wenn sie miteinander sprachen, unabsichtlich natürlich. Er klang ganz traurig und wehmütig. Und wenn er von ihm gesprochen hatte, früher meine ich, vor Sybille, dann hat er oft gesagt, er wünschte, dass er nicht so weit weg leben würde. Der Ärmste. Erst die Frau, dann der Sohn ... dann kam Sybille. Sie hat ihn nicht über alles hinwegtrösten können. Ich selbst hab keine Kinder, aber ich kann mir denken, der eigene Sohn ... das ist was Besonderes. Den kann einem keiner ersetzen. Nicht die tollste Frau ...«

»Wir müssen wieder. Er muss nämlich ins Kühlfach«, unterbrach Peter den Redeschwall.

»Wilden?«

»Ja, klar, wer sonst?«

Madeleine fing wieder an zu weinen, ließ sich auf ihren Drehstuhl fallen, legte den Kopf auf die Tischplatte und war nicht mehr ansprechbar.

»Auf diese Gelegenheit haben wir ein halbes Leben gewartet«, sagte Peter und ballte die Faust, kaum dass sie die Tür hinter sich zugezogen hatten.

14. Kapitel

Am darauf folgenden Montag betrat ein unglaublich dicker Mann deutschen Boden. Er war wirklich außergewöhnlich fett und trug sein schreiend gelbes Hemd wie ein Zelt über der Hose. Der Hals des Mannes war kaum schmaler als sein gerötetes Gesicht, seine Arme dicker als die Hände.

Er war nach einem unruhigen Flug mit der rumpeligen kleinen Maschine einer Billig-Airline auf dem Flughafen Köln-Bonn gelandet. Er hatte auf zwei ungemütlichen Sitzen gehockt, etliche Turbulenzen ertragen – ohne jeden Service. Er war bei sonnigen, heißen Temperaturen gestartet, in Köln konnten es höchsten neunzehn Grad sein.

Nach dem verzweifelten Anruf seines Vaters hatte er sich noch am gleichen Tag von ihr verabschiedet. Dienstreise, Peggy kannte das. Manchmal musste er einfach weg. Wohin, wusste sie nie so recht, aber er kam immer zurück. Hatte dann irgendwie und irgendwo Geld aufgetrieben. Das reichte dann wieder für einige Zeit. Er verdiente nämlich keinen Haufen Geld da drüben, wie sein Vater geglaubt hatte. Er war keineswegs Dolmetscher im Verteidigungsministerium, besaß kein weißes Haus in einem Vorort von Washington und erst recht hatte er keine zwei Katzen. Peggy gab es wirklich, aber sie war nicht die Tochter seines Vorgesetzten, sondern bediente in einem Schnellimbiss und roch immer ein bisschen nach Fritten, auch wenn sie aus der Dusche kam, appetitlich, er mochte das.

Es war nicht gerade so, dass seine Waffe sein einziger Freund war, denn da war Peggy. Sie wohnten zusammen in einer Zwei-Zimmer-Wohnung in einem lauten, dubiosen Viertel am Ende der Straße über seiner heruntergekommenen Tankstelle direkt neben Peggys Schnellimbiss. Dort hatte er sie kennen gelernt, während er auf Kunden wartete und sich Unmengen Kaffee von ihr einschenken ließ.

Dieses Mal hatte er ziemlich viel Geld beschaffen müssen für den Flug. Seinen Vater zu fragen, verbot sich von selbst. Nach dem Lügengebilde, dass er für ihn in der Ferne errichtet hatte, war diese Türe lange zu. Er hatte ein paar Außenstände, die er eintreiben konnte, für Dienste, die er erledigte: Beschattungen. Bei seinem neuen Kunden würde er sich jetzt einen weiteren Vorschuss erbetteln müssen, für einen Dienst, den er noch nicht erbracht hatte. Und vielleicht nie erbringen würde, denn der Auftrag war delikat und ungewiss, Kohle gab es bei Erfolg. Er arbeitete als »private investigator«, die Tankstelle war die Fassade.

Das schlechte Gewissen war der größte Bestandteil seines kleines Gepäcks. Sein Vater und sein Erbe war alles, was er besaß. Die Mutter hatte er als Kind verloren, bevor sie ihn über die Dinge des Lebens hätte vollständig aufklären können. Sie hatte ihn unwissend aber nicht teilnahmslos zurückgelassen. Er hatte sich fortan an seinem Vater orientieren müssen, der nach dem Tod der Mutter keiner Frau mehr in die Augen gesehen und seinen Kummer in Arbeit ertränkt hatte. Eigentlich hatte dieser seinen Sohn erst zur Kenntnis genommen, als er in Amerika war. Da waren die Telefongespräche vertrauter geworden.

Dad, wie er ihn nannte. Sie hatten sich sieben lange Jahre nicht gesehen. Dad wusste nicht, dass sein Sohn dick geworden war, unglaublich dick. Er war als ausgesprochen schlanker Mann in die Staaten gezogen und hatte dort nicht nur sein Studium versiebt, sondern auch sein Gewicht fast unmerklich verdoppelt.

Mein Gesicht wird er erkennen, hoffte er und strich sich über die Bartstoppeln. Fröstelnd vertrat er sich die dicken Beine in Erwartung eines Leihwagens, spähte aus dem

Flughafengebäude, zog den Trenchcoat über sein gelbes Hemd. Deutschland war ihm fremd geworden. Er war heimatlos, jedenfalls fühlte er sich im Moment so. Amerika war weit, weit weg und hier in Deutschland war er ein Fremder. Ein Fremder mit vielen begrabenen Erinnerungen. Fieberhaft versuchte er sich an Namen und Gesichter aus seiner Kindheit und Jugend zu erinnern. Die Oberprümer Gesichter verschwammen im Nebel, der sich draußen auf den Landebahnen langsam ausbreitete. Ein paar Stunden später und die Maschine hätte nicht landen können.

Er hatte fest vor, seinen Vater sofort in einem Krankenhaus unterzubringen, damit er wieder in die Reihe kam. Er dokterte die ganze Zeit an sich herum, wer weiß, ob dieser Dr. Michels überhaupt Kapazität genug war. Dann wollte er Dad die Sache mit dem Testament wieder ausreden, zur Not mit der grausamen Wahrheit über den verarmten Sohn herausrücken. Er war keineswegs einverstanden, dieser Sybille sein Erbe abzutreten. Auch wenn sie die große Liebe seines Vaters war, er war der leibliche Sohn und er war auf das Geld angewiesen.

»Hier sind die Schlüssel.« Die junge Angestellte des Flughafens stand plötzlich neben ihm. »Der Wagen steht auf dem Vorplatz. Es ist ein VW. Und hier sind die Papiere und die Straßenkarte.«

»Danke.«

»Gute Fahrt. Sie bringen ihn zurück oder lassen ihn einfach stehen und rufen uns an. Wir holen ihn ab.«

Draußen im Nebel suchte er nach dem VW. Auf dem Vorplatz stand ein einziger Wagen. Es war ein dunkelroter Leihwagen von Hertz und sollte ihn fünfzig Euro am Tag kosten. Er hatte für fünf Tage im voraus bezahlt.

Er öffnete den Kofferraum, hob seinen Trolli hinein und warf den Trenchcoat darüber. Als er sich hinter das Steuer zwängte, hatte er Mühe seinen Bauch unterzubringen. Im Innern kam es ihm klein und eng vor wie in Deutschland, er brauchte keinen Gurt. Er war kurz davor, seinen Vater wiederzusehen, sein Elternhaus und seine kleine Geburtsstadt mitten in der Provinz und vielleicht ein paar reservierte Gesichter von früher. Hatte man ihn vergessen oder sich das Maul über ihn zerrissen? Hoffentlich hatte Dad nicht zu sehr geprahlt.

Er studierte die Straßenkarte. Von Köln nach Blankenheim über die A 1, von dort konnte man offensichtlich immer noch sehen, wie man nach Prüm kam. Erst dort setzte dann aus unerfindlichen Gründen wieder ein neues Autobahnstück an; zu spät für jeden, der nach Prüm wollte.

Er rechnete mit einer guten Stunde Fahrzeit, wenn er sich nicht verfuhr oder trödelte.

Auf der Autobahn wich der Nebel bald einem Dunstschleier und hervor kam ein matter Sommermorgen. Bis Euskirchen fuhr er zunächst durch plattes Ackerland, ab und zu eine kleine Allee aus Birken oder Pappeln, die einen Feldweg oder ein Flüsschen einsäumten. Der Blick reichte weit in die Eifel hinein, erst am Horizont waren die ersten Hügel zu erahnen.

Abwartend blieb er auf der rechten Spur und fuhr einige Zeit hinter einem Wohnwagen aus den Niederlanden her. Ein Heißluftballon kreiste über den Feldern und machte Werbung für die Region: »Natürlich Südeifel«. Unter ihm zog ein Jauchewagen seine Bahnen und verteilte seine stinkige Brühe.

Ab Euskirchen wurde es dann eifelartig. Er tippte ein paar Senderstationen durch und blieb bei SWR 1, weil sie gerade »Tie a yellow ribbon« spielten. Extra für ihn. Es gab niemanden sonst, der sich das mehr wünschen konnte.

Am Autobahnende bei Blankenheim bog er rechts ab in Richtung Prüm. Jetzt schlängelte sich die Landstraße auf-

und abfallend an dunklen Fichtenfeldern oder hellen Laubbäumen vorbei. Irritiert beobachte er einen Bussard, der ohne Scheu im Straßengraben etwas Totgefahrenes zerfledderte.

In Olzheim verließ er die B 51, um die Nebenstrecke nach Prüm zu nehmen. Die B 265 passierte nach einiger Zeit den dunklen Staatsforst, kam dann auf die Weiden von Walcherath. Er stoppte am Abzweig nach Oberprüm. Ein paar Mal ließ er den Motor aufheulen, ehe er die Kupplung kommen ließ und weiterfuhr.

Er lenkte den Leihwagen über die Bergstraße bis zum Marktplatz. Die Geschäfte schlossen immer noch über Mittag, entsprechend wenig war los. Der Bus spuckte gerade ein paar Schüler aus, die den Kramladen ein paar Häuser weiter stürmten, um dort Süßigkeiten zu erstehen. Neugierig warf er einen kurzen Blick in die abgehenden Sackgassen, fuhr eine Erinnerungsrunde um den Platz herum und nahm zum Schluss die Turmstraße.

Vor dem Betrieb seines Vaters parkte er am Straßenrand. Zwei grüne Laster standen im Hof, Dads Fuhrpark. *Heinz Wilden* stand auf der Fahrertür, *Dachdeckermeister, Oberprüm*. In der Werkstatt brannte kein Licht, auch nicht im Büro. Früher waren hier die Gesellen ein- und ausgegangen. Ob das Geschäft nicht mehr gut lief, seitdem er krank war?

Vor seinem Elternhaus in der Friedhofstraße stoppte er ein zweites Mal. Das verschlossene Gartentor, der stille Garten und die Fenster mit den zugezogenen Gardinen kamen ihm abweisend vor. Es sei nicht nötig, extra deswegen zu kommen, hatte Dad gesagt. Sieben Jahre lang war er nicht gekommen. Jetzt stand er hier, um zu verhindern, dass Dad seine Gesundheit ruinierte und sein Erbe verschenkte. Er brauchte das Geld. So einfach war das. Er war wegen des

Geldes hier, Dad würde es ahnen. Und Sybille? Die fremde Frau an seiner Seite? Er schaffte es nicht auszusteigen. Er musste erst etwas essen. Essen half immer.

Langsam fuhr er weiter Richtung Friedhof, um dort zu wenden und nach Prüm zu fahren. Links lag jetzt ein Neubaugebiet, hier war früher ein weites Feld gewesen, auf dem er und seine Freunde Drachen hatten steigen lassen.

Vor dem Friedhofstor kam ihm die Idee, an das Grab seiner Mutter zu gehen. Sie konnte keine unangenehmen Fragen stellen. Er setzte den VW hinter einen bereitstehenden Leichenwagen und stieg aus.

Über das Autodach hinweg sah er vor der Leichenhalle zwei Männer stehen. Sie trugen Sonnenbrillen, obwohl der Himmel grau war. Ihre Haare unter den schwarzen Hüten waren ebenfalls schwarz. Seltsame Vögel, dachte er und betrat den Friedhof. Er mochte keine Friedhöfe, sie hatten etwas Endgültiges. Er musste sich kurz orientieren, welcher Weg zum Grab seiner Mutter führte, entschied sich dann für den ersten Seitenweg.

»Konrad?«

Er blieb stehen und sah sich vorsichtig um.

»Konrad Wilden?«

Er zögerte, er kannte die beiden nicht. Sie schienen in seinem Alter zu sein oder jünger. »Verzeihung, ich ...«

»Das darf doch nicht wahr sein! Erkennst du uns denn nicht?«

»Wir sind's doch. Die Schlangensiefs. Peter und Paul!«

»Ach ihr?« Hatten sie nicht weiße Haare gehabt? Wer war Paul und wer war Peter? War nicht einer von ihnen etwas dünner gewesen als der andere?

»Wie siehst du denn aus!«

Konrad stand da im gelben Hemd in Größe XXL. Ein heftiger Wind, der über die Felder wehte, presste es gegen seinen Bauch. Ein tiefer Atemzug und die Knöpfe würde davonspringen.

»Ihr habt euch aber auch sehr verändert.« Warum hatte er nicht den Trenchcoat übergezogen?

»Nicht wahr?« Peter strich sich die schwarzen Haare glatt, »während du ... ist das etwa dein Auto?« Er zeigte auf den VW, der sich hinter dem Leichenwagen versteckte.

»Der Leichenwagen ist unserer«, fiel Paul ein.

»Ein Leichenwagen?«

»Wir sind nämlich Be...statter.«

»Jeder findet seine Nische im Leben, nicht wahr?« Er wünschte, es wäre wahr.

»Und du bist auch ein gemachter Mann?«

»Wir wollen nicht übertreiben. Ich bin Dolmetscher und beim Verteidigungsministerium gelandet«, sagte Konrad, »aber was ist mit euren Haaren passiert?«

Er hatte sie manchmal gehänselt deswegen, nichts Schlimmes, was man unter Kindern eben so macht. Wie hatte er sie genannt? Er wusste es nicht mehr. Wie lange war das her? Zwanzig Jahre?

»Die haben sich mit den Jahren verfärbt.«

»Schön für euch.« Konrad fühlte sich unwohl unter ihrem prüfenden Blick. »Ich muss weiter, leider. Das Grab meiner Mutter sehen und dann meinen Vater begrüßen. Ist eine Überraschung. Er weiß nicht, dass ich komme. Hoffentlich ist er überhaupt da.«

»Ist er nicht«, entfuhr es Peter unvermittelt, worauf eine unangenehme Pause zwischen den dreien entstand.

»Ja, weißt du es denn nicht?«, fragte Paul entsetzt.

»Was denn?«

Die Brüder sahen sich kurz an, zuckten fassungslos mit den Schultern.

»Er ist tot, Konrad«, sagte Paul leise.

Die Brüder sahen, wie Konrad sie einige Augenblicke mit offenem Mund anstarrte, wie er dann langsam den Kopf in den Nacken sinken ließ, die Augen verdrehte und in sich zusammensackte. Er fiel einfach um, mitten auf dem Friedhof, mitten auf dem Hauptweg. Paul versuchte ihn wieder aufzurichten, während Peter auf den Ohnmächtigen herabsah – mit einem Blick der Genugtuung.

»Los. Hilf mir.«

Sie schleppten ihn schließlich gemeinsam zu dem VW, wuchteten ihn hinein, quetschten ihn zwischen Lenkrad und Sitz, lehnten seinen Kopf an die Kopfstütze, gaben ihm ein paar wenig liebevolle Ohrfeigen, um ihn ins Leben zurückzurufen, und warteten ab.

Nach einer Weile kam Konrad zu sich. Automatisch tastete er nach seiner Waffe. Sie lag nicht neben ihm, er hatte sie zu Hause lassen müssen. Mit einer Waffe kam man nicht durch die Kontrollen am Flughafen. Er fuhr sich durch die Haare und atmete einige Male tief durch, bevor er wieder sprechen konnte.

»Wie ist es passiert?«

»Herzstillstand«, sagte Paul.

»Und wann?«

»In der Nacht vom 8. auf den 9. August.«

Konrad rechnete nach, er war also bereits in der Nacht nach seinem verzweifelten Anruf gestorben. Er war schon drei Tage tot. – Das Testament! Er war zu spät. »Warum habt ihr mich nicht angerufen?«

»Wir haben mit deiner Freundin gesprochen. Peggy. Sie sagte, du wärest auf Dienstreise.«

»Das stimmt. Ich war auf dem Weg nach ... sie hätte mich in einem Notfall auf meinem Handy jederzeit erreichen können.«

»Aber du bist doch hier, das verstehe ich nicht.«

»Ich bin aus ... einem anderen Grund hier.« Konrad schüttelte den Kopf. »Wo ist es denn passiert?«

»In seinem Bett. Er ist nicht mehr wach geworden.«

»Dann werdet ... ihr also meinen Vater beerdigen?«

»So ist es«, verkündete Peter stolz und sah hinüber zum Friedhof mit einem Siegerlächeln, als ob alles hier seins wäre.

»Und ihr hättet ihn wirklich ohne mich beerdigt?«

»Was sollten wir denn machen? Es ist Sommer.«

»Und wann?«

»Heute. Drei Uhr. Du bist ein bisschen zu früh für die Andacht in der Leichenhalle.«

»Und das Finanzielle?«

»Darüber müssen wir natürlich reden, Konrad, nicht jetzt, lass dir Zeit ...«

»Das hat alles Sybille geregelt«, ging Paul dazwischen und stieß ihm ruppig in die Seite.

»Ach ja, ich vergaß«, Peter fasste sich wie in Trance an die Stirn, »ein Grab gibt's ja schon.« Dann fügte er hinzu: »Willst du deinen Vater eigentlich noch mal sehen?«

»Nein.« Konrad starrte durch die Windschutzscheibe auf die Rückfront des Leichenwagens. Der Motor heulte auf, das Auspuffrohr begann zu zittern und stieß schwarzen Qualm hervor.

»Stop!« In einer plötzlichen Eingebung begann er zu winken, drückte auf die Hupe und stieg aus, holte aus dem Kofferraum den Trolli hervor, zog den Reißverschluss auf und begann darin zu graben. Nach einer Weile zog er einen dunkelroten Seidenschal hervor, faltete ihn sorgfältig zusammen und ging zur Fahrerseite des Leichenwagens.

»Würdet ihr den in ... in sein Grab legen? Er ist von meiner Mutter. Er ist ...« Eigentlich hatte er ihn nie hergeben wollen.

»Natürlich«, sagte Peter großzügig und warf ihn hinter sich auf die Rückbank, »ein Grabgeschenk. Ist das in Amerika üblich?«

»Danke. Und ach, könnt ihr mir ein paar Euros leihen oder Dollars wechseln?«

»Hast du keine American Express?«

Er besaß keine Kreditkarten mehr, hatte seine Kreditwürdigkeit längst verloren und lebte von der Hand in den Mund. »Ich will nur schnell eine Kleinigkeit essen gehen.«

Er streckte Peter Dollarscheine entgegen, als der ihm einen Hundert-Euro-Schein gab und sagte: »Lass stecken, wir verrechnen das.«

Der Leichenwagen brauste davon. Und Konrad stand allein da. Jetzt noch das Grab seiner Mutter zu sehen, war für ihn unvorstellbar. Neben ihr musste eine Grube für Dad ausgehoben sein. Essen, wenn er jetzt nicht sofort etwas zu essen bekam, würde er das hier nicht überleben.

Mein Gott, was haben sie mit der Basilika gemacht! Konrad war entsetzt. Er hatte den Leihwagen im Parkhaus am Friedhof geparkt, war das kurze Stück zu Fuß über die Bahnhofstraße gegangen und stand jetzt auf dem Hahnplatz mitten in der Stadt.

Sankt Salvator war früher schmutzig weiß gewesen, die Reliefs in dunklem Rosa. Welcher Witzbold hatte in der Zwischenzeit die Farben getauscht? Er kannte die Basilika in- und auswendig, schließlich war er nebenan im ehemaligen Abteigebäude zur Schule gegangen. Neun lange Jahre. Wenigstens das Regino-Gymnasium hatte seine ursprüngliche Farbe behalten dürfen.

Das Hotel *Zum goldenen Stern* in der ehemaligen Dekanei war noch an Ort und Stelle, aber in seinem Gebäude waren jetzt auch die *Stiftsklause* und ein Eiscafé untergebracht. Ein neuer Treffpunkt in Prüm. Die Sonnenterrasse war gut besucht, lag ein wenig erhöht mit direktem Blick auf die Basilika. Es war das richtige Wetter, um es sich unter einem Sonnenschirm gut gehen zu lassen. Konrad fand einen letzten freien Tisch. Unruhig hielt er nach bekannten Gesichtern Ausschau, fühlte sich auf der Terrasse beobachtet wie auf einem Präsentierteller. Ehe die Bedienung sich um ihn kümmern konnte, eilte er davon und lief hinüber zur Gaststätte *Zur alten Abtei*, ließ die schwere Eingangstür hinter sich zufallen und versteckte sich mit dem Rücken zur Theke in einer der vielen, gemütlichen Sitzgruppen. Er betete, dass die Bedienung neu war.

Er bestellte ein Warsteiner und durchforstete die Speisekarte. Aber – und das war ihm noch nie passiert! – er konnte nichts essen. Als das Bier kam, zahlte er, leerte das Glas in einem Schluck und verschwand wieder, verließ die Stadt über die Tiergartenstraße, bergauf über Tafel.

Die Strecke hatte er früher mit dem Fahrrad in fünfzehn Minuten geschafft oder im Winter mit dem Schulbus zurückgelegt.

Er war auch heute außer Atem.

15. Kapitel

Vor dem Eingangstor stand außer dem Leichenwagen jetzt auch ein Bus, der Nachbarn und Bekannte hinaus zum Friedhof gefahren hatte. Er zog den Trenchcoat über das gelbe Hemd. Er hatte nur zwei Hemden mitgenommen, da er nicht bleiben wollte. Nun betrat er als Letzter die Veranstaltung, die Leichenhalle war bereits brechend voll. Ein Gemurmel kam auf, als er gemessenen Schrittes durch den Mittelgang bis zur ersten Reihe ging.

Ein Stuhl in der ersten Reihe war frei. Die weiße Rose, die auf dem Sitz lag, nahm Konrad an sich. Dann setzte er sich und es knarrte bedenklich unter ihm.

Der Sarg stand auf einem Podest, umgeben von Kerzen und Kränzen und Gestecken. Konrad konnte sich nicht vorstellen, dass Dad wirklich darin liegen sollte. Der emsige Dachdeckermeister still und starr. Er versuchte sich an sein Gesicht zu erinnern, seine Augen, seinen Mund. War er grau geworden in der Zwischenzeit? Hager vor Kummer und Krankheit? Seine Augen blass, sein Mund schmal? Hatte er gewusst, dass er sterben würde, als er zu Bett ging? Hatte er noch an seinen Sohn gedacht? Konrad fühlte sich miese, wie ein Verräter. Er war doch nur des Geldes wegen hier. Das war nun die Strafe. Man kommt eben nicht davon.

Er achtete nicht auf die anderen, bis jemand auf seine Schulter tippte. »Die erste Reihe ist für Angehörige«, flüsterte ein Männerstimme.

Es sammelten sich Schweißperlen auf Konrads hoher Stirn. Er zog ein Taschentuch aus der Hosentasche und wischte sie ab. Er hörte sein eigenes Schnaufen. Hör auf zu rauchen, hatte Dad jedes Mal am Telefon gesagt. Er hatte noch nie geraucht.

»Wer ist das denn?«, flüsterte es wieder hinter ihm.

»Ist das nicht der ...?«

»Wer denn?«

»Das muss der Sohn sein. Konrad.«

»Was für ein Konrad?«

»Sein Sohn.«

Ihm war, als bebe in diesem Moment die Frau zu seiner Linken, als durchjage sie ein elektrischer Schlag. Aus den Augenwinkeln versuchte er einen Blick auf sie zu werfen. Sie war klein und zierlich neben ihm, trug einen breitkrempigen, schwarzen Hut. Ein schwarzer Schleier bedeckte ihr Gesicht. Sie hielt den Kopf gesenkt, sah in ihren Schoß, in dem ihre Hände die Henkel einer schwarzen Handtasche fest umklammerten. Die Knie unter dem schwarzen Rock zitterten. Sie schien zu frieren, die kleinen Härchen standen aufrecht. Ihre Beine waren nackt. Das musste sie sein. Sybille. Die große Liebe seines Vaters. Die Erbin seines Erbes.

Ein Pastor betrat die Bühne, legte sein Buch ab, kam ein paar Stufen hinunter und kondolierte Sybille, murmelte ein paar einfühlsame Worte und drückte ihre Hand. Konrad warf er einen verwunderten Blick zu, stellte sich hinter ein kleines Rednerpult und begann eine Laudatio auf Heinz Wilden zu halten, den einzigen und wahren Dachdeckermeister von Oberprüm. Er hatte sich genau über den Toten informiert. Er begann bei dessen Geburt. Konrad sog alle Erinnerungsstücke, die der Pastor wachrief, in sich auf. Vieles war neu, vieles war Bestandteil seines eigenen Lebens.

Als der Pastor auf Sybille zu sprechen kam, die Wilden rührend gepflegt und bis zur Stunde seines Tode an seiner Seite ausgeharrt habe, fiel sie mit einem unterdrückten Schrei vornüber auf die dunklen und kalten Marmorplatten. Konrad sprang auf, um ihr beizustehen, aber sie wehrte ihn ab, rappelte sich auf und rannte auf ihren hohen Schuhen hinaus. Klack, klack, klack ...

»Die Ärmste!«

Konrad drehte sich um und wollte endlich wissen, wer da flüsterte, als er sah, dass sich in der letzten Reihe im gleichen Moment ein Mann erhob, an den Trauergästen vorbedrängelte und ihr folgte. Das Tor fiel mit einem dumpfen Schlag hinter den beiden ins Schloss.

Nachdem das Echo verklungen war, wurde es totenstill in der Leichenhalle. Der Pastor räusperte sich und fuhr in seiner Rede fort, aber niemand schien ihm mehr zuzuhören. Denn als er ein Lied anstimmen wollte, versagten ihm die Oberprümer den Dienst. Er sang allein und falsch.

Endlich durfte Heinz Wilden zur letzten Ruhe getragen werden. Gefolgt von den Oberprümern, ging Konrad allein hinter dem Sarg her. Die Hände mit der Rose über seinem Bauch gefaltet, war er wehrlos einem Sommerregen ausgesetzt, der aus heiterem Himmel zu kommen schien. Paul erbarmte sich und hielt einen schwarzen Schirm über ihn.

»War das Sybille?«, fragte Konrad leise, während der Trauerzug lautlos dahinglitt. Paul nickte, ohne dass Konrad erklären musste, wen er eigentlich gemeint hatte.

Am Grab ließ Konrad die Zeremonie über sich ergehen. Zuletzt warf er die Rose hinunter auf den Sargdeckel, murmelte ein »Good bye, Dad« und wandte sich ab. Ohne die Kondolenzbezeugungen der Nachbarn und Bekannten abzuwarten, trat er den Rückzug an. Keine fragenden Blicke mehr. Es ist vorbei, dachte er erleichtert. Der Schauer hatte aufgehört, die Luft war noch feucht und erwärmte sich mit jeder Minute.

Er hatte keine Zeit, er musste Sybille einen Besuch abstatten. Als er vor seinem Elternhaus den Motor drosselte, flog die Haustüre auf und Sybille erschien mit zwei Lederkoffern in der Hand, immer noch in Schwarz, aber ohne Hut und Schleier. Und sie war nicht allein. Wenn er nicht irrte, war es der Mann aus der Trauerhalle, der ihr nachgelaufen war, der nun neben ihr stand und auf sie einredete. Sein Gesicht war gerötet. Er versuchte ihr die Koffer abzunehmen, sie an sich zu ziehen und ihr den Weg zu verstellen.

Konrad stieg aus, schob das Gartentor auf und ging über den breiten Kiesweg. Das Geräusch der Kieselsteine weckte Erinnerungen an nächtliches Nachhausekommen, wenn er versuchte leise zu sein. Erinnerungen an das typische Knirschen der Autoräder, die Vaters Heimkehr verkündeten.

Als Sybille und der Mann ihn bemerkten, unterbrachen sie ihr Gespräch. Der Fremde verabschiedete sich kurz, lief an Konrad vorbei, nickte ihm flüchtig zu und eilte davon. Er ließ das Gartentor hinter sich offen und verschwand in Richtung Ortsmitte. Konrad kannte ihn nicht, aber das hieß nichts. Wen kannte er hier schon noch? Unter all den Nachbarn und Freunden auf dem Friedhof war ihm kein einziges Gesicht bekannt vorgekommen. Alte Leute waren es heute, die er damals verlassen hatte. Sieben Jahre sind eine lange Zeit, wenn man achtzehn Jahre alt ist.

Sybille stellte die Koffer ab. Dad hatte ihm verschwiegen, dass seine große Liebe jung war. Er hatte nur von ihrer Schönheit gesprochen. Sie war irgendwie verloren in ihrer Trauer, mit einem kleinen verschlossenen Gesicht, das man sofort wieder vergessen würde, wenn nicht diese Hilflosigkeit sie umgeben hätte. Sie musste zuerst den Beschützerinstinkt in Dad geweckt haben, bevor es ihn richtig erwischt hatte. Kein Wunder.

»Wer war das?«, fragte er.

»Der Apotheker. Er hat mir ein Medikament zur Beruhigung gebracht.«

»Danach hat es nicht ausgesehen.«

Sybille lächelte scheu und ohne aufzusehen: »Er wollte nicht, dass ich gehe, bevor es wirkt. Und Sie sind also der Sohn?«

»Ja. Und Sie verreisen?«, fragte Konrad zurück.

Sie nickte und seufzte. »Ich muss hier weg.«

»Beerdigungen sind etwas Furchtbares.«

»Nicht nur das. Alles erinnert mich hier an ihn.«

»Lassen Sie mich trotzdem für einen Moment herein?«

»Es ist Ihr Haus«, sagte Sybille und reichte ihm den Schlüssel.«

Konrad fühlte sich fremd, es war zu lange her, es roch nicht mehr nach Zuhause. Keine Flutwelle der Erinnerungen brach über ihn herein. Und doch stand alles am alten Platz, der Flügel, die Holztruhe daneben, Vaters Fototruhe, das antike Büffet im Esszimmer, Tisch und Stühle. Nur der Teppich im Wohnzimmer schien neu.

Er stieß mit dem Kopf gegen eine Marionette. Beim näheren Hinsehen entdeckte er einige ihm unbekannte Porzellan- und Strohfiguren auf den Fensterbänken und Kommoden und brachte wenig später unbeabsichtigt ein Windspiel zum Klingen. Er ließ sich auf einen bedächtigen und schweigsamen Rundgang ein, bevor er die Treppen hinaufstieg. Sybille folgte ihm.

»Ist er hier gestorben?«, fragte er andächtig und schob die Türe zum Elternschlafzimmer auf. Sie nickte. Es war kein elendes Sterbelager, es war ein aufgeräumtes Zimmer. Keine Spuren einer Krankheit, keine Medikamente auf dem Nachttisch, keine medizinischen oder hygienischen Hilfsmittel, die ahnen lassen konnte, was sich abgespielt hatte, ehe das Ende kam. Das Bett war mit einer freundlichen Tagesdecke bedeckt.

Konrad schloss die Türe leise, als könne er jemanden stören, und warf einen Blick in das Zimmer nebenan. Sein Kinderzimmer. Die Möbel aus seiner Jugendzeit waren verschwunden und hatten neuen, dunklen Möbeln Platz gemacht.

»Das war mein Zimmer«, sagte Sybille hinter ihm.

»Meines auch. Aber das ist lange her.«

Draußen hupte ein Auto. »Das wird mein Taxi sein.«

»Bitte bleiben Sie. Ich wollte Sie so vieles fragen«, bat Konrad, »ich weiß so wenig von ihm, obwohl wir regelmäßig telefoniert haben. Erzählen Sie mir von ihm.«

Das Taxi hupte schon wieder.

»Hat er Sie noch gefragt, ob Sie seine Frau werden wollten?«

»Mein Taxi«, sagte sie, drehte sich um, lief die Treppen hinunter.

»Kann ich Sie anrufen?«, rief er hinter ihr her. Die Haustür fiel zu und Konrad blieb allein zurück. Ratlos stand er oben am Treppengeländer. Er sah auf die Uhr, es war kurz nach sechzehn Uhr. Und Sybille war mit seinem Erbe unterwegs. Eine Sekunde dachte er an eine Verfolgungsjagd durch die Eifel. Aber anfechten konnte er sein Testament von hier aus, sobald sie ihre Ansprüche stellte. Und das würde sicher bald geschehen.

Er wollte seinen Trolli aus dem Kofferraum holen, als beim Hinausgehen sein Blick auf das Bedienungsfeld einer Alarmanlage fiel. War Oberprüm ein heißes Pflaster geworden? Früher konnte man die Türen Tag und Nacht offen stehen lassen, ohne befürchten zu müssen, dass sich ein Einbrecher anschlich. Altmännerängste oder Sybilles Angst? Er hatte jedenfalls keine und schaltete die Anlage aus, holte das Gepäck ins Haus und hängte den Trenchcoat an die Garderobe, neben eine helle Damenjacke. Ein italienisches Modell, Größe 34, beide Taschen waren leer, auch die kleine Innentasche.

Dann machte er sich auf die Suche. Systematisch begann er alle Kommoden und Schränke im Haus zu durchforsten. Er musste nicht wie sonst besonders leise, schnell und unauffällig arbeiten. Aber auch die neue Gründlichkeit förderte nichts zutage, außer ein paar Geldscheinen in der Büffetschublade; zweihundert Euro, die er einsteckte.

Ansonsten war es eher das Nichts, das ihn verwunderte. Sybille hatte keine Spur hinterlassen, als wäre sie nie hier gewesen. Nicht ein einziges Foto, die Fototruhe neben dem Flügel barg nun Decken und Kissen.

Nichts. Bis auf diese helle Damenjacke an der Garderobe.

Letzte Hoffnung war der Tresor im Betrieb, dessen Zahlenkombination Konrad in seiner Brieftasche neben seinen Telefonnummern trug. Jetzt oder morgen? Unschlüssig stand er in der Diele und verspürte wieder Hunger. Und Durst.

Er lief in den Keller. Tatsächlich. An seinem alten Platz: Dads Weinkeller. Eine Katakombe des Genusses. Europäische und einheimische Weine. Ein düsteres Gewölbe, deckenhoch bestückt mit staubigen Flaschen, sortiert nach Rebe und Jahrgang. Zu zwei Dritteln weißer Wein, auf einem schmalen Regal im hinteren Bereich der rote.

Hier hatte Dad ihn mit sechzehn in die Geheimnisse des Trinkens eingeweiht.

Man beginnt bei den jungen, trinkt sich hoch über die leichten zu den schweren, neutralisiert zwischendurch mit Brot und Wasser, kommt von den herben zu den lieblichen ... zum Schluss die erlesenen ... und denk dran ... immer Weiß vor Rot ...

Rechts hatten immer die besten gelegen. Rechts unten. Konrad bückte sich, griff nach einer Flasche und wischte den Staub vom Etikett.

Auf dem Rückweg stieß er im Kellerflur gegen einen Stapel Altpapier, die letzten Ausgaben des *Wochenspiegels*, des *Eifeljournals* und des *Trierischen Volksfreunds* rutschten herunter. Obenauf lagen jetzt ein paar Seiten Kleinanzeigen, zwei waren ausgeschnitten.

Konrad nahm die Seite mit nach oben, um bei Tageslicht zu lesen, wofür Dad sich kurz vor seinem Tod noch interessiert haben mochte. An Sybille dachte er in diesem Moment nicht.

In der Küche zog er den Korken heraus und nahm einen kräftigen Schluck aus der Flasche, zog den Knoten seiner

Krawatte auf und öffnete den ersten und zweiten Hemdknopf. Ihm war heiß geworden. Im Kühlschrank fand er einen kalten Braten, er säbelte eine Scheibe ab und biss gierig hinein Er öffnete die Terrassentür, zog einen Gartenstuhl unter das Balkondach und ließ sich fallen. Ein neuer Schauer. Der Regen über ihm tropfte auf das Balkondach und rann von dort in langen Fäden auf die Terrasse herunter.

»Prost, Dad!«, rief er in den Garten.

Seine Schuhe wurden feucht, als er begann die Zeitungsseite zu studieren. Es handelte sich um Bekanntschaftsanzeigen in der ZEIT. Sie datierte vom 5. September 2002. Vier Tage vor Dads Tod!

Die Flasche war leer, der Garten dunkel, als er müde wurde und sich in seinem Kinderzimmer auf das neue Bett legte. Unruhig wurde er mehrmals wach in der Nacht, wanderte herum, stand an den Fenstern und legte sich wieder hin. Die Stille war unheimlich, zu Hause war ständig irgendetwas los, Geschrei und Prügeleien, quietschende Autoreifen, das Gellen der Polizeisirenen ... hier war einfach nur Ruhe. Gegen Mitternacht sah er vom Flurfenster im Obergeschoss aus einen Wagen Richtung Friedhof fahren, einen Kombi. Er fuhr so leise und langsam, dass er ihn nicht bemerkt hätte, wenn er nicht die abgeblendeten Scheinwerfer und Rücklichter gesehen hätte. Er nahm nach einer guten Stunden den gleichen Weg zurück, da stand Konrad noch am Flurfenster. Ein Auto pro Nacht, das war rekordverdächtig, davon konnte er in Washington nur träumen. Ihm fehlte der Lärm. Lärm war Leben.

Als es hell wurde, setzte er sich auf und ließ die Beine aus dem Bett hängen. Er hatte einen dicken Kopf und seine Füße waren eiskalt. Er schob sie hin und her auf dem Teppichboden, als er ein seltsames Rascheln hörte. Er ließ sich auf die Knie fallen, am Fußende lagen ein paar dunkelbraune, vertrocknete Blätter. Dad hatte ihr Rosen geschenkt, sie hatte sie ans Fußende auf die Kommode gestellt, damit sie sie beim Einschlafen und Wachwerden vom Bett aus sehen konnte. Hatte er neben ihr gelegen?

Und während er noch versuchte, sich wieder und wieder diese seltsame Liebe vorzustellen, hörte er ein vertrautes Gerumpel, und, als wäre er nie weg gewesen, wusste er sofort, dass es die Müllabfuhr war. Er lief zum Flurfenster und sah, wie der Müllmann die kleine graue Tonne aus dem Schuppen neben der Garage holte und über den Kiesweg hinter sich herzog.

In einer Eingebung rannte er los, erwischte den Müllmann im letzten Moment, als er gerade den Hebel zur Entleerung hochziehen wollte.

»Stop!«

»Vermissen Sie etwas?«

»O ja.«

»Das kennen wir.«

Konrad durchwühlte einige Mülltüten, grub sich durch Kaffeefilter und Eierschalen und andere Essensreste, bis er die beiden kleinen Anzeigen, verknittert und verklebt in den Händen hielt.

Sie hätten auch von Dad sein können: Witwer, in den Sechzigern und Siebzigern, gut situiert, völlig alleinstehend, einsam ... Einer gab als Wohnort Frankfurt an, der andere wohnte in der Nähe von Limburg.

Ob Sybille schon Kontakt aufgenommen hatte?

16. Kapitel

Auf der Suche nach dem Testament stieß Konrad am nächsten Vormittag im Betrieb auf offene Ablehnung. Nur widerwillig ließ man ihn das Büro seines Vaters betreten.

»Ich kann Ihnen nicht helfen, denn niemand hier kennt die Zahlenkombination für den Tresor«, informierte ihn die Sekretärin. Sie stand im Türrahmen und misstraute ihm. Früher hatte Dad eine andere gehabt.

»Ich kenne sie.«

Er holte sein Notizbuch hervor, die Zahlen standen direkt unter der Telefonnummer seines Vaters. Die brauche ich nun nicht mehr, fiel ihm ein, nie mehr kann ich ihn anrufen, nie mehr wird er mich anrufen. Kein Wort zum Sonntag mehr.

Als die Tresortüre sich öffnete, sah Konrad zuerst die Fotoalben. Seine Kindheit, Mutter, Vater und Kind, eine glückliche Familie, im Urlaub, im Garten, auf Geburtstagen, mit Freunden und Nachbarn. Was hatten die Fotoalben hier zu suchen? Schon bei der Einschulung war Mutter nicht mehr dabei. Aber Dad hatte weiter fotografiert bis zum Abitur, er hatte alles festgehalten. Das letzte Foto zeigte Konrad am Flughafen. An diesem Tag endete das Fotografenleben seines Vaters. Es gab kein einziges Foto von Sybille. Damit war klar: Wegen ihr lagen die Fotoalben im Tresor.

Konrad fand nach und nach auch die üblichen Versicherungspolicen, den Grundbuchauszug für Haus und Betrieb und andere geschäftlichen Unterlagen, Pfandbriefe und Aktien, zwei Sparbücher, ein Scheckbuch und Kontoauszüge.

Ein Testament gab es nicht.

Er rief in der Volksbank an, um alle Konten seines Vaters sperren zu lassen und erfuhr zu seinem großen Entsetzen, dass Sybille über eine General-Vollmacht verfügte.

»Dann können Sie mir sicher sagen, wo Sybille wohnhaft gemeldet ist.«

»Nein.«

»Wie ist sie denn ohne sich auszuweisen an die Vollmacht gekommen?«

»Ihr Herr Vater, Gott hab ihn selig, hatte eine interne Verabredung mit mir getroffen, wonach ...«

»Dann machen Sie die aber fix rückgängig, sonst treffe ich mit Ihrem Chef auch eine interne Verabredung.«

»Keine Sorge, wenn jemand stirbt, sind sowieso alle Konten gesperrt, bis der Erbschein vorliegt.«

Das war kein Trost. Konrad legte auf.

»Er starb an gebrochenem Herzen«, hörte er plötzlich eine weinerliche Stimme hinter sich. Die neue Sekretärin.

»Sie meinen, Sybille war schuld?«

»Nein, natürlich nicht. Wie kommen Sie denn darauf? Ich meine *Sie*. Er hat *Sie* sehr vermisst.«

»Ich weiß.«

»Warum sind Sie denn nicht wenigstens ein einziges Mal gekommen?«

»Es ging nicht.«

»Ach, wenn man will, geht alles.«

Konrad stand auf und sah auf sie herunter.

»Kinder sind undankbar, ich habe keine, aber man hört das immer wieder. Kommen erst wenn's zu spät ist und nur wegen dem Geld ...«

»Sind Sie fertig?«, fragte er und schnaufte.

»Entschuldigung.«

»Angenommen. Können Sie mir einen Anwalt hier in Oberprüm empfehlen, an den ich mich wenden kann?«

»Wozu?«

»Ja oder nein?«

»Nein.«

»Danke.«

»Es gibt einen in Prüm, den Ihr Vater kannte. Ben Salem.«

Vielleicht lag dort das Testament. »Wo wohnt er?«

»Primelstraße 20. Was sollen wir denn jetzt machen?«

»Weiterarbeiten wie bisher oder wollen Sie Ihren Arbeitsplatz verlieren?«

Die Schlangensiefs hatten gerade Wildens Sarg von allen Erdklumpen befreit, geputzt und poliert, sein Leichenhemd lag in der Lauge, als Konrads Leihwagen auf den Hof fuhr.

Die Brüder hatten Krach. Es war geschäftlich. Paul hatte sich mit Händen und Füßen dagegen gewehrt, Wilden den Sarg nur zu leihen. Konrads plötzliches Auftauchen empfand er als ein bedrohliches Zeichen und Sybilles Zusammenbruch als eine Warnung. Trotzdem hatte Peter nicht mit sich reden lassen, so versessen sann er auf Rache wegen dieses Wortes aus Kindertagen, sodass er schließlich sogar allein losgezogen war. Er war nicht nur mit dem leeren Sarg samt Inventar zurückgekehrt, sondern hatte auch den dunkelroten Seidenschal – Konrads Grabgeschenk, die letzte Gabe für seinen Vater – aus Versehen wieder mitgebracht. Er lag auf Pauls Schreibtisch.

»Mensch, den hatten wir Wilden doch um die Hände gewickelt.«

»Hat sich bei der Prozedur gelöst.«

»Und was machen wir jetzt damit?«

»Wirf ihn weg.«

Dazu war es nun zu spät, denn die Klinke der Bürotür wurde bereits heruntergedrückt. Paul konnte ihn gerade noch rechtzeitig in die Hosentasche stecken.

»Morgen«, sagte Konrad. Er sah übernächtigt aus und trug immer noch sein schreiend gelbes Hemd.

»Morgen.«

»Ihr habt den Bogen heraus, nicht wahr? Jeder zweite Sarg kostet nur dir Hälfte. Clever.«

Die Brüder grinsten stolz.

»Ich bin gekommen, um mich für gestern zu bedanken.«

»Das ist selbstverständlich«, sagte Paul und klopfte ihm auf die Schulter, »hat es dir gefallen?«

»Soweit einem Beerdigungen gefallen können.«

»Es war eine schöne Zeremonie. Das ganze Dorf und halb Prüm waren da. Der Bürgermeister, sogar der alte Zingsheim.«

Konrad hatte nur unbekannte, entsetzte Gesichter gesehen.

»Arme Sybille. Die wenigsten Frauen halten bis zum Ende durch.«

»Sie ist gestern Abend schon abgereist. Sie hatte es ziemlich eilig.«

»Was hast du denn jetzt vor?«

»Ich muss bald wieder zurück.«

»Dann gute Reise, Alter. Und grüß uns Amerika.« Paul verabschiedete sich erleichtert. Die ideale Lösung. Niemand würde sich mehr für Wilden interessieren, wenn Konrad wieder auf und davon war.

»Ach ... ich wünschte, ich hätte mehr Zeit.«

»Wozu? Dein Vater ist tot. Du kannst nichts mehr für ihn tun.«

Konrad zog die beiden Anzeigen aus der Hemdtasche und zeigte sie den Brüdern.

»Heiratsanzeigen«, konstatierte Peter nüchtern. Konrad zeigte auf das Datum am oberen Seitenrand. »Das war vier Tage vor seinem Tod!«

»So ist es. Sybille hat offensichtlich bereits vier Tage vor dem Tod meines Vaters bereits wieder nach einem neuen Mann gesucht.«

»Wieder?«

»Dad hat sie auch über die Zeitung kennen gelernt.«

»Echt?«, fragten die Schlangensiefs neugierig. Sie hatten auch schon mit dem Gedanken gespielt. In Oberprüm und Prüm mehr oder weniger stadtbekannt, hatten sie schlechte Karten.

»Na und? Ist das ein Verbrechen?«

»Natürlich nicht. Aber das wusste hier niemand.«

»Musste auch nicht.«

»Woher weißt du, dass es Sybille war?«

»Wer denn sonst.«

»Hat sie deinen Vater denn ausgenommen?«

»Er hat ihr fast alles vererbt. Dass das freiwillig war, bezweifle ich.«

»Gehst du jetzt zur Polizei?«, fragte Paul entsetzt.

»Gott bewahre! Keine Polizei. Mit der stehe ich auf Kriegsfuß.« Die Brüder musterten ihn entsetzt. »In Amerika, meine ich natürlich.

»Hast du was auf dem Kerbholz?«

»Nein. Ich habe schließlich als Dolmetscher Diplomatenstatus und jede Menge Sondergenehmigungen. Das können sie ganz schlecht vertragen da drüben.«

»Aha«, sagten die Brüder voller Ehrfurcht.

»Wenn ich die einschalte, organisieren die womöglich eine Exhumierung und Obduktion ... ich weiß nicht, ob ich das will.«

»Eine ...?« Paul versagte die Stimme, während Peter den Kopf traurig schüttelte und sagte: »Dein armer Vater.«

»Eben. Aber ich wüsste schon gern mehr über Sybille.«

»Hast du sie nicht gefragt, wohin es geht?«

»Nein.«

»Schwerer Fehler. Du hättest sie aufhalten müssen.«

Konrad zuckte plötzlich zusammen und starrte entsetzt auf Pauls Hosentasche.

Peter reagierte rasch und versuchte ihm den Blick zu verstellen. »Ehe du noch mehr Fehler machst, warum überlässt du diese Angelegenheit nicht uns und fährst einfach nach Amerika zurück? Hast du nicht gesagt, du müsstest dringend zurück?«

»Ja, aber das hier geht natürlich vor ...« Konrad schien in Gedanken.

»Wir haben eine Spur«, lockte er ihn.

»Und wir sind deine Freunde«, beteuerte Paul und nickte dabei so heftig, dass seine Perücke verrutschte. Er schob sie zurück und konnte nicht wissen, dass dabei ein paar weiße Haare über der Stirn hervorblitzen.

»Was für eine Spur?«, fragte Konrad. Seine Stimme klang weit weg.

»Darüber wollen wir noch nicht sprechen. Es ist zu früh und wir wollen dir keine falschen Hoffnungen machen. Vertrau uns ganz einfach, Konrad.«

Konrad nickte wie in Trance.

»Hast du wenigstens ein Foto von ihr?«

»Nein. Es gibt keines.«

»Das macht die Sache nicht einfacher. Aber egal.« Peter dirigierte Konrad langsam aber sicher aus dem Büro in den Hof und öffnete für ihn die Autotür. »Wir haben ja deine Telefonnummer. Fahr ruhig.«

Konrad saß ein paar Minuten verstört und bewegungslos hinter dem Steuer, ehe er den Motor anwarf und langsam über den Hof hinausrollte.

»Scheiße«, murmelte Peter, »das war eng.«

»Meinst du, er hat ihn erkannt?« Paul verstaute gerade den roten Schal in seiner Schreibtischschublade.

»Du bist echt zu blöd, einen Schal zu verstecken.«

Paul hatte keine Zeit zu diskutieren, er lief nervös auf und ab. »Und was machen wir jetzt?«

»Wir recherchieren natürlich.«

»Was machen wir?«

»Wir fahren in dieses Niederndorf. Sie kam garantiert von dort.«

»Und wann fahren wir?«

»Jetzt. Sofort.«

Eine halbe Stunde später hing ein Schild in der Eingangstür ihres Bestattungshauses. »Wegen Sterbefall geschlossen«. Natürlich konnten sie Mutter Elsbeth nicht einweihen. Sie erfanden auf die Schnelle eine Geschichte von einem verstorbenen, berühmten Kollegen in einem entlegenen Ort im Hunsrück, zu dessen Beerdigung alle Bestatter eilen wollten. Da durften sie nicht fehlen.

Und sie machten sich in ihrem Leichenwagen auf den Weg nach Niederndorf.

17. Kapitel

Konrad war immer noch verstört. Er verließ Oberprüm wie in Trance und fuhr auf der B 265 ein Stück Richtung Walcherath, bog bald darauf rechts ab und parkte im Skigebiet der Wolfschlucht. Er öffnete die Tür, ließ ein Bein heraushängen und schnappte nach Luft.

Er hatte den dunkelroten Seidenschal seiner Mutter sehr wohl erkannt. Die Fransen hatten den Ausschlag gegeben. Die Fransen, mit denen Mutter gespielt hatte, wenn sie nervös war.

Wir sind deine Freunde ...

Von diesem Moment an hatte er die Schlangensiefs gewähren lassen, nicht etwa weil er einem Anfall von Naivität oder Mangel an Reaktionsvermögen erlegen war, sondern weil er sehen wollte, wie weit sie gehen würden. Und sie waren sehr weit gegangen.

Er hatte auch gesehen, dass Paul eine Perücke trug. Seine Haare darunter waren weiß. Logisch, er hatte noch nie davon gehört, dass weiße Haare sich von selbst schwarz färben konnten.

Wir sind deine Freunde ...

Aber warum?

Zwei Rehe traten aus dem Waldstück heraus, hielten die Nasen in den Wind und wagten sich weiter vor, näherten sich dem Auto, in dem Konrad bewegungslos saß und sogar das Atmen einstellte. Nur mit den Augen folgte er dem hellbraunen Paar, das witternd vor ihm stand. Als sein Handy klingelte, jagten sie blitzschnell davon.

»Peggy?«

»Wo steckst du?«

»Zu Hause.«

»In Deutschland?«

»Ja. Hör zu, kann es sein, dass du versucht hast, mich anzurufen?«

»Nein.«

»Sicher?«

Es war eine Zeit lang still am anderen Ende der Welt.

»No.«

»Hat niemand für mich angerufen?«

»No. Doch, am ... an dem Tag, an dem du auf Dienstreise gegangen bist, kam ein Anruf. Irgendjemand wollte dich sprechen. Als ich nach seinem Namen fragte, hat er aufgehängt. Wieso?«

»Hat er deutsch gesprochen?«

»Halb englisch halb deutsch. Warum?«

»Hat er etwas über Dad gesagt?«

»Nein. Er wollte dich sprechen, er hat nicht gesagt, warum.«

»Hat er von einem Notfall gesprochen?«

»No.«

»Dad ist tot.« Konrad merkte, dass seine Stimme umkippte.

Wieder Schweigen am anderen Ende der Leitung. »Oh, Konrad. I'm so sorry.«

In diesem Moment traf Konrad seine Entscheidung: »Ich muss etwas länger hier bleiben. Ich weiß nicht, wie lange, ich rufe dich wieder an. Bye, bye.«

Er kam zu spät. Die Schlangensiefs hatten keine Zeit verschwendet, im Schaufenster des Bestattungshauses hing bereits ein zweites Schild. »Wegen Sterbefall geschlossen«. Wütend schlug Konrad auf das Lenkrad. Er hatte falsch reagiert, er hätte sie sofort festnageln müssen. Er hätte nicht nachdenken dürfen. Er hätte ... In einen Fall persönlich verwickelt zu sein, ist immer eine miserable Ausgangsposition.

Er stieg aus. Über den Torbogen hinweg sah er den Leichenwagen nicht mehr im Hof stehen, sondern nur ... wer schlich denn da gebückt an der Hauswand entlang wie ein Marder?

»He! Was machen Sie denn da?«

Der Kerl zuckte zusammen, kam auf Zehenspitzen näher und steckte seinen kahlen Kopf durch das Gitter. »Konrad Wilden!«

Der alte Zingsheim, unverkennbar noch grässlicher als früher.

»Die Schlangensiefs sind nicht da.«

»Aber Sie, Sie sind da!«

»Ich habe etwas vergessen und du?«

Wie kam er darauf ihn zu duzen, hatten sie irgendetwas gemeinsam? »Ich auch.«

»Dann haben wir etwas gemeinsam«, kicherte Zingsheim, öffnete das Tor und zog Konrad am Hemdärmel in den Hof. »Ich weiß, wie man ins Büro kommt.« Er winkte, ihm zu folgen, an der ehemaligen Garage vorbei auf die Rückseite des Gebäudes. »Durch dieses Fenster.«

Zingsheim zeigte auf ein ziemlich kleines Fenster, das gekippt war, das in Richtung Feld und Wiese zeigte. »Die Toilette.«

»Da pass ich nicht durch.«

»Aber ich. Du musst mich nur anheben.«

»Es ist helllichter Tag, wenn uns jemand sieht.«

»Ach was. Nun mach schon.«

Zingsheim hob ein Bein hoch, um damit in Konrads Handfläche steigen zu können. Er wog nichts, seine mageren Finger griffen durch den Fensterschlitz und manipulierten so lange herum bis das Fenster aufklappte. Dann zog er sich hoch und kletterte hindurch. Es polterte im Inneren und kurz darauf erschien sein rot glänzender, kahler Kopf: »Was hast du denn vergessen?«

»Einen dunkelroten Seidenschal.« Konrad formte die Hände zu einem Trichter. »Wahrscheinlich im Büro.«

»Ich schließe jetzt das Fenster und komme durch den Haupteingang. Warte dort auf mich.«

Konrad gab mit seinem gelben Hemd einen guten Blickfang ab. Nervös sah er sich um. Er war nicht darauf eingerichtet, recherchieren zu müssen.

»Ist er das?« Endlich stand Zingsheim in der Tür und hielt den dunkelroten Seidenschal hoch.

»Danke. Was hatten Sie denn vergessen?«, fragte Konrad.

»Ach, nichts Besonderes. Ich habe damals deine Mutter beerdigt, ich hätte das gern auch für deinen Vater getan. Dann wäre das nicht passiert.«

»Was denn?«

»Sybilles Zusammenbruch. Das war vorauszusehen, da hätte man vorbeugend etwas unternehmen können. Zum Beispiel, sie nicht allein dasitzen lassen. Die Ärmste. Das war eine glatte Sechs Minus.«

»Lassen Sie uns gehen.«

»Du hättest dich ja auch bisschen um sie kümmern können, oder?«

»Lassen Sie uns gehen.«

»Warum diese Eile? Die Schlangensiefs sind weg.«

Sie trennten sich vor dem Hoftor, als Zingsheim sagte: »Wenn du mich brauchst, du weißt, wo ich zu finden bin. Immer zu Diensten.«

»Sicher nicht.«

»Das sagst du jetzt, bald wirst du anders darüber denken.«

»Was meinen Sie damit?« Widerwillig ließ er sich auf ein Gespräch ein.

»Es wird ans Tageslicht kommen. Irgendwann.«

»Was denn?«

»Dass sie Betrüger sind.«

»Daran habe ich auch schon gedacht.« Konrad hasste es, ihm zustimmen zu müssen.

»Kluger Junge. Kaum hier und blickt schon durch. Die Oberprümer merken nichts, aber auch gar nichts, oder wollen nichts merken.«

»Durchblicken ist zuviel gesagt.«

»Bleib dran«, riet Zingsheim ihm, als sie sich verabschiedeten.

Es war später Nachmittag, als er die Praxis von Dr. Michels aufsuchte. Das Gesicht des Arztes kam ihm bekannt vor, er hatte ihn wahrscheinlich auf der Beerdigung gesehen. Oder von früher. Dr. Michels holte die Karteikarte seines Vaters hervor.

»Er war am 28. Juni zum ersten Mal hier und klagte über Übelkeit, Erbrechen und Durchfall, diffuse Herzschmerzen und Schlaflosigkeit. Ich habe ihn untersucht und nicht viel feststellen können.«

»Was haben Sie ihm verschrieben?«

»Das Übliche. Gegen die Herzschmerzen zuerst nur ein pflanzliches Mittel. Ein sehr gutes Medikament, jedenfalls bei Anfangssymptomen. Ich war zunächst zufrieden und Ihr Vater auch. Aber kurz darauf kam er wieder in die Praxis und ...«

»Wann war das?«

Dr. Michels studierte seine Karteikarte. »Zehn Tage später, am 8. Juli. Da war ich entsetzt, wie sehr sein Zustand sich verschlechtert hatte. Ich habe ihn sofort zu einem Kardiologen nach Bitburg überwiesen. Dr. Pech.«

»Ist der Name Programm?«

»Ich arbeite öfter mit ihm zusammen. Er hat einen sehr guten Ruf. Er hat ihn untersucht und eine andere Therapie eingeleitet.« Dr. Michels schien sich verteidigen zu müssen.

»Damit ging es ihm besser?«

»Oh ja. Anfangs. Aber dann verschlechterte es sich wieder. Und kurz vor seinem Tod war er wieder gut drauf, sagte jedenfalls Sybille. Es ging immer auf und ab. Sie holte zum Schluss nur noch Rezepte ab. Ihren Vater habe ich in den letzten Tagen nicht mehr zu sehen bekommen. Er hatte wohl Angst, ich würde ihn ins Krankenhaus stecken. Und wenn ich gewusst hätte, wie ernst es um ihn stand, hätte ich das auch auf jeden Fall getan.«

»Das verstehe ich nicht.«

»Sie haben drüben Karriere gemacht, wie ich gehört habe.« Dr. Michels beobachtete Konrad über den Rand seiner Brille.

»Was hat das damit zu tun?«

»Ich glaube, Ihr Vater hat Sie sehr vermisst.«

»Ich weiß. Sie sind nicht der Erste, der mir das sagt. Aber daran stirbt man nicht.«

»Sagen Sie das nicht, wenn anderes dazukommt ...«

»Was sollte das gewesen sein?«

»Es gab an dem Abend, an dem er starb, einen enormen Temperatursturz, ein Unwetter, das weiß ich noch sehr genau. Das Barometer fiel ins Uferlose. Das ist gefährlich für Herzkranke. Oder ...«

»Oder?«

»Denken Sie an seine junge Frau, zum Beispiel.«

»Was ist mit ihr?«

»Ich könnte mir vorstellen, sie hat zuviel von ihm verlangt, wenn Sie wissen, was ich meine.«

Konrad überlegte kurz. »Ich fürchte, da liegen sie völlig verkehrt. Es dürfte eher das Gegenteil gewesen sein.«

»So?«, fragte Dr. Michels skeptisch, »dann kann auch das der Grund gewesen sein, das ist ebenso möglich. Da kann viel zusammenkommen.«

»Und wenn er Ihre Medikamente überhaupt nicht mehr eingenommen oder das Rezept nicht eingelöst hat?«

»Das bezweifle ich, er war nicht lebensmüde, sondern frisch verliebt. Fragen Sie den Apotheker.«

»Das werde ich tun.«

Beim Apotheker Esser handelte es sich tatsächlich um den Mann, der Sybille bei ihrer Abreise bedrängt hatte. Konrad wartete, bis alle Kunden den Laden verlassen hatten und trat dann vor die Ladentheke.

»Mein Name ist Konrad Wilden, ich bin der Sohn des verstorbenen Dachdeckers«, betete er sein Sprüchlein herunter.

»Ich weiß«, sagte der Apotheker mit einem verlegenen Lächeln, »ich habe sie in der Leichenhalle gesehen.«

»Dr. Michels meinte, ich sollte Sie fragen, ob mein Vater seine Rezepte auch immer brav eingelöst hat.«

»Das hat er.«

»Ob er die Medikamente auch eingenommen hat, wissen Sie natürlich nicht.«

»Rein zeitlich gesehen kam es hin. Zwanzig Tabletten für sieben Tage.«

»Also war er vermutlich medizinisch optimal versorgt.«

»Mit Sicherheit.«

»Haben Sie dann eine Erklärung für seinen plötzlichen Tod?«

»Keine Idee. Mit dem Tod ist das so eine Sache ...«

»Wissen Sie ...« Konrad versuchte, sich ihm auf eine andere Weise zu nähern, und wurde vertraulich. »Ich habe irgendwie den Eindruck, dass hier etwas faul ist. Oder was würden Sie davon halten, dass sich Sybille offensichtlich bereits vor dem Tod meines Vaters mit Heiratsanzeigen beschäftigt hat?«

»Was?« Esser unterdrückte einen kleinen Schrei.

»Des Weiteren gibt es seltsamerweise überhaupt kein einziges Foto im Haus von Sybille, obwohl mein Vater wild aufs

Fotografieren war. Außer einer hellen Jacke an der Garderobe und ein paar vertrockneten Blättern unter ihrem Bett gibt es nichts. Was für einen Eindruck hatten Sie eigentlich von Sybille?«

»Ich? Nun, sie war jung.«

»Ist das alles?«

Esser nickte. »Ja, vielleicht haben Sie Recht. Vielleicht erklärt das alles. Haben Sie Sybille näher gekannt?«

»Nicht näher als jeder andere hier. Und was Ihren Vater angeht, es waren wohl ein paar unglückliche Umstände zusammengekommen, denke ich. Sicher hat das auch etwas mit Ihnen selbst zu tun.«

»Mit mir?«

»Mit Ihrer Abwesenheit vielmehr. Guten Tag, Frau Klepp, was kann ich für Sie tun?«

Eine Kundin hatte den Laden betreten und Esser wandte sich ihr zu. Frau Klepp hatte Magenschmerzen, erfuhr Konrad, kurz bevor er die Apotheke verließ. Er auch.

Es war Abend geworden, ein warmer Spätsommerabend und noch hell. Konrad wollte Ben Salem nicht auf den nächsten Tag verschieben. Wenn er alle durch hatte, konnte er die Nacht mit Nachdenken und Sondieren verbringen. Vaters Weinkeller würde ihn dabei trösten.

Ben Salem saß mit seiner Frau auf der Terrasse seines neuen Hauses, Konrad konnte ihn durch die junge Hecke erkennen. Neben ihnen stand ein Kinderwagen.

Er klingelte.

»Ich komme.« Ben Salem stand wenige Sekunden später in der Tür. Er trug Shorts und war barfuß.

Konrad wollte gerade sein Sprüchlein aufsagen, als Ben ihn begrüßte: »Der verlorene Sohn, stimmt's?«

»Woher ...?«

»Ich habe Sie auf der Beerdigung gesehen. Sie waren das Gesprächsthema Nummer eins. Haben Ihrem Vater glatt die Show gestohlen. Kommen Sie herein. Gibt es Probleme mit dem Testament?«

Wer war nicht auf der Beerdigung, fragte sich Konrad, und sagte: »Ja.«

Ben Salem führte ihn auf die Terrasse, stellte ihn seiner Frau Sophie vor und bat ihn, einen Blick in den Kinderwagen zu werfen, um seinen Sohn Lukas zu bewundern. Lukas schlief. Er hatte dicke, rote Wangen. Zu lange in der Sonne gelegen, dachte Konrad, und setzte sich.

»Herzliches Beileid«, sagte Sophie. Sie trug ein leichtes, buntes Sommerkleid mit schmalen Trägern. Konrads Augen blieben auf zwei kleinen, schräg nebeneinander stehenden Muttermalen auf ihrer rechten Wange hängen. Als sie es bemerkte, strich sie verlegen darüber.

»Möchten Sie Kaffee?«

»Ja, gerne.« Er lehnte sich zurück, öffnete seine Krawatte und atmete durch. Sophie kam mit dem Kaffee zurück, reichte Konrad die Zuckerdose. Er lehnte ab und zeigte auf seinen Bauch. Das Hemd darüber war nass geschwitzt. Sophie lächelte.

»Und das Testament?«, fragte Ben Salem verwundert, nachdem Konrad Bericht erstattet hatte.

»Ich dachte, Sie haben es vielleicht.«

»Leider nein.«

»Ich habe es weder in unserem Haus noch im Betrieb gefunden. Soweit ich weiß, ist Sybille die Haupterbin, und ich bekommen nur den Pflichtteil.«

»Wie kommen Sie darauf?«

»Das hat mein Vater mir kurz vor seinem Tod mitgeteilt.«

»Sind Sie deswegen hier?«

Konrad hatte auf diese Frage gewartet. »Nein.«

»Aber Sie wollen es anfechten, nehme ich an.«

»Ja, und ich will noch mehr. Dad hätte nicht zu sterben brauchen, ich bin mir inzwischen fast sicher. Ich will eine Untersuchung, eine Exhumierung und eine Obduktion.«

Ben lachte laut auf und schlug sich auf die Oberschenkel. »Wir sind doch hier nicht in Amerika!«

Konrad biss die Lippen aufeinander und zeigte den Schal.

»Immer langsam. Was die Schlangensiefs angeht«, fuhr Ben fort, »den Schal haben sie mit Sicherheit im Trubel der Beerdigung glatt vergessen. Ich kenne sie, sie sind ebenfalls in Ordnung. Das sind patente Jungs und Beerdigungen kosten bei ihnen ...«

»Ich weiß.«

»Und Sybille ist eine wunderbare Frau. Sie hat unseren Sohn in schwieriger Lage optimal versorgt, müssen Sie wissen. Sie hat Kredit bei mir und ...«

»In meinen Augen sah das aber anders aus«, meldet Sophie sich zu Wort, »sie hat mich praktisch überredet, ihr Lukas anzuvertrauen. Sie hätte Erfahrung mit Kindern, sagte sie.«

Konrad horchte auf, als Sophie ihm den Abend des Babysittings aus ihrer Sicht schilderte. »Wir haben sie danach natürlich nie wieder gebeten«, endete Sophie.

»... man muss verstehen, dass sie ihre Zukunft plant«, fuhr Ben unbeirrt fort. »Soll sie die trauernde Witwe spielen?«

»Eine gewisse Trauerzeit wäre angebracht gewesen.«

»Wenn Sie Ihren Vater früher besucht hätten und nicht erst jetzt, dann hätte er Sie mit Sicherheit auch in seinem Testament ganz anders berücksichtigt.«

»Das reicht.« Konrad stand wütend auf und rannte zur Haustür. Den Nächsten, der ihm Vorwürfe macht, würde er zusammenschlagen. So und nicht anders wurde man zum Amokläufer. Amoklauf in Oberprüm.

Er stieg in den Leihwagen. Ein paar Jungen spielten Fußball auf dem Primelweg, einer ließ sich auf den Ball fallen, die anderen traten zurück und gaben die Straße frei. Sie zeigten mit den Finger auf ihn.

»Guck mal, wie fett der ist!«

Konrad redete sich Mut zu. Dann musste er es eben alleine machen. Er schaltete das Radio ein. Wetterbericht. Der Sommer sei vorbei, hieß es. Heute sei vielleicht der letzte schöne Tag. Ansichtssache.

In seinem Elternhaus legte er sich auf das neue Kastanienholzbett und lag stundenlang wach in der Dunkelheit. Vorurteile sind wie Festungen. Er hatte keine Chance hier in Oberprüm. Niemand würde ihm abnehmen, dass er nicht hatte kommen dürfen, nachdem Sybille bei seinem Vater eingezogen war. Und die Zeit davor? Er hatte Angst gehabt, Dad würde ihm anmerken, dass er log, ihm ansehen, dass er kein weißes Haus in einem Vorort hatte.

Später erwachte er durch ein Geräusch. Schritte im Nebenzimmer, Schritte, die sich näherten und an sein Bett traten. Das Licht einer Taschenlampe fuhr kurz über sein Gesicht und seine geschlossenen Augen. Meine Waffe, ohne Waffe bin ich ein Krüppel, durchfuhr es Konrad. Neben ihm wurden die Schubladen seines Nachttisches geöffnet, dann kroch der Eindringling auf allen vieren bis unter sein Bett. Er hörte die vertrockneten Blätter rascheln, ehe er sich mit seinen hundertvierzig Kilos auf den Fremden fallen ließ. Dieser wand sich unter ihm. Kämpfend robbten sie unter dem Lattenrost auf die andere Seite und rappelten sich hoch. Konrad tat sein Bestes, trat und boxte, bis die fremden Hände sich in sein Gesicht und seine Augen krallten. Da schrie er auf und ließ los.

Die Schritte huschten leicht und schnell davon, die Haustür fiel ins Schloss und er war wieder allein. Seine

Augen brannten und tränten wie verrückt. Halb blind lief er ans Flurfenster, das auf die Einfahrt zeigte. Ein Mann rannte über den Kiesweg, sprang über das Gartentor und verschwand in Richtung Ortsmitte. Er untersuchte alle Fenster und Türen im Haus. Sie waren unversehrt. Er hätte die Alarmanlage nicht ausschalten sollen. Oberprüm war doch ein heißes Pflaster.

Als er im Badezimmerspiegel nach seinen Wunden sah, waren beide Augen geschwollen. Das Rechte hatte besonders viel abbekommen. Das Weiße war blutunterlaufen, unter der Augenbraue klaffte eine Platzwunde. Auf dem gelbem Hemd verliefen Bluttropfen von der Schulter bis zur Brust. Er sah aus wie ein Schläger.

Er verschloss alle Türen. Dann suchte er in den Schubladen, die der Fremde durchstöbert hatte. Was konnte er gewollt haben? Als er unter seinem Bett nach den Blättern sah, waren sie zerkrümelt und schienen nicht mehr vollständig. Sicherheitshalber wickelte er die Reste sorgsam in ein Kleenex-Tuch.

Es war drei Uhr in der Frühe, als er sich auf den Weg machte.

18. Kapitel

Wie sehen Sie denn aus?« Ben Salem war in der Unterhose. Er zog Konrad Wilden in die Diele und sah sich vor dem Haus um, ob es einen Beobachter gäbe.

»Wir sind doch hier nicht in Amerika«, äffte Konrad ihn nach.

»Kommen Sie rein. Aber leise.« Im Bad drückte er Konrad auf den Badewannenrand, legte ihm einen nassen, kalten Waschlappen über die Augen und fragte: »Wer war das?«

»Esser.«

»Sie haben ihn erkannt?«

»Nein. Nur er wusste von den getrockneten Blättern. Und Sie.« Konrad öffnete das Kleenex-Tuch.

»Ich habe ein Alibi. Was sind das denn für Krümel in Gottes Namen?«

»Wenn ich das wüsste. Rosen, Nelken, von einem Blumenstrauß. Vielleicht hat Esser Sybille Blumen geschenkt ...«

»Blödsinn. Blumen sind Blumen.« Ben steckte die Nase in das Kleenex-Tuch und schnüffelte. Als er es mitsamt Krümeln wegwerfen wollte, riss Konrad es aus seinen Händen.

»Her damit. Beweismittel werden nicht vernichtet.«

Ben Salem winkte ab und erneuerte den Waschlappen. »Esser hat garantiert etwas anderes gesucht und nicht gefunden, wenn Sie sagen, da war sonst nichts. Oder Sie haben vorher dummerweise etwas übersehen.«

»Ich habe nichts übersehen.« Im Bad hallte Konrads wütende Stimme, sein Schnaufen auch.

»Psst. Sie wecken Lukas.« Ben zog ihn vom Badewannenrand ins Wohnzimmer.

»Was ist denn jetzt mit der Obduktion?«, flüsterte Konrad.

»Immer langsam. Wir sollten uns erst Esser vorknöpfen.«

»Hab ich schon.«

»Dann eben noch einmal.«

»Jetzt sofort?«

»Nein. Sie können im Wohnzimmer schlafen.«

Als Esser am Morgen seine Apotheke aufschloss, standen Ben Salem und Konrad Wilden schon davor. Sophie hatte Konrad eines von Bens Hemden leihen wollen, aber keines hatte auch nur annähernd gepasst. Sie hatte vor ihm gestanden, als er mit nacktem Oberkörper in den Ärmeln stecken blieb. Und sie hatte nicht gelacht. Er hatte sich im Hause seines Vaters erst umziehen müssen und stand jetzt in schreiendem Grün da. Sophie hatte ihm angeboten, das Hemd mit den Bluttropfen zu waschen und zu bügeln.

Obwohl sein lädiertes Auge nicht zu übersehen war, sagte Esser nichts dazu, machte nicht einmal ein verwundertes Gesicht.

»Haben Sie einen Schlüssel zum Haus des Dachdeckers?«, fragte Ben ohne Umschweife.

»Natürlich nicht. Warum sollte ich?«

»Die Blätter, von denen er Ihnen gestern erzählt hat, sie sind heute Nacht zufälligerweise bis auf wenige Krümel gestohlen worden.«

»Welche Blätter?«, fragte Esser gelangweilt und räumte mit der linken Hand kleine Packungen und Schächtelchen hin und her.

»Sie erinnern sich nicht?«

Esser konnte sich an nichts erinnern. Er blieb dabei.

»Wo waren Sie denn letzte Nacht zwischen zwei und drei Uhr?«

»Ich glaube nicht, dass Sie das etwas angeht.« Essers Lächeln vereiste und er hüllte sich fortan in Schweigen. Und Ben verließ wütend die Apotheke.

Konrad aber bot ihm die Hand zum Abschied an und nickte ihm aufmunternd zu. Esser zögerte erstaunt, schlug dann aber mit der Rechten ein. Er hatte zwei Schrammen am Handgelenk, wie Konrad registrierte. Sie waren frisch. »Sie sollten ein Pflaster darauf tun.«

»Ach, eine Kleinigkeit.«

»Er war es«, sagte Konrad draußen zu Ben.

Bens Büro war noch nicht vollständig möbliert, verfügte aber schon über einen großen Schreibtisch in L-Form und ein Telefon, über Fax, Computer und einen Drehstuhl. Ben holte einen Küchenstuhl herbei für Konrad. Er brachte Sophie mit, sie sich auf eine Schreibtischecke setzte.

»Was macht Ihr Auge?«, fragte sie besorgt. Sie hatte es beim gemeinsamen Frühstück am Morgen ausgiebig bewundert.

»Es tut weh.« Konrad sah auf ihre beiden Muttermale, als sie sich über ihn beugte.

»Ach, Sie Armer. Was habt Ihr jetzt vor?«

»Wo ist Lukas?«, fragte Ben verärgert und tat, als wolle er Sophie wegwischen.

»Er schläft. Ich habe also Zeit für ein Beratungsgespräch.«

Ben wählte eine Telefonnummer und wartete auf die Verbindung. »Hier ist Ben Salem. Herrn Schneider bitte.«

»Herr Schneider?«

»Polizei«, erklärte Ben flüsternd.

»Ich habe gesagt, keine Polizei«, zischte Konrad.

»Herr Schneider? Wie geht's denn so? Schön ... Ja ... Prima ... Auch so. Warum ich anrufe – Können Sie sich eigentlich an das Gartenfest bei Wildens erinnern? Ja? Das ist schön.. Sie ist vor ein paar Tagen weggezogen. Da ist etwas Testamentarisches zu erledigen. Ihr Name ist Sybille Palm. Die Frage ist, wo ist sie gemeldet? ... Computer ... würden Sie denn ... genau ... danke.« Ben legte auf und sagte: »Er ruft zurück.«

»In der Zwischenzeit könnten wir die Taxiunternehmen der Gegend fragen, wer eine Fahrt an dem besagten Tag zu besagter Stunde hatte«, schlug Konrad vor. Eigentlich hatte er keine Probleme damit, die Polizei einzuschalten. »9. August 2002, der Tag der Beerdigung, kurz nach sechzehn Uhr von Oberprüm nach X.«

»Hier in Oberprüm gibt es keines. Aber in Prüm sind zwei. Taxi Karls und Taxi Wirtz.«

Sophie suchte im Branchenbuch und diktierte Ben die Nummern. Ergebnis dieser Recherche war, dass die Zentrale des Taxi-Unternehmens Wirtz aus Prüm tatsächlich an jenem Tag und zu jener Stunde eine Fahrt von Oberprüm zum Bahnhof in Gerolstein dokumentiert hatte.

»Von Gerolstein gehen die Züge in alle Welt.«

»Auf dem Bahnhof nachzufragen können wir uns ohne ein Foto sparen«, überlegte Konrad laut.

Dann rief Herr Schneider zurück.

»Das habe ich mir gedacht«, sagte Ben nach eine Weile, legte auf und sagte: »Offiziell gibt es überhaupt keine Sybille Palm.«

»Aha. Undercover«, sagte Konrad und atmete erleichtert auf, er hatte das Ende des berühmten roten Fadens gefunden.

»FBI oder CIA.« Bens Bemerkung kam so prompt, dass alle drei lachen mussten.

»Wollen Sie bei uns zu Mittag essen?«, fragte Sophie und legte eine Hand auf Konrads Arm.

»Ja. Essen. Ist immer gut.«

»Wir haben also nichts in den Händen außer zwei Heiratsanzeigen«, resümierte Ben, lehnte sich zurück und sah Sophie nach, wie sie im Flur verschwand. Er hörte sie leise singen.

»Und einen gefälschten Namen. Wir könnten in der Redaktion der ZEIT anrufen, die sollen ...«

»Datenschutz. So was gibt es hier in Deutschland.«

»Ach ja? Dad hat damals an ein Postfach in Köln geschrieben. Wir fragen die Post.«

»Datenschutz«, wiederholte Ben und klopfte mit seinem Kuli auf den Schreibtisch.

»Dann schreiben wir doch einfach den beiden Witwern über die Chiffre-Nummern der Anzeigen.«

»Das ist gut.« Ben nickte, grinste und tippte in Windeseile ein kurzes Schreiben in seinen PC, in dem er die beiden Witwer aufforderte, ihn unbedingt sofort zu informieren, falls sich eine Dame bei ihnen melde. Sollte sie ein Foto mitschicken, sollten Sie ihm dieses postwendend zusenden. Es ginge um Leben und Tod. Die Dame sei vermutlich eine Serienmörderin. Das Ganze stand unter einem sehr würdig aussehenden Briefkopf des Anwalts. KEINE POLIZEI !!!!! ergänzte Konrad handschriftlich mit blutrotem Filzschreiber das Werk und murmelte: »Sie sollen es mit der Angst zu tun bekommen, sonst reagieren sie nicht.«

Bratenduft strömte bald in die Kanzlei. Konrad lief das Wasser im Mund zusammen.

»Seht euch das an!« Sophie kam aufgeregt mit dem *Trierischen Volksfreund* herüber und zeigte auf ein Foto im Feuilleton, das zwei junge Männer vor einem Leichenwagen zeigte.

Peter Schlangensief, der in die Kamera strahlte wie ein Profi, hatte seinem Bruder, der unglücklich zu Boden sah, die Hand so in die Schulter gekrallt, dass er nicht weglaufen konnte. Eingerahmt waren sie von jungen Mädchen in Jeans. Im Hintergrund konnte man ein Festzelt erkennen und das Schaufenster eines Tante Emma Ladens. »Die Blues Brothers in Niederndorf?« stand darunter. Und Konrad vergaß den Braten.

19. Kapitel

Paul und Peter Schlangensief hatten Niederndorf noch am Abend des 13. August erreicht.

Es war ein Kaff, es hatte keinen eigenen Friedhof, wie die beiden auf den ersten Blick erkannten, nur eine schmale Kirche aus rotem Backstein. Girlanden hingen über der Durchgangsstraße, grün-weiße Fahnen an den Fenstern. Sie mieteten sich im einzigen Gasthof ein – ein Doppelzimmer unterm Dach –, nahmen in der Gaststube ein kräftiges Essen zu sich und unterhielten sich anschließend mit dem Wirt, der sie mit großem Respekt behandelte, nachdem er den Leichenwagen direkt vor dem Eingang gesehen hatte.

»Wir feiern gerade Hundertjähriges«, sagte er stolz, während er das Geschirr abräumte. »Heute Abend steigt ein großes Fest. Sie kommen genau richtig. Drüben neben dem Fußballplatz steht ein Zelt. Wir würden uns natürlich freuen, wenn Sie kämen.«

»Nein, danke«, winkte Paul ab.

»Natürlich kommen wir!«, hörte er Peter hinter sich rufen.

Im Doppelzimmer gab es dann Streit, der, da das Zimmer mit Holzdielen ausgestattet war, gut in der Gaststube zu hören war.

Der Leichenwagen, der unter den Augen der vollständig versammelten Niederndorfer am Abend auf der Festwiese anrollte, war die Sensation. Die Schlangensiefs entstiegen dem Wagen in ihren schwarzen Hüten, Haaren, Anzügen und den weißen Socken. Kein anderer junger Mann hatte eine Chance gegen sie, nicht gegen die »Große Weite Welt«, die die Brüder aus Oberprüm umgab und ihnen wie eine Fahne voranwehte.

Peter stolzierte wie ein Pfau zwischen drei Mädchen auf und ab, einer Blonden, einer Brünetten und einer Schwarzhaarigen. Paul konnte nicht hören, was er von sich gab. Aber denken konnte er es sich.

Als ein Pressemann bat, ein Foto von ihnen und ihrem Wagen machen zu dürfen, lehnte Paul ab, Peter drapierte sich sofort vor einen Kotflügel – ein erfolgreicher Jäger vor seinem erlegten Wild –, winkte seinen Bruder zu sich und legte einen Arm um ihn, krallte seine Hand fest in dessen Anzug und strahlte in die Kamera. Die jungen Mädchen gesellten sich dazu. Etwas Glanz fiel für sie ab.

Danach drückte Paul sich den ganzen Abend an der Bierbude herum und beobachtete mit wachsendem Entsetzen seinen Bruder. Einmal sprach die Schwarzhaarige ihn an, fragte ob er ihr ein Bier spendieren würde, was er selbstverständlich tat. Dann standen sie nebeneinander und nippten stumm an ihren Gläsern.

»Wie heißt du?«

»Paul.«

»Und was machst du?«

»Ich bin Bestatter.«

Als sie zu den anderen zurückging, fragte er sich, ob er etwas Falsches gesagt hatte. Sie war hübsch gewesen. Er wusste nicht, wie sie hieß.

Kurz vor Mitternacht verschwand Peter mit der Blonden in der Dunkelheit, Paul wartete eine Weile auf seine Rückkehr und kehrte schließlich allein in das Doppelzimmer zurück, schob das Dachfenster auf und sah hinaus. Über Felder, Hügel und Wälder, ganz wie zu Hause. Und er musste an die langen, einsamen Wochen denken, die er auf dem Speicher seines Elternhauses verbracht hatte, um Hermine Kalls Grab zu bewachen. Der Himmel war bedeckt. Mond und Sterne waren ihm nicht nach Niederndorf gefolgt. Er war ganz allein. Im

Ort brannte noch in einigen wenigen Fenstern Licht. Hinter einem war jetzt Peter zugange mit dieser Blonden. Es gab nicht einmal einen Fernseher im Doppelzimmer.

Erst gegen Mittag des folgenden Tages kehrte Peter ziemlich ramponiert zurück in den Gasthof. Paul saß bereits angezogen auf der Bettkante und wartete.

»Wo warst du?«

»Mit diesem Mädchen zusammen. Sie heißt Stella.«

»Wo habe ich gefragt?«

»In ihrem Bett.« Peter kicherte. »Warum hast du dir nicht eine von den anderen genommen?«

Daran hatte Paul überhaupt nicht gedacht. Ihm war der ganze Abend ein Gräuel gewesen. Vor allem das Foto. Vor allem die Schwarzhaarige und ihre Fragen. Er war nicht hier, um mit Mädchen zu sprechen.

»Hat sie deine Haare gesehen?«

Peter schüttelte grinsend den Kopf.

»Und was machen wir jetzt?«

»Schlafen.«

»Ich nicht. Ich erkundige mich nach dem Bestatter.«

»Das würde ich an deiner Stelle nicht tun!« Peter gähnte und verschwand unter einem riesigen Plumeau.

Der Bestatter war Ende fünfzig, hieß Karl Obermeier und war sehr freundlich. Paul stellte sich vor und fragte nach Sybille Palm. Obermeier wischte Staub in seiner Ausstellungshalle. Er hatte ähnliche Stücke wie die Schlangensiefs. Sie waren in anderer Weise angeordnet: die Urnen standen auf kleinen Säulen, die wie die Orgelpfeifen nebeneinander angeordnet waren. Das gefiel Paul.

»Den Namen habe ich nie gehört«, sagte Obermeier und pustete den Staub von einem Kreuz. »Warum fragen Sie?«

Paul fasste kollegiales Vertrauen und erzählte die Geschichte von Heinz Wilden und Sybille Palm. Er holte weit aus und ließ nichts aus, bis auf den Miet-Sarg natürlich. Er folgte Obermeier durch die Ausstellungshalle. Eine Seite bestand aus Fenstern bis zum Boden, auch das gefiel ihm. Allerdings hatte Obermeier kein Buntglas, wie die Schlangensiefs, sondern nur gewöhnliches Weißglas.

»Ihre Geschichte erinnert mich an einen ähnlichen Fall im letzten Jahr«, sagte Obermeier nachdenklich, nachdem Paul zu einem Ende gekommen war. »Eine gewisse Antonia Kellermann und Harald Brunner.«

Antonia Kellermann sei auch aus dem Nichts aufgetaucht, wie Obermeier erzählte, nett und freundlich, unauffällig in jeder Weise. Harald Brunner sei älteren Semesters gewesen, Witwer, reich und alleinstehend.

»Harald Brunner war Maler, ein Kunstmaler«, erklärte er. »Kurz nachdem sie bei ihm eingezogen war, wurde er schwer krank, vermachte ihr wohl in einer Todesahnung sein Hab und Gut und starb ziemlich rasch an Herzversagen.«

»Wie Heinz Wilden.«

»Antonia erbte alles. Das war nicht wenig. Und das schon nach vier Monaten, glaube ich, oder fünf, höchstens. Seinen Hund hat sie einfach ins Tierheim gebracht.«

»Sybille hat nichts geerbt. Sie wurde vom plötzlich auftauchenden Sohn überrascht, vielleicht wäre es sonst ähnlich verlaufen. Bis auf den Hund, meine ich. Wilden hatte nämlich keinen Hund.«

»Nun ja«, sagte Obermeier, »dafür gab es bei Harald Brunner niemanden, der auftauchen konnte. Also hat sich auch niemand nach seinem Tod bemüht herauszufinden, ob alles seine Ordnung hatte.«

»Danke.« Hier wollte Paul das Gespräch eigentlich abbrechen. Er hatte genug gehört, wie er fand. Obermeier sprach jedoch weiter, während er mit seinem Staublappen durch die Ausstellungshalle zog.

»Diese Antonia war eine seltsame Frau. Sie trieb sich oft auf unserem einzigen Spielplatz herum. Dabei hatte sie kein Kind.«

»Sybille auch nicht.«

»Sie soll die Kinder auch angesprochen haben, wie mir einige Mütter erzählten.«

Peter schlief noch, als Paul zurückkam, und rührte sich bis zum Dunkelwerden nicht von der Stelle, dann stand er auf und duschte. »Ich habe ein Rendezvous«, sagte er, als er wieder in seinem schwarzen Anzug steckte.

»Und was ist mit unseren Ermittlungen?«

»Das hat Zeit, Mann.«

»Nein.«

»Morgen ermitteln wir. Versprochen.«

Paul blieb allein zurück. Er legte sich aufs Bett und dachte nach. Wenn Sybille wirklich Antonia war, dann hatte sie vielleicht noch andere Namen und andere Männer aufs Kreuz gelegt. Niemand konnte wissen, wann sie angefangen hatte und wann sie aufhören würde. Vielleicht war sie gerade jetzt schon wieder auf der Suche nach ihrem nächsten Opfer. Es gab keinen anderen Ausweg: Sie mussten zur Polizei gehen. Die Fahndung musste ausgerufen werden. Aber damit wäre ein Geständnis der Grabschändung wohl unvermeidbar. Die Sache wuchs ihm über den Kopf.

Peter blieb wieder die ganze Nacht verschwunden.

»Ich gehe zur Polizei«, sagte Paul, als sein Bruder im Morgengrauen wieder auf der Bildfläche erschien. Er hatte die ganze Nacht kein Auge zugetan und sich vorgestellt, was man mit ihm machen würde, wenn alles herauskäme.

»Bist du verrückt?«

»Nein. Denn du weißt nicht, was ich weiß.«

»Und was soll das sein?«

Paul erzählte von Karl Obermeier und Antonia Kellermann und Harald Brunner und vom Kinderspielplatz.

»Das ist übel«, sagte Peter, »besser, du hättest gar nicht erst gefragt.«

»Und was machen wir jetzt?«

»Du musst es wieder vergessen.«

Das kann ich nicht. Ich kann nicht mehr schlafen vor lauter Angst.« Paul setzte Hut und Sonnenbrille auf und ging zur Tür.

»Du bleibst hier.« Peter versperrte ihm den Weg. »Warte. Ich habe eine Idee. »Warum gehst du nicht zur Beichte?«

Paul stutzte. Warum nicht? Einerseits wäre er seine Sünden quitt und andererseits durfte ein Pfarrer nichts und niemandem etwas sagen. Er erklärte sich einverstanden und ging statt zur Polizei in die rote Backsteinkirche. Gebeichtet werden konnte in Niederndorf jedoch nur samstags.

»Ich gehe doch zur Polizei«, wiederholte er.

»Halt. Stop. Was ist eigentlich aus deinen Sonderpreisen geworden? Du wolltest doch immer Sonderpreise machen für Bedürftige.«

»Worauf willst du hinaus?«, fragte Paul misstrauisch.

»Wenn das hier gut geht, dann bin ich einverstanden.«

»Es geht nicht gut.«

»Wenn doch, dann habe ich nichts mehr dagegen.«

»Das ist Erpressung ...«

»Es ist für einen guten Zweck. Also halte durch, versprich es mir. Denk an die Armen. Wenn du jetzt alles auffliegen lässt, dann müssen sie wieder ein Leben lang für ihre Beerdigung sparen, willst du das?«

»Na ja, das eigentlich nicht.«

»Wir werden unseren Beruf nicht mehr ausüben dürfen, willst du das?

Paul zuckte mit den Schultern.

»Du musst nur noch kurze Zeit durchhalten. Schreib alle auf, die Sonderpreise bekommen sollen. Das wird dir helfen. Ich muss aber jetzt schlafen.«

Er entledigte sich seiner Bestatteruniform, hängte die Perücke über die Stuhllehne und legte den Hut auf den Sitz. Während Peter regenerierte, fertigte Paul eine Liste an, auf der alle Prümer und Oberprümer standen, die sich keine teure Beerdigung leisten konnten. Noch während er schrieb, wurde er ruhiger, er verdrängte Sybille und Antonia Kellermann, die Polizei, Konrad und Heinz Wilden, sogar den alten Zingsheim. Arbeitslose und alleinerziehende Mütter standen ganz oben, direkt gefolgt von Langzeitkranken.

Plötzlich klopfte es energisch an der Tür des Gasthofzimmers.

Paul ließ das Blatt unter der Matratze verschwinden und rüttelte an Peter. »Kundschaft«, murmelte dieser im Halbschlaf.

Als Paul öffnete, starrte er direkt in die neugierigen Gesichter von Ben Salem und Konrad Wilden und schrie auf. »Nein!«

Peter fuhr hoch, sprang vom Bett, eilte auf Konrad zu und riss seine Hand an sich: »Gut, dass du nicht nach Amerika zurückgeflogen bist. Wir haben nämlich gerade etwas total Wichtiges herausbekommen, nicht wahr, Paul? Gerade in diesem Moment! Los! Erzähl!«

Konrad hatte gerade zu wüsten Beschimpfungen wegen des Seidenschals ansetzen wollen, hielt sich aber mühevoll zurück, in der Hoffnung, von den beiden vielleicht doch Verwertbares zu erfahren. Sie saßen zu viert auf dem Doppelbett, während Paul von Antonia Kellermann und Harald Brunner berichtete.

»Schön, schön«, sagte Ben zum Schluss, »aber wie sind Sie ausgerechnet auf dieses Kaff hier gekommen?«

»Und Sie?«, fragte Peter zurück.

»Das war ganz einfach. Sie standen in der Zeitung.«

»Echt?«

»Ja. Wir haben den Artikel aufbewahrt. Die Blues Brothers von Niederndorf.«

»Super. Danke. Siehst du Paul. Wir standen in der Zeitung. Wenn das Mutter wüsste ...«

»Moment. Wie sind *Sie* denn überhaupt auf Niederndorf gekommen?«

»Sybille hat es ein Mal erwähnt. Nur ein einziges Mal. Wir vergessen nie etwas.« Und sein Blick zu Konrad sprach Bände.

»Und was machen wir jetzt?«, fragte Paul.

»Zu Risiken und Nebenwirkungen fragen Sie Ihren Arzt oder Apotheker«, sagte Ben.

Peter stieg in Hose und Hemd, schlüpfte in seine Bestatteruniform, suchte die Schuhe unter dem Bett zusammen und setzte den Hut auf.

»Es kann losgehen.«

»Konrad und ich gehen allein«, entschied Ben. »Ihr könnt euch inzwischen im Dorf umhören, ob jemand weiß, wo Sybille jetzt sein könnte.«

Die Rosen-Apotheke in Niederndorf gehörte einer Frau. Ihr Mann vertrete sie ab und an, erklärte die Dame, als dieser den Verkaufsraum betrat. Ben Salem und Konrad Wilden drängten den Herrn, sich mit ihnen in Ruhe zu unterhalten. Im Hinterzimmer hinter verschlossener Türe stellten sie ihm dann ihre Fragen.

»Ich kenne keine Antonia Kellermann«, sagte er, als die Zwischentüre aufgeschoben wurde. Frau Kalmbach. Ihr

Mann zog sich bei ihrem Anblick in sich selbst zurück und wurde in seinem weißen Kittel fast unsichtbar.

»Sie tauchte hier aus dem Nichts auf. Kurze Zeit später wurde Harald Brunner krank«, sagte sie.

»Herzkrank?«

»Ja. Er war bei Dr. Schlembach in Behandlung.«

»Und die Rezepte hat er hier in Ihrer Apotheke eingelöst?«

Frau Kalmbach nickte. »Meist bei meinem Mann. Sie hat ihn immer abgepasst.«

»Und warum haben die Medikamente nicht angeschlagen?«

»Ich ... ich ...« Kalmbach warf einen flehenden Blick zu seiner Frau.

»Ja?«

Frau Kalmbach seufzte. »Er hat Herrn Brunner Placebos ausgehändigt.«

»Sind das nicht diese Tabletten ohne Wirkstoff?«, fragte Konrad sicherheitshalber nach.

»Ja, sie bestehen aus reinem Milchzucker.«

Er atmete erleichtert auf. Sie hatten den roten Faden nicht ganz verloren. Sie schienen auf der richtigen Spur.

»Warum haben Sie das getan?«

»Antonia meinte, er sei ein Hypochonder.«

»Aber er war es nicht, nicht wahr?«

»Nein.«

»Sie haben ihm trotzdem weiter diese Placebos gegeben?«

»Ja, ich musste. Antonia hat ... hat mich praktisch gezwungen.«

»Wie das?«

»Sie hatten ein Verhältnis«, erklärte Frau Kalmbach mit abfälliger Miene.

»Nein. Das hatten wir nicht. Sie hat mich vertröstet. Wenn Harald gestorben sei, dann ...«

»Das sind unterlassene Hilfeleistung und Betrug«, konstatierte Ben Salem nüchtern.

Kalmbach senkte den Kopf. »Ich weiß.«

»Sie halten sich zur Verfügung und verlassen diesen Ort nicht, ist das klar? Oder wir rufen sofort die Polizei.«

»Ich werde dafür sorgen«, entschied Frau Kalmbach streng.

»Wissen Sie, wo Antonia Kellermann jetzt ist?«

»Nein«, sagten beide gleichzeitig.

»Denken Sie nach. Wir kommen wieder.«

Ben und Konrad sahen unterwegs ein kleines Café und wollten sich dort zu einer Lagebesprechung niederlassen. Die Bedienung brachte Espressos und eine Speisekarte. Aber während Konrad sich heißhungrig ein Gericht aussuchte, machte Ben einen schweren Fehler.

»Summa summarum«, sagte er leichthin, »wenn Sybille auftaucht, werden alle alten Männer krank. Sie scheint anstrengend zu sein. Wahrscheinlich ist sie eine Rakete im Bett und die alten Säcke ...«

Konrad fuhr hoch, warf dabei seine Tasse um, trat mit aller Wucht gegen ein Tischbein und zog Ben rabiat am Schlips in Augenhöhe. »Damn ...«

»'tschuldigung.« Ben hob die Hände.

Konrad ließ ihn wieder fallen, schweigend saßen sie sich gegenüber. Das Essen war gestrichen. Eine eventuell sich anbahnende Freundschaft auch. Die Bedienung hatte das Treiben an Tisch fünf reichlich nervös verfolgt. Als es jetzt etwas ruhiger wurde, wagte sie sich vor und fragte, ob sie etwas essen wollten.

»Nein!«, brüllte Konrad sie an und rannte aus dem Café.

»Was hat er denn?«

»Er trauert. Kann ich zahlen?«

Konrad stand nicht vor dem Café und sein grünes Hemd trieb sich auch nicht in der Nähe herum. Er war auch nicht bei den Schlangensiefs im Hotelzimmer.

»Wo ist er?«, fragte Paul entsetzt.

»Er vertritt sich die Beine«, sagte Ben und erzählte den Brüdern, was sie in der Zwischenzeit in Erfahrung gebracht hatten.

»Ob sie das mit Esser auch gemacht hat?«, fragte Peter.

»Ist zu vermuten.«

»Dann fahren wir jetzt nach Hause?«, fragte Paul hoffnungsvoll.

»Nein. Es ist spät, wir sollten erst morgen abreisen.

Sie saßen in der Gaststube beim Abendessen, als Konrad wieder auftauchte und zu ihnen kam. Es schien, als habe er Koordinationsprobleme; er wankte. Mit stummem, entsetztem Blick nahm er einen nach dem anderen ins Visier und hielt sich dabei mit der einen Hand an der Tischplatte fest, mit der anderen griff er sich von Bens Teller ein Kotelett.

»Bedien' dich. Wir haben gerade beschlossen, du zu sagen«, sagte Ben, »schließlich sind wir alle auf der selben Seite und kämpfen alle den gleichen Kampf.«

»Ab jetzt führe ich hier das Kommando«, erwiderte Konrad mit vollem Mund.

»Zu spät. Es ist vorbei. Keiner weiß hier, wo sie sein könnte. Wir fahren morgen wieder nach Hause«, verkündete Paul prompt.

Konrad nahm einen nach dem anderen ins Visier. »Ich bin nämlich Pri...vat...detek...tiv.« Beim letzten Wort verriet er sich endgültig, er hatte getrunken. Viel zuviel.

Er war vom Café in die nächste und einzige Kneipe gelaufen und hatte auf die Schnelle und auf nüchternen Magen ein paar Gläser offenen Roten geleert, der noch nicht einmal besonders gut gewesen war. Bens taktlose Bemerkung im Café hatte ihm den Rest gegeben. Er hatte das Fass zum Überlaufen gebracht. Konrad konnte nicht mehr und er wollte nicht mehr.

Und jetzt fraternisierte Ben Salem auch noch mit den Tätern: mit den Schlangensiefs. Wenn er könnte, würde er es auch mit Sybille tun oder Antonia oder wie immer sie hieß. Er, Konrad Wilden, war das eigentliche Opfer. Von seinem Vater abgesehen, der vermutlich nicht gestorben wäre, wenn Sybille nicht aufgetaucht wäre, das stand auf einem anderen Blatt. Jetzt war er, Konrad, das letzte lebende Opfer. Noch. Er spürte auch schon sein Herz. Es hämmerte nach den vier bis zehn Roten wie verrückt. Schnell konnte das gehen.

Peter kicherte immer noch, als Konrad zusammensackte.

»Der fällt aber oft in Ohnmacht«, hörte er jemanden sagen, dann wurde er gepackt, hochgehoben, die Treppe hinaufgeschleppt und auf ein Bett geworfen. Dann spürte er nichts mehr.

Am anderen Morgen spürte Konrad um so mehr. Über den Privatdetektiv verlor Ben kein Wort, auch später nicht. Im nüchternen Zustand schien ihm alles halb so dramatisch.

»Wir können uns duzen«, bot er Ben an.

»Gerne.«

Der Leichenwagen mit Paul und Peter folgte ihnen über die Autobahn. Und Konrad überlegte, was er Ben antworten solle, wenn er ihn über sein wirkliches Leben in Amerika ausfragen würde.

»Es wird Zeit, dass wir die Sache offiziell machen. Im Landgericht Trier sitzt mein Freund und Staatsanwalt Jakob Stettheim«, sagte Ben stattdessen, »ich gehe davon aus, dort bekommst du deine Obduktion.«

Konrad nickte. »Esser wollte also die restlichen Placebos verschwinden lassen, als er bei mir eingebrochen ist.«

»Ja. Und nicht diese Blätter. Hab ich doch gleich gesagt.«

20. Kapitel

Nach ihrer Rückkehr gingen die Brüder Schlangensief zuerst in ihr Geschäft, wo Paul seine Liste in die Schreibtischschublade neben den dunkelroten Schal legen wollte, aber der Schal war nicht mehr da. Er starrte in die Schublade, als hätte er den Teufel gesehen, keuchend schloss und öffnete er sie ein paar Mal, mit dem gleichen Ergebnis.

»Zingsheim!« Peter drehte sich wütend auf seinem Schreibtischsessel schwindlig.

»Und was machen wir jetzt?«

»Nichts.«

Tagsüber lungerten sie in ihrem Geschäft herum, abends machten sie einen Kontrollgang auf dem Friedhof und suchten anschließend im Wohnzimmer Trost vor dem Fernseher. Eine anstehende Beerdigung mussten sie vertagen. Der Leichnam wurde ins Kühlfach geschoben und die Hinterbliebenen vertröstet.

Das ging sechs Tage lang gut. Dann, am Freitag, dem 23. August, fanden die Schlangensiefs bei einem Rundgang am Mittag das Grab von Heinz Wilden leer.

»Er ist auferstanden«, murmelte Paul. Der Fingerzeig Gottes, er hatte es gewusst. Voller Ahnungen sah er sich um. Er war da. Irgendwo in der Atmosphäre, er spürte es.

»Red keinen Blödsinn. Sie haben ihn exhumiert.«

»Und was machen wir jetzt?«

»Nach Hause gehen.«

Von der Friedhofstraße aus sahen sie Elsbeth mit Ben Salem und Konrad Wilden am Küchentisch sitzen.

»Sie essen unseren Streuselkuchen«, sagte Paul fassungslos.

»Ruhe. Du sagst kein einziges Wort. Lass mich das machen.«

Ben Salem schenkte sich einen Kaffee ein. Er hatte keinen besonders grimmigen Gesichtsausdruck, auch Konrad war keine Katastrophe anzusehen. Sophies Streuselkuchen ging dem Ende entgegen.

»Heinz Wilden ist exhumiert worden«, stellte Peter nüchtern fest, setzte sich und griff nach dem letzten Kuchenstück.

Konrad nickte mit vollem Mund. »Ja. Er ist jetzt in der Rechtsmedizin der Universität Mainz. Glücklicherweise hat Ben einen Freund im Landgericht Trier, Staatsanwalt Jakob Stettheim. Was wir auf unserer Reise erfahren haben, hat ausgereicht. Von ihm bekommen wir wahrscheinlich auch den Haftbefehl. Es geht voran.«

»Und?«, fragte Peter, »gibt es schon ein Ergebnis der Obduktion?«

»Das dauert ein paar Tage. Eine Woche vielleicht, oder mehr«, erklärte Ben.

Die drei Männer verfielen in Schweigen, sodass Elsbeth dachte, sie müsste eine Unterhaltung einleiten, und sie plapperte los, kam vom Hölzchen aufs Stöckchen und landete schließlich wieder bei Zingsheim, ihrem Lieblingsthema.

»Mein Vater lag nicht in einem Sarg«, sagte Konrad plötzlich tonlos.

Elsbeth verstummte und sah entsetzt in die Runde. »Nicht in einem Sarg?«

Paul sprang auf. »Das ist unmöglich. Mein Bruder und ich, wir haben ihn in einem Sarg beerdigt. Die halbe Stadt war anwesend. Du doch auch, Ben. Das kann überhaupt nicht sein, es sei denn ...«

»Ja?«

Peter drückte seinen Bruder auf den Stuhl zurück. »Irgendjemand muss ihn hinterher herausgeholt haben.«

»Ja, klar, Zingsheim natürlich«, sagte Elsbeth prompt.

»Genau«, stimmten Peter und Paul zu und nahmen ihre Mutter in die Mitte. Sie hatte nie mehr Recht gehabt als in diesem Moment.

»Herr Anwalt«, erklärte Elsbeth, »dieser Zingsheim hat was gegen meine Jungens.«

»Ich weiß«, sagte Ben, »das hat er mir bereits gesagt.«

»Sie haben mit ihm ... gesprochen?«

»Ein furchtbarer Kerl.«

»Nicht wahr?«

»Er behauptet, dass Ihre Söhne ihn in den Ruin getrieben hätten.«

»Der hat's nötig!«

Paul warf seinem Bruder flehende Blicke zu, bis dieser jemand anderen zur Diskussion stellte. »Oder Antonia Kellermann.«

»Wer ist das denn?«, fragte Elsbeth.

»Sybille Palm.«

Elsbeth kam nicht mehr mit und sammelte die Kuchenkrümel von der Tischdecke.

»Niemals. Warum sollte sie?«, fragte Ben. »Und wann auch? Sie ist am Tage der Beerdigung abgereist. Und was soll sie mit einem Sarg anfangen?«

»Sie ist eine Mörderin.«

»Moment. Moment. Das wissen wir noch nicht.«

»Eine Mörderin ist zu allem fähig.

»Was ist mit euch?«, fragte Konrad, der bis hierher geschwiegen hatte, die Brüder Schlangensief aus scheinbar heiterem Himmel und erntete dafür einen Furcht erregenden Blick von Elsbeth und Ben. Im gleichen Moment fiel Paul vom Stuhl. Aber niemand kümmerte sich um ihn.

»Wir?«, fragte Peter ungläubig und legte die Rechte auf die Brust.

»Ja, genau.« Konrads Stimme schwoll nun bedrohlich an, als er sagte: »Ihr habt das Grab meines Vaters geschändet, ihr Schweine!«

Elsbeth schlug sich die Hand vor den Mund und stellte umgehend das Atmen ein. Ben erstarrte, Paul begann damit, erbärmlich vor sich hin zu röcheln.

»Warum sollten wir?«, rief Peter entsetzt.

Konrad erhob sich langsam von seinem Stuhl, zog den dunkelroten Seidenschal aus seiner Tasche hervor und warf ihn auf den Tisch. Alle starrten gebannt darauf. Was hatte das zu bedeuten?

»Woher hast du den?« Zeit schinden, mit dummen Fragen, Peters graue Zellen arbeiteten fieberhaft.

»Aus eurem Büro.«

»Du bist bei uns eingebrochen, während wir für dich recherchiert haben und sich die Arbeit in unserem Geschäft stapelt?«

»Stapelt?«, fragte Konrad spöttisch.

»Ja, im Kühlfach. Das hätte ich nicht von dir gedacht. Du etwa Paul?« Paul hatte nichts gehört, er saß auf dem Fußboden und hielt sich die Ohren zu.

»Den Bruch hat Zingsheim für mich erledigt.«

»Zingsheim!«, schnaubte Elsbeth und ließ vor Schreck die eingesammelten Kuchenkrümel auf den Boden fallen.

»Aber warum? Warum habt ihr das getan?«, fragte Konrad, der sich nicht beirren ließ. »Ich verstehe das nicht.«

»Das weißt du nicht mehr?«, platzte es endlich aus Peter heraus. Er gab seine Verteidigungshaltung auf und schaute Konrad herausfordernd an.

Konrad schüttelte den Kopf. Die dunklen Schweißringe unter seinen Armen wurden größer. Als Peter an seine Perücke griff und sie abzog, da fiel bei ihm endlich der Groschen.

»Wir vergessen nie etwas«, sagte Peter. Und er sprach jedes Wort langsam und bedächtig aus, als bekäme es dadurch erst seine wahre Bedeutung.

»Wie denn? Was denn?«, fragte Elsbeth dazwischen.

»Aber mein Vater kann doch nichts dafür!«, rief Konrad aus.

Jetzt meldete sich Paul zu Wort: »Du hast ja Recht. Völlig Recht. Wir hätten das nicht tun dürfen. Es war ein Fehler. Entschuldige. Es war ein Fehler.« Flehentlich fügte er hinzu: »Kannst du uns verzeihen?«, und zog sich an der Tischkante hoch.

Nach dem Ausbruch seines Bruders lenkte nun auch Peter ein, der keine andere Möglichkeit mehr sah: »Wir werden natürlich selbstverständlich alles sofort auf eigene Kosten rückgängig machen und deinem Vater sofort nach der Obduktion unseren allerbesten Sarg zur Verfügung stellen und auch den dunkelroten Schal an Ort und Stelle bringen. Und die Kränkung für immer vergessen und ebenfalls begraben.«

Konrad nahm sich das Recht auf eine lange Bedenkzeit. Nein, so leicht würden sie ihm nicht davonkommen. Trotzdem sagte er jetzt »Wir werden sehen« und lehnte sich zurück.

Paul beugte sich über den Tisch und schüttelte Konrads Hand, wollte vor lauter Erleichterung nicht mehr loslassen. Peter klopfte Konrad auf die Schulter.

»Danke. Du bist ein echter Kumpel.«

»Ich habe nicht Ja gesagt.«

»Trotzdem.«

»Kann mir mal einer hier sagen, um was es geht?« Elsbeth verstand Wort.

»Später, Mutter«, beruhigte Peter sie.

Kaum hatten Ben Salem und Konrad Wilden die Küche verlassen, stemmte Elsbeth die Hände in die Hüften und verlangte einen Rechenschaftsbericht.

»Wie hat er euch genannt?«

»Albinos.« Peter zuckte zusammen, als er das Wort aussprach. Minutenlang herrschte Stille in der Küche, man hätte einen Krümel fallen hören können.

»So eine Unverschämtheit. Kommt in mein Haus und tut freundlich«, Elsbeth tobte.

»Albinos«, flüsterte Paul vorsichtig. Er konnte es auch. Und dann wiederholten sie es ein paar Mal, lauter und lauter, halb singend, halb schreiend. Sie rissen sich Hüte, Perücken und Sonnenbrillen herunter und tanzten dabei um den Küchentisch herum, bis Elsbeth sich die Ohren zuhielt.

»Albinos, Albinos, Albinos.«

Als Peter seinem Bruder später die Liste mit den Sonderpreisen wieder ausreden wollte, weil die Gefahr nun gebannt sei, da winkte Paul souverän ab.

»Kommt gar nicht infrage.« Und dabei blieb es. Er hatte endlich Nein gesagt.

21. Kapitel

Sie hatte direkt nach der Beerdigung den Zug von Gerolstein nach Köln genommen und die Lederkoffer im Gang abgestellt. Es blieben zehn Minuten bis zur Abfahrt. Sie war ein blinder Passagier. Erst als sie fror, fiel ihr auf, dass sie ihre Jacke in Oberprüm vergessen hatte. Dort musste sie noch an der Garderobe hängen.

In Köln stieg sie aus, über eine Rolltreppe gelangte sie ins Untergeschoss und auf den Bahnhofsvorplatz, wo Taxen warteten. Sie ließ sich zu ihrem Hotel am Sudermannplatz fahren. Im *Goldenen Hof* packte sie nicht aus, sondern ließ nur ihre Koffer zurück. Sie hatte vor einer knappen Woche geschrieben, als abzusehen war, dass ihre Mission in Oberprüm bald beendet sein würde. Sie hatte Vorsorge getroffen. Aber dieses Mal war alles anders gewesen.

Heinz hatte sie systematisch und ziemlich professionell belogen. Sie hatte trotz aller Aufmerksamkeit nichts bemerkt. Es war knapp gewesen, aber sie hatte alle Spuren beseitigt, alle Spuren dieses Sommers. Konrad Wilden würde nichts finden. Sie war ganz sicher. Sie hatte nichts vergessen. Bis auf die helle Jacke, aber die Taschen mussten leer sein.

Auch das Postfach mit der Nummer 2145 war leer. Enttäuscht schloss sie wieder zu. Auf dem Ebertplatz spielten Kinder im Brunnen, kreischten, wenn sie im Wasser landeten und sich gegenseitig nass spritzten. Sie zog die Schuhe aus. Das Wasser war eiskalt, sie hielt einen Moment die Luft an, ging auf Zehenspitzen weiter. Allmählich gewöhnte sie sich an die Temperatur, bückte sich und ließ das Wasser über Hände und Arme laufen. Als ihr Rücken nass gespritzt wurde, drehte sie sich um. Ein kleiner Junge lief verlegen weg, als sie auf das Spiel einging. Dann bemerkte sie seine Eltern und ihren abweisenden Blick und wandte sich ab.

Später nahm sie die U-Bahn zu den Riehler Heimstätten.

»Bist du es?« Ihre Mutter kam gerade aus dem kleinen angrenzenden Bad hervor und fragte: »Wie lief es?«

Mehr als ein Händedruck nach all den Monaten war nicht zu erwarten.

»Nicht gut.«

Ihre Mutter seufzte enttäuscht.

Sie hatte eine kleine Gieskanne in der zitternden Hand. Ihr Zimmer war voll von Blumen. Auf den Fensterbänken blühte es, deckenhohe Pflanzen mit riesigen Blättern standen auf dem Boden, an den Wänden rankten Efeu und Wein. Meinen Dschungel, nannte sie ihren Zimmergarten liebevoll, der Ersatz für den wunderbaren Garten, den sie früher hatte. Von ihr wusste Rita alles, was man über Pflanzen wissen konnte.

»Er hatte einen Sohn, den er vor mir verheimlichte.«

Ihre Mutter schüttelte den Kopf. Sie hatte Recht. Sie hatte keine Erkundigungen eingezogen, war nicht ins Einwohnermeldeamt gegangen, sie hatte nicht die Nachbarn befragt, sie hatte Wilden einfach geglaubt. Auf den ersten Blick.

»Ich habe wieder geschrieben.«

»Gut«

Rita sah zu, wie sie die Blumen versorgte. »Brauchst du Geld?«

»Nein. Ich kann warten. Und du? Hast du vorgesorgt? Bald kommt der Herbst und der Winter.«

Rita nickte.

Den Abend verbrachte sie nicht mit einem Spiel. Sie hatte ein Fenster hinter den dicken Vorhängen gekippt und lauschte den Geräuschen der Großstadt. Sie war einen Sommer lang auf dem Land gewesen. Zur Sommerfrische, dachte sie und lächelte. Jetzt kam schon der Herbst und mit ihm ein neuer Fall. Sie zweifelte nicht daran, dass sie eine positive Antwort bekam.

Dann klopfte Charly.

Am folgenden Donnerstag kaufte sie an einem Kiosk eine neue ZEIT, warf alle Seiten bis auf die Rubrik »Kennenlernen« in den nächsten Mülleimer und ging zurück ins Hotel, breitete die Zeitung auf dem Fußboden aus. Sorgfältig prüfte sie die Kandidaten. Nicht einer war dabei, den sie hätte in Erwägung ziehen können. Nieten! Wütend zerknüllte sie die Seiten zu einem Ball und schleuderte ihn gegen die Wand.

Jeden Tag sah sie von nun an nach dem Postfach, spielte manchmal tagsüber mit Kindern, abends gegen einen Unbekannten. Ihre Mutter wusste, wenn sie nicht mehr kam, war es wieder soweit.

22. Kapitel

Am Samstagmorgen warf der Briefträger von Oberprüm auf dem Primelweg einen Brief ein. Als Sophie gegen zwölf Uhr nachsah, lag er da, weiß und quadratisch. Die Handschrift war altmodisch krakelig. Ben war nicht zu Hause. Er war mit Konrad in Trier, um Jakob Stettheim den Haftbefehl für Antonia Kellermann abzuschwatzen.

Das Foto fiel zuerst heraus.

»Sybille Palm«, flüsterte Sophie ergriffen.

Dann zog sie eine Briefseite heraus. Ein Walter König aus Sindersbach bat um Auskunft, ob es sich bei der auf dem Foto Abgebildeten um die Gesuchte handele, da sie sich nicht Sybille Palm, sondern Christine Fuhren nenne.

Selbstverständlich konnte Sophie nun nicht mehr die Rückkehr ihres Mannes abwarten, es bestand akuter Handlungsbedarf. Sie wählte Königs Telefonnummer.

»Hier ist Sophie Salem. Mein Mann hat Ihnen geschrieben, wegen Ihrer Heiratsanzeige ... Es ist die Richtige ... ja ... können Sie bitte lauter sprechen? ... Was? ... Sie ist schon da? O Gott! ... Bitte, verhalten Sie sich völlig unauffällig. Ich gebe Ihnen mein Wort, Sie werden noch heute von uns hören.«

Sophie legte entsetzt auf. Endlich hörte sie, wie Bens Auto vorfuhr und lief ihm entgegen.

»Ihr müsst sofort los. Wisst Ihr wo Sindersbach ist? Sie ist schon da.«

»Ich fahre heute nirgendwo mehr hin«, entschied Ben, »Ich bin kaputt. Ich war in Trier im Landgericht, damit der liebe Konrad meinem alten Freund Stettheim erfolgos auf die Nerven fallen konnte, und hinterher in Prüm, damit der liebe Konrad in Erinnerungen schwelgen konnte, und für heute Abend hat er uns in seinen Weinkeller eingeladen ... was sagst du?«

»Sie ist schon da!«

Konrad und Ben starrten entsetzt auf das Foto und lasen die Zeilen des Herrn Walter König aus Sindersbach.

»Wo ist das?«

Sophie zuckte mit den Schultern.

»Hast du einen Atlas?«, rief Konrad.

»Im Auto.«

»Dann los.«

Sindersbach lag bei Limburg und sie hatten eine lange Fahrt vor sich.

»Ich glaube denen kein einziges Wort«, sagte Konrad plötzlich ohne jeden Zusammenhang.

»Wem?«

»Den Schlangensiefs.«

»Ja, ich weiß.«

»Rache für eine Stichelei aus Kindertagen. Das ist doch lächerlich! Ihre vermeintliche Rache hätten sie außerdem einfacher haben können, oder?«

»Vielleicht.«

»Ohne die Exhumierung wäre es völlig umsonst gewesen. Ihre Rache wäre an mir vorbeigezogen wie eine ...«

»Stimmt.«

»Das Wesen der Rache aber ist die Resonanz.«

»Deine eigene Theorie?«

»Rache macht keinem Spaß, wenn derjenige, an dem man sich rächen will, es überhaupt nicht bemerkt.«

»Aber du hast den Schal doch gesehen.«

»Damit war aber nicht zu rechnen.«

Es war eine stille Siedlung am Rand von Sindersbach, in der Walter König wohnte, und sie parkten gerade in einer Seitenstraße hinter einer Hecke, als sie ein Taxi vorfahren sahen. Nach wenigen Minuten öffnete sich die Haustüre und der Hausherr begleitete eine kleine, zierliche Dame zur Straße, half ihr einzusteigen und sah ihr sehnsüchtig nach. Das Taxi verschwand hinter einer der vielen, kleinen Straßenbiegungen, als Konrad und Ben in vorsichtigem Abstand folgten. Nach wenigen Metern ließ sie sich an einem kleinen Park absetzen. Konrad stieg aus, während Ben nach einem Parkplatz suchte.

Mit zielsicherem Schritt ging sie auf den tristen Spielplatz zu, der mitten auf einer Rasenfläche in einer kleinen Mulde lag. Ein paar abgegriffene Turngeräte, ein Drehkarussell, eine Schaukel, ein Sandkasten, aber kein Kind weit und breit. Antonia setzte sich auf eine der Bänke, stellte die Hand tasche neben sich und schlug die Beine übereinander. Konrad versteckte sich am Rand der Wiese, lehnte sich an einen Baum und wartete auf Ben

Nach einer Weile tauchte ein kleines Mädchen auf, fuhr mit seinem Fahrrad eine Runde um den Spielplatz herum, ließ es in den Sand fallen und kletterte auf das Drehkarussell. Es schob sich selbst mit den Füßen an, kam aber nicht recht voran, stieg ab, holte neuen Schwung und sprang auf. Nach einer halben Umdrehung kam es wieder zum Stehen.

Wenn Antonia ein Herz für Kinder hätte, würde sie sie anschubsen, dachte Konrad. Er war selbst kurz davor. Im gleichen Moment holte Antonia ein längliches, gelbes Päckchen aus ihrer Handtasche, stand auf und ging zu dem Mädchen hinüber. Die Kleine öffnete es, holte einen Keks heraus und steckte ihn in den Mund.

Antonia begann das Kekse essende Mädchen anzuschieben, lief ein paar Schritte nebenher, lachend, schneller drehte sich das Karussell. Die Kleine legte sich zurück und sah in den kreisenden Himmel. Schneller und schneller, bis das Mädchen rief: »Hör auf!«

Antonia drehte weiter. Krampfhaft hielt sich das Mädchen mit einer Hand an den Metallrohren fest, in der anderen noch die Kekse. Ihre Haare flogen ihr übers Gesicht, mit den Beinen strampelte sie hilflos über dem Boden.

»Hör auf!«

Jetzt startete Konrad, quer durch den Sandkasten. Er hechtete über ein Turngerüst und stürzte sich auf das Drehkarussell. Schnaufend warf er sich über einen Sitz, erwischte ein Metallrohr und stoppte den Lauf. Viel zu heftig, die Kleine flog hinaus, mit einem Bein unter das Karussell, mit dem Gesicht in den Sand.

»Sind Sie verrückt?«, schrie Konrad atemlos, zog das Mädchen vorsichtig hervor und stellte es auf die Beine. Sie hatte keine Hautabschürfungen oder Ähnliches. Sie hatte Glück gehabt. Vielleicht nur einen Schock. Sie weinte und ließ die Kekspackung los. Konrad bückte sich und hob sie auf. Es fehlte eine ganze Reihe.

Aus den Augenwinkeln sah er, wie Antonia sich hinter ihm abwandte.

»Warten Sie!«

Sie ging weiter, packte ihre Handtasche im Vorbeigehen von der Bank, marschierte in Richtung Straße und sie beschleunigte ihren Schritt, setzte hastig einen Fuß vor den anderen. Sie floh. Konrad geriet in Panik. In der einen Hand das weinende Mädchen, das ihn in eine andere Richtung zog, in der anderen die Kekse – und dort ging Antonia, die er unbedingt aufhalten musste.

»Warten Sie!«

Ben betrat im richtigen Moment den Park und Antonia lief ihm praktisch in die Arme. Er verwickelte sie in ein Gespräch. Gespannt sah Konrad zu den beiden hinüber, während er das Mädchen zu seinem Fahrrad begleitete.

»Wie heißt du?«

»Marie.«

»Okay. Ich heiße Konrad und ich bringe dich nach Hause.«

Ben hielt jetzt Antonias linken Arm und sah an ihr vorbei zu ihm herüber. Konrad nickte ihm zu und zeigte auf Marie. Diese Art der Kommunikation funktionierte. Ben ging mit Antonia davon.

»Wo wohnst du?«

»Da lang.«

»Soll ich dich tragen?«

»Nein.« Skeptisch sah Marie hoch zu Konrad, der ihr Fahrrad schob.

Du sollst nicht mit fremden Männern gehen, dachte Konrad, rede nicht mit ihnen und nimm nichts an. Alle Eltern schärften das ihren Kindern ein. Was war mit den fremden Frauen?

Sie hatten gerade den Park verlassen, als Marie sich übergab und leichenblass zusammensank. Konrad sah sich verzweifelt um und hielt ein vorbeifahrendes Auto an. Er zwängte sich hinein und hob Marie auf seinen Schoß, während er den Fahrer eilig bat, ins nächste Krankenhaus zu fahren. Das Fahrrad blieb auf dem Bürgersteig liegen. Bleich und erschöpft lag Marie in seinem Schoß. Die Fahrt kam ihm unendlich vor. Dann sah er den großen Gebäudekomplex und die Einfahrt. Der Fahrer hielt direkt vor der Notauf nahme.

Man nahm das Kind in Empfang, benachrichtigte die Mutter und schickte Konrad wieder fort, nicht ohne seine Personalien aufgenommen zu haben. Er ließ eine Handvoll Kekse zurück, als man ihn fragte, was das Kind zuletzt gegessen habe. Die Packung mit den restlichen Keksen steckte er ein.

Konrad eilte zu Fuß zurück zu Walter Königs Haus, vor dem Bens Kombi stand. Völlig außer Atem und durchgeschwitzt drückte er auf die Klingel. Ein alter Herr öffnete ihm. Sichtlich verwirrt sah er auf den unglaublich dicken, schnaufenden Konrad.

»Konrad Wilden. Ich gehöre zu Ben Salem. Wir sind Kompagnons.«

»Aha«, sagte Walter König, als hätte er aufgegeben zu verstehen. »Christine ist sehr nett«, sagte er und bat Konrad herein.

Als Konrad sein Gesicht im Dielenspiegel sah, erschrak er, es war gefährlich rot und glänzend. Er hatte einen Spurt hinter sich und war nichts mehr gewöhnt. Und dann die ganzen Kilos. Und vorher das Karussell.

»Das ist ihre Masche«, sagte er und strich sich die nassgeschwitzten Haare aus der Stirn.

»Es ging alles so schnell. Sie hat erst vor drei Tagen angerufen, dass sie kommen wolle. Ich habe mich sofort hingesetzt und geschrieben. Telefonieren hätte nichts genützt, wegen des Fotos.«

»Mit Gepäck?«

»Nein, ohne. Ich weiß nicht, ob sie bleiben wird.«

»Das wird sie nicht.«

»Das sagte Ihr Kompagnon auch. Sie reden im Wohnzimmer. Ich wurde gebeten, sie allein lassen.«

»Das ist gemein«, sagte Konrad und versuchte zu lächeln.

»Na ja, geht mich auch nichts an, was sie vorher gemacht hat.«

»Glauben Sie mir: Sie schlafen besser, wenn Sie es nicht wissen.«

Erst im Landgericht zu Trier und im Angesicht von Jakob Stettheim, dem Staatsanwalt, der etwas widerwillig am späten Samstagnachmittag noch herbeigeeilt kam, war Antonia alias Sybille alias Christine bereit, ihre Identität preiszugeben. Sie legte ihren Personalausweis vor.

»Rita Zelesnova«, murmelte Stettheim, »wohnhaft in Köln, Sudermannplatz 42. Ist das die Adresse des Hotels?« Als Rita nickte, beorderte er telefonisch sofort einen Polizisten nach Köln. »Zeigen Sie mir auch den restlichen Inhalt Ihrer Handtasche?«

Rita schüttelte wortlos den Inhalt auf seinen Schreibtisch, ein Kuli rollte herunter. In ihrer Brieftasche steckte ein gefaltetes Papier, das sich als Wildens Testament erwies. Stettheim reichte es wortlos Konrad und sagte: »Eine Kopie.«

Daraufhin öffnete Stettheim den Reißverschluss einer kleinen Innentasche und zog ein weiteres, zerknittertes Blatt mit Wasserflecken. Die Schrift war teilweise unlesbar und zerlaufen. Es fanden sich Dreckspuren auf der Rückseite. Ein kleiner Riss durchlief die obere Hälfte.

»Das Original.«

»Sollte das nicht im Tresor sein?«, fragte Konrad irritiert. »Kennen Sie die Zahlenkombination? Wie sind Sie in Besitz dieses Dokuments gekommen?«

Rita schwieg.

Stettheim ließ sich von Konrad und Ben die restlichen Ermittlungsergebnisse vortragen und ordnete sofortige Untersuchungshaft an.

23. Kapitel

Auf Konrads Drängen rief Stettheim am folgenden Montag in der Rechtsmedizin der Johannes-Gutenberg-Universität zu Mainz an und erkundigte sich nach dem Ergebnis der Obduktion.

»Heinz Wilden«, wiederholte er und stellte den Lautsprecher des Telefons ein.

»Wir haben viel zu tun.«

»Wir auch.«

»Wenn wir wüssten, wonach wir suchen sollen, könnten wir ihn vorziehen. Ansonsten kann es ein bisschen dauern. Haben Sie denn überhaupt keinen konkreten Verdacht?«, war die leicht genervte Antwort.

Ungeduldig zeigte Konrad auf das Weidenkörbchen, das die Durchsuchung der Kölner Hotel Suite zutage gefördert hatte, und nun auf Stettheims Schreibtisch stand. Daneben lag das ausgebreitete Kleenextuch mit den Krümeln, die angebrochene Kekspackung und eine kleine Spielesammlung.

»Nun, vielleicht doch. Inzwischen ist ein Körbchen mit ein paar getrockneten Blätter aufgetaucht, die etwas damit zu tun haben könnten.«

»Warum sagen Sie das denn nicht gleich?«

»Es ist ja nur ein Versuch. Würden Sie mir, wenn ich Ihnen ein paar Blätter bringen lasse, sagen können, um was es sich handelt?«

»Selbstverständlich.«

»Danke, Herr ...

»Peters.«

Stettheim schickte sofort einen Polizeibeamten mit dem Weidenkörbchen und dem Kleenextuch, nach Mainz und lud Ben und Konrad in die Kantine ein. Konrad rieb sich den

Bauch, selbst ein Kantinenessen konnte er jetzt verdrücken. Aber Ben lehnte dankend ab. Er war nicht in Stimmung und wollte sofort zurück nach Oberprüm.

»Den Weg hätten wir uns sparen können«, sagte Ben.

Konrad hatte ihn dazu überredet, hierher nach Trier zu fahren, ohne zu wissen, ob es überhaupt Neues gab. Ihm fiel in Oberprüm die Decke auf den Kopf. Und diese Blättergeschichte begann ihn zu nerven.

»In Amerika fahren wir täglich Hunderte von Meilen für nichts und wieder nichts.«

»Wir sind hier aber nicht in Amerika.«

»Ich weiß. Du glaubst immer noch, dass diese Blätter nichts zu bedeuten haben?«, fragte Konrad, als Ben ihn vor seinem Elternhaus absetzte.

Ben zuckte mit den Schultern. »Du hättest deinen Leihwagen behalten sollen, dann müsste ich nicht den Chauffeur spielen.«

»Ich spendiere dir zum Trost einen Schluck von Dads Wein?«

»Ich verzichte.« Ben fuhr los, obwohl die Beifahrertür noch offen stand.

Konrad trank allein.

Zwei Tage später rief Stettheim Konrad und Ben endlich zu sich. Er hatte hohen Besuch. Ein Pathologe saß in seinem Büro: Dr. Draaf.

»Würden Sie den Herren bitte noch einmal alles erklären?«, bat Stettheim. »Sie haben es verdient.«

Dr. Draaf räusperte sich. »Der Inhalt des Weidenkörbchens und des Kleenextuches wurde in der Toxikologie untersucht. Bei den getrockneten Blättern, Stängeln und Blüten handelt es sich um Digitalis, zu deutsch: Fingerhut.«

»Yeah!« Konrad ballte die Faust. Ben tat gelangweilt.

Dr. Draaf zog verwundert eine Augenbraue hoch. Er fischte ein Blatt aus seiner Aktentasche und las ab: »digitalis pupurea, purple fox-glove oder Gants Notre-Dame genannt, eine zweijährige Pflanze, deren Blütezeit zwischen Juni und August liegt. Eine sehr giftige Pflanze. Und wenn ich sage sehr, dann meine ich das auch so. Sie enthält circa hundert verschiedene herzwirksame Steroidglykoside oder auch Cardenolide. Bereits drei Blätter können einen erwachsenen Menschen töten. Allerdings schmecken sie sehr bitter. Niemand wird sie also aus Versehen essen«

»Moment. Mein Vater hat immer von ihrem bitteren Schokoladenpudding geschwärmt, den sie für ihn gekocht hat.«

»Beim Trocknen verlieren sie einen Teil der Bitterkeit. Aber Lagern, Trocknen oder Kochen inaktiviert leider nicht die Toxine«, fuhr Dr. Draaf fort. »Bei geringer Dosierung zeigt sich die Vergiftung zunächst durch Übelkeit, Erbrechen und Durchfall, später treten verschiedenartige Herzsymptome auf, dann kommen zentralnervöse Störungen hinzu, die bis zu Halluzinationen und letztendlich zum Delirium führen und zum Herzstillstand. Ende. Aus.«

Marie hatte sich auch übergeben ... Konrad spürte seinen Puls in den Schläfen und starrte auf die Kekspackung auf Stettheims Schreibtisch.

»Und das konnte Dr. Michels nicht feststellen?«, hörte er Ben fragen.

»Er hatte vermutlich das gleiche Problem wie wir. Sie überschätzen uns. Wenn wir nicht wissen, wonach wir suchen sollen, dann ist es praktisch aussichtslos. Wissen Sie, wie viele toxische Stoffe es gibt? Abgesehen davon, dass hier niemand auf die Idee gekommen ist, eine Vergiftung überhaupt anzunehmen.«

»Wo kann Rita dieses Teufelszeug bloß her haben? Wer hat ihr das verkauft? Die Apotheker?«

Dr. Draaf lächelte nachsichtig. »Blödsinn. Fingerhut ist eine Zierpflanze, die sie in jedem Gartencenter finden können. Ich glaube in meinem Vorgarten steht einer. Außerdem wächst das Zeugs hier überall wild. An Wegesrändern, auf Wiesen und Lichtungen. Einfacher geht es nun wirklich nicht. Man muss sich nur bücken. Wir warnen ständig davor. Nun aber zum Obduktionsergebnis: Heinz Wilden starb tatsächlich an einer manifesten Digitalis-Vergiftung. Digitalis zählt zu den organisch leicht extrahierbaren Giften. Die Haaranalyse ergab eine Langzeitexposition, im geronnenen Blut fanden wir eine hohe Quantität. Urin lag nicht mehr vor, sodass wir zur Qualität nichts sagen können.«

Konrad sprang auf, lief zu Stettheims Schreibtisch und drückte die Packung Dr. Draaf in die Hand. »Sie müssen diese Kekse unbedingt untersuchen lassen.«

»Das sind Original Leibnitz Butterkekse«, sagte Dr. Draaf, »es ist äußerst unwahrscheinlich, dass ...«

»Bitte, lieber einmal zu viel als einmal zu wenig.«

Ben schüttelte den Kopf.

»Ich sehe das auch so«, bestätigte Stettheim.

»Als hätten wir nicht genug zu tun.« Dr. Draaf ließ die Kekspackung in seiner Aktentasche verschwinden und erhob sich. »Sie bekommen Bescheid. Warum um Himmels Willen ist dieser Mann nicht zu einem Arzt gegangen?«

»Ist er.«

»Und was war das für ein Pfuscher?«

»Es war der Apotheker.«

»Hat er die falschen Medikamente ausgegeben?«

»Er hat Placebos verteilt.«

Dr. Draaf schüttelte den Kopf. »Dann ist es kein Wunder. Aber, wie ich höre, haben Sie die Übeltäterin bereits in Gewahrsam gebracht.«

»Das war's meine Herren«, sagte Stettheim, nachdem Doktor Draaf sich verabschiedet hatte, »Paragraph 229 StGB vorsätzliche Giftbeibringung. Ihr habt gute Arbeit geleistet, aber beim nächsten Mal lasst ihr bitte die Polizei mitspielen. Das ist deren Job.«

»Ja. Klar. Und danke für das Kompliment«, sagte Ben.

»Aber was ist mit Ritas Geständnis? Können wir nicht dabei sein?«, fragte Konrad.

Stettheim schüttelte den Kopf. »Ich kann euch allerhöchstens eine Kopie des Protokolls schicken.«

»Marie hat sich übergeben«, sagte Konrad leise, als sie wieder im Auto saßen.

»Verstehe«, sagte Ben und sah angestrengt hinaus.

»Mein Vater auch. So hat es damals angefangen.«

»Verstehe.«

»Ja?«

»Ja, wirklich. Du hast Recht, lieber einmal zu viel als einmal zu wenig.«

»Sagst du den Schlangensiefs Bescheid?«

»Ja. Aber sie stecken mitten in den Vorbereitungen für das ›Lustige Prümtal‹. Sie haben andere Sorgen im Moment.«

»Was ist das wieder?«

»Gab es das früher nicht? Den autofreien Sonntag?«

»Weiß ich nicht mehr. Ich stelle mir gerade vor, dass dieser Fingerhut vielleicht sogar in unserem Garten steht, und Sybille nur hinausgehen musste, um meinen Vater zu töten.«

24. Kapitel

Wie jedes Jahr wurde auch im Jahr 2002 am ersten Sonntag im September im Prümer Land zwischen den Orten Waxweiler und Olzheim der autofreie Sonntag ausgerufen. Unter der Schirmherrschaft der Verbandsbürgermeister fand am 1. September das »Lustige Prümtal« statt. Die Straßen gehörten den Radfahrern und Skatern, aber auch den Wanderern. Autos wurden bis auf Hilfsfahrzeuge rigoros in die Wüste geschickt.

Die Tour erstreckte sich von Norden nach Süden, beginnend bei Willwerath über Hermespand, Dausfeld, Oberprüm, Prüm, Niederprüm, Weinsfeld, Watzerath, Pittenbach, Pronsfeld, Lünebach, Merlscheid bis nach Heilhausen.

Kinderbelustigungen, Torwandschießen, Imbissbuden, Musik, Bierwagen ... was das Herz begehrte. Jeder Ort auf der dreißig Kilometer langen Strecke machte sein eigenes kleines Fest daraus, jedes Jahr eine Herausforderung für die jeweiligen Ortsgemeinschaften.

In Oberprüm, der vierten Etappe, waren alle meist noch ziemlich fit. Die Geschäftsleute standen also unter erheblichem Erfolgsdruck.

»Wir machen einen Tag des offenen Sarges«, entschied Peter. Sein Ehrgeiz war es, alle anderen Oberprümer Aktivitäten in den Schatten zu stellen.

Für die Kinderbetreuung war Paul zuständig. Jedes Kind durfte eine Art Probeliegen in einem Sarg machen. Er erhöhte den Gruselfaktor, indem er auch den Deckel kurz schloss. Aber die meisten Kinder klopften schon nach einer Sekunde ängstlich an und baten mit hohler Stimme um Befreiung. Unter dem Gejohle der Umstehenden ließ Paul sich dann grinsend Zeit mit dem Öffnen.

Peter präsentierte in der Ausstellungshalle eine Diashow über See- und Feuerbestattungen.

Elsbeth strahlte mit der Sonne um die Wette und drückte jedem Teilnehmer einen Stempel in seine Teilnehmerkarte.

Auch Ben, Sophie und Lukas waren erschienen, Konrad stieß kurz darauf zu ihnen und in einer freien Minute nahmen sie die Schlangensiefs beiseite und unterrichteten sie im Fall Rita Zelesnova über den neuesten Stand der Dinge.

Stettheim hatte schon mit den Brüdern telefoniert. »Wir haben am Dienstag einen Termin bei ihm. Ein Grund zum Feiern«, sagte Peter und kehrte zu seinen Dias zurück.

»Diese Blätter habe ich aber als Erster gesehen«, sagte Paul nachdenklich und rückte seine Sonnenbrille zurecht. »Wenn ich das damals gewusst hätte ...«

»Niemand konnte das wissen«, tröstete ihn Ben.

»Ich schon«, meldete Konrad sich, »Ben dagegen hat sie in seiner Weitsicht wegwerfen wollen, obwohl ich sie mühsam und unter Einsatz meines Lebens aus den Klauen des Apothekers gerettet hatte.«

Bens Handy klingelte.

»Jakob? Du arbeitest sogar sonntags? ... Aha. Am Donnerstag? Ja, natürlich. Danke.«

»Was ist los?«

»Ritas Befragung. Wir dürfen doch dabei sein.«

Konrad rieb sich die Hände.

»Wir tun hier alles für Konrad, den Dolmetscher.«

Ein Foto einen Tag später im *Trierischen Volksfreund* zeigte vom »Lustigen Prümtal« ein einziges Motiv von der Etappe Oberprüm: Elsbeth zwischen ihren beiden Söhnen vor einem blumengeschmückten Sarg, in dem zwei Kinder hockten. Sie hielt eine Urne in beiden Händen, Peter eine Grablampe und Paul winkte mit einem Holzkreuz. Mit den Schlangensiefs hatte niemand mithalten können.

Stettheim hatte in der Zwischenzeit alle Zeugen befragt. Er wollte sich nicht äußern, was dabei herausgekommen war. Aber er hatte andere gute Nachrichten, als Ben und Konrad zum vereinbarten Termin am Donnerstag in Trier erschienen: Die Kekse waren sauber. Konrad schloss für einen Moment die Augen und atmete tief durch. Er öffnete sie wieder, als er eine Hand auf seiner Schulter spürte. Ben.

»Alles klar?«

Konrad nickte.

»Dann komm.«

Von einem Nebenraum aus durften sie durch eine Glasscheibe und über eine Mikrofonanlage Stettheims Befragung verfolgen. Als Rita Zelesnova von einer Polizistin hereingeführt wurde, schien sie zu frieren, setzte sich auf die Kante eines Holzstuhls und begann unruhig hin und her zu wippen. Das Mikrofon vor ihr rückte Stettheim zurecht und schaltete das Aufnahmegerät an, ehe er begann. Dann ging die Türe wieder auf und Friedrich Kalmbach und Josef Esser wurden hereingeschoben. Sie wollten sich nicht setzen. Eine Polizistin und ihr Kollege nahmen direkt neben dem Ausgang Platz.

»Ich habe in der Zwischenzeit mit allen gesprochen«, begann Stettheim und wandte sich an Rita, »mit denen Sie in irgendeiner Weise in Niederndorf, Oberprüm und Prüm Kontakt hatten. Und alle haben eine Aussage gemacht. Unter Eid. Es hat also wenig Zweck, wenn Sie versuchen zu lügen. Wir wollen heute lediglich die Aussagen miteinander vergleichen.«

Rita nickte und zog ihre Jacke enger um sich. Stettheim schickte die Polizisten, eine weitere Jacke zu holen.

»Friedrich Kalmbach und seine Frau und Karl Obermeier aus Niederndorf haben Aussagen gemacht. Konrad Wilden, Ben Salem, Paul und Peter Schlangensief, Dr. Michels und

Josef Esser aus Oberprüm ebenfalls. Wir wissen jetzt, dass Sie jenes Weidenkörbchen bereits in Oberprüm und Niederndorf hatten. Unterbrechen Sie mich, wenn ich etwas falsch schildere.«

Stettheim machte eine Pause, um ihr die Gelegenheit zu geben, etwas richtig zu stellen. Rita schien abwarten zu wollen.

»Wir wissen jetzt auch, dass sich in ihrem Weidenkörbchen getrockneter Fingerhut befunden hat. Die komplette Pflanze, also Stängel, Blüten und Blätter. Wir wissen ebenfalls, dass Heinz Wilden an einer Digitalis-Vergiftung gestorben ist. Also gehen wir davon aus, dass Sie ihm dieses Gift verabreicht haben.«

Rita räusperte sich nervös.

»Sagen Sie bitte laut und deutlich Ja oder Nein.«

»Ja.«

Im Nebenraum zuckte Konrad zusammen. Durch die dicke Glasscheibe starrte er auf die Mörderin seines Vaters. Er hatte es geahnt, gewusst. Aber jetzt, da er es aus ihrem Mund bestätigt fand, ballte er die Fäuste in seinen Taschen.

Ben legte ihm eine Hand auf die Schulter.

»Die von Dr. Schlembach und Dr. Michels verschriebenen Medikamente haben nicht angeschlagen, weil die Apotheker Kalmbach und Esser stattdessen auf Ihren Wunsch hin Placebos ausgehändigt haben.«

Esser und Kalmbach rückten enger zusammen. Sie standen mit dem Rücken zur Wand, während ihre Gesichter im Schatten der Deckenlampe lagen.

»Sie waren also Ihre Komplizen?«

Rita lächelte. »Das auch.«

»Heinz Wilden ist an einer Digitalis-Vergiftung gestorben, wie die Obduktion der exhumierten Leiche zweifelsfrei ergab. Woran Harald Brunner gestorben ist, könnten wir ebenfalls durch eine Obduktion herausfinden. Was wir nicht wissen, ist, was war vor Niederndorf ...«

»Nichts.«

»Sie wissen, dass Ihr Foto und Ihre Geschichte noch heute an die Presse gehen?«

»Das kann ich mir denken.«

»Es ist also nur eine Frage der Zeit, bis wir Ihre Vergangenheit komplett ans Tageslicht befördert haben.«

»Ja.«

»Gut. Dann erzählen sie mir also von Niederndorf und Oberprüm.«

Rita setzte sich aufrecht hin. »Also, bringen wir es hinter uns. Ich habe Harald Brunner ebenfalls Digitalis verabreicht. Die getrockneten Blätter habe ich zerkrümelt, über die für ihn bestimmte Portion Schokoladenpudding gestreut und untergemischt. Zunächst in geringen Dosen, um eine Herzkrankheit zu provozieren. Die Placebos taten später ihr Übriges.«

»Wussten die Apotheker von Ihren Giftplänen?«

»Natürlich nicht. Als der Tag gekommen war, den ich für angemessen hielt, habe ich die Dosis so weit erhöht, dass sie tödlich sein musste.« Rita sprach mit klarer, emotionsloser Stimme.»Aber nun wollen Sie wahrscheinlich mein Motiv wissen?«

»Das wäre die nächste Frage gewesen.«

»Ich wollte nie wieder arm sein.«

Enttäuscht zog Stettheim die Augenbrauen in die Höhe. »Das ist alles?«

»Ist das nicht genug? Wenn Sie eine Sensation erwartet haben, muss ich Sie enttäuschen.«

Sie räusperte sich und fuhr in leicht abfälligem Ton fort: »Wissen Sie, was es heißt, arm zu sein?«

Rita begutachtete Stettheims modernen Haarschnitt, seinen gut geschnittenen Anzug, seinen Seidenschlips. Sie sah sogar hinunter auf seine neuen, kratzerfreien Schuhe. »Sie sehen nicht so aus.«

»Nun ...« Stettheim fühlte sich plötzlich in der Defensive. Das war gewöhnlich nicht seine Rolle.

»Wenn man einmal alles gehabt hat. Wie tief man dann fällt? Wenn man plötzlich nicht mehr dazugehört? Wissen Sie, wie sich das anfühlt? Sie müssen wissen, auch ich komme aus gutem Hause, ich hatte eine behütete, glückliche Kindheit und Jugend. Gymnasium, Abitur, Ballett, Klavierstunden, Malerei – ich habe alles gehabt, was ich wollte. Ich hatte gerade begonnen zu studieren. Ich wollte Ärztin werden. Dann nahm das Schicksal seinen Lauf. Meine Mutter verliebte sich auf ihre alten Tage in Mike. Mike war so alt wie ich, er war ... ach, sie dachte wirklich, er liebe sie. Sie hat meinen Vater aus dem Haus gejagt und Mike eine Vollmacht gegeben über alles, was sie besaß. Ich habe meinen Vater nie wieder gesehen und Mike war ein Betrüger, ein Heiratsschwindler, der mit ihrem und meinem Vermögen durchgebrannt ist. Verschwunden, wie vom Erdboden verschwunden. Wir waren von einem Tag auf den anderen völlig verarmt.«

»Lebt Ihre Mutter noch?«

»Nein.«

»Hat dieser Mike Ihre Mutter umgebracht?«

»Nein.«

»Aber Sie haben Harald Brunner und Heinz Wilden umgebracht.«

»Ich war weniger erfolgreich als Mike. Harald Brunner entpuppte sich als Geizhals. An sein Geld ließ er mich zu seinen Lebzeiten nicht heran.«

»Sie hätten sich daraufhin einfach einen anderen Mann suchen können ...«

»Erst nach seinem Tode sollte ich alles, was er besaß, erben«, fuhr sie unbeirrt fort, »darauf zu warten, schien mir aber viel zu lang. Er war kerngesund. Da habe ich nachgeholfen. Es war unglaublich einfach.«

»Warum Fingerhut?«

»Weil es einfach ist, an ihn heranzukommen. Ein Spaziergang oder ein Einkauf in einem Gartencenter und Sie sind ausgerüstet. Jedes Kind weiß, wie gefährlich er ist.«

»Ich nicht. Aber wenn es so einfach ist, ihn zu bekommen, warum schleppen Sie dann dieses Körbchen mit sich herum, dieses eindeutige Beweismittel?«

»Fingerhut blüht nur von Juni bis August.«

»Danach ist er nicht mehr giftig?« Davon hatte Dr. Draaf nichts gesagt.

»Doch. Aber dann schwanken die Werte und man kann nicht sicher sein, wo die tödliche Dosis anzusetzen ist.«

»Woher kannten Sie die tödliche Dosis?«

»Das kann man nachlesen.« Sie lächelte nachsichtig. »Der Geschmack ist das einzige Problem, aber auch das lässt sich lösen, wenn man ihn vorher trocknet und in einer fetten Süßspeise verpackt.«

»Im Schokoladenpudding?«

Rita nickte. Die Polizistin brachte eine Jacke. Aber sie lehnte sie ab.

»Und Wilden?«, fragte Stettheim weiter.

»Wilden war kein Geizhals. Es lief gut. Er gab mir schon am ersten Tag über sein Konto eine Vollmacht.

»Warum musste auch er sterben?«

Rita zuckte mit den Schultern.

»Sie hätten mit seinem Geld gehen können, ganz so wie Mike.«

»Ja, das stimmt.«

»Warum haben Sie es nicht gemacht.«

»Später änderte auch er noch sein Testament zu meinen Gunsten.«

»Sie haben meine Frage nicht beantwortet.«

»Welche meinen Sie?«

Stettheim wurde ungehalten. »Warum Sie nicht mit dieser Vollmacht verschwunden sind.«

»Ich bin nicht so mutig wie Mike.« Rita seufzte. »Man hinterlässt immer Spuren. Es ist gefährlich. Es ist viel sicherer, wenn der Kandidat tot ist.«

»Und der Meinung waren Sie schon immer?«

»Wie meinen Sie das?«

»Auch schon vor Niederndorf?«

Ritas Augenaufschlag und ihr Schweigen.

»Also bleiben wir in Oberprüm. Von Peter und Paul Schlangensief wissen wir, dass Heinz Wilden nicht in seinem Bett gestorben ist. Sie haben ihn am Krater gefunden.«

Rita nickte.

»Zufällig wohl kaum.«

»Nein. Er war kurz zuvor an der Apotheke ...«

Stettheim unterbrach sie. »Wo Sie gerade mit Esser ...«

»Hat er Ihnen das nicht gesagt?«

Rita musterte Josef Esser. »Wir sind ihm gefolgt.«

»Warum?«

»Ich hatte eine Ahnung, dass er nicht mehr weit kommen würde. Er hätte das Haus nicht verlassen dürfen, es ging ihm sehr schlecht.«

»Sie wollen mir doch wohl nicht sagen, dass Sie beunruhigt waren?«

»Doch.«

»Wie auch immer, wenn Konrad nicht aufgetaucht wäre ...«

»Wäre alles gut gewesen.«

»Pech, nicht wahr? Und jetzt war Walter König dran? Glauben Sie wirklich, dass Geld sie glücklich machen kann?«

»Darum ging es doch überhaupt nicht.«

»Nein. Ihr Motiv war nämlich Rache, nicht Geldnot oder Armut.«

»Wenn Sie das sagen.«

»So ein Blödsinn«, schnaufte Konrad und scharrte mit den Füßen, »er stellt die verkehrten Fragen.«

»Ich finde, er macht es gut.«

»Hätte ich mir denken können.«

»Reiß dich zusammen.«

»Ich denke nicht daran. Das hier ist nur die Spitze des Eisberges.«

»Alles klar, Herr Dolmetscher.«

»Sie haben den kleinen Lukas Salem, ein Baby, mit Murmeln spielen lassen, die er leicht hätte verschlucken können.«

»Ich habe als Kind gern mit Murmeln gespielt ... ich tue es noch heute.«

»Und in einer heißen Sommernacht so dick angezogen, dass er Fieber bekam ...«

»Es war keineswegs warm oder heiß. Ich selbst habe furchtbar gefroren.«

»Sie frieren auch jetzt«, sagte van Stettheim und sah auf ihre nackten Arme. Sie zog ein Bein unter dem Tisch hervor. Verlegen sah er zur Seite, um nicht auf ihr vorgestrecktes, nacktes, wohlgeformtes Bein sehen zu müssen.

»Und die kleine Marie?«

»Sie kam nicht voran. Ich habe sie ein wenig angeschubst. Sie hat geschrien vor Freude. Ich habe als Kind ...«

»Sie wäre beinah aus dem Karussell geflogen.«

Rita schüttelte verständnislos den Kopf. »Es ist nichts passiert, nicht wahr?«

»Sag es ihr«, stieß Konrad im Nebenraum hervor, »sag ihr, nur weil ich glücklicherweise da war. Los sag es.«

Esser und Kalmbach standen unbeweglich an der Mauer wie Jahrhunderte alte Statuen. Und Stettheim schwieg, er schien in einer Sackgasse zu stecken.

Konrad fluchte nervös.

»Sie haben ein gefährliches Verhältnis zu Kindern.«

Sybille schüttelte energisch den Kopf.

»Oder ...«, Stettheim suchte nach Worten. »Ich glaube allerdings eher, dass Sie auf einem Entwicklungsstand stehen geblieben sind, den man als kindlich verantwortungslos bezeichnen könnte.«

Wieder der Augenaufschlag und sonst nichts.

»Denn Sie mögen doch Kinder, nicht wahr?«, fragte Stettheim.

»Ja«, sagte sie leise. »Sehr.«

»Danke. Das reicht für heute.« Stettheim schaltete das Band ab, stand auf und bat die beiden Polizisten, die drei Kandidaten abzuführen.

An diesem Abend ließ Ben sich endlich auf die Besichtigung des Weinkellers ein.

»Eigentlich bin ich Biertrinker«, sagte er, als sie in den Keller hinabstiegen, eine einzige Birne das Gewölbe erhellte und er die gefüllten Weinregale sah.

»Das wird sich ändern.« Konrad suchte drei Weißweinflaschen heraus, öffnete sie und wischte sechs Verkostungsgläschen, die Staub angesetzt hatten, mit einem Taschentuch aus. Er stellte zwei von ihnen zu jeweils einer Flasche und goss sie zur Hälfte auf. So hatte Dad es ihn gelehrt.

Man beginnt mit den jungen ...

»Wir haben ein paar schwere Denkfehler gemacht, nicht wahr?«, hörte er Ben neben sich sagen.

»Du.« Er reichte ihm das erste Glas.

»Ach ja, und was war mit den angeblich vergifteten Keksen?«

»Und mit den angeblich harmlosen Blätterkrümeln? Wie ist der Wein?«

»Gut. Aber du mit deiner brandneuen, selbsterfundenen Theorie: Das Wesen der Rache ist die Resonanz!«

»Und Sybille, die tapfere Lebensretterin!«, hakte Konrad nach.

»Na ja.«

»Und Schlangensiefs, die Edlen und Selbstlosen!«

Konrad wechselte die Weinsorte. An Brot hatte er nicht gedacht. Und nach Wasser war ihm nicht. »In Amerika ...«

»Oh, das musste ja kommen.«

»Glaub mir, es ging nicht um den Schal und mit Rita sind wir auch noch nicht fertig.«

Sie waren bei einer Auslese angekommen, hockten sich nebeneinander auf die Treppenstufen und gaben sich schweigend dem Wein hin.

»Das werden wir wohl nie herausbekommen«, sagte Ben später durch einen Dunstschleier.

»Aber sicher werden wir das.«

25. Kapitel

Oberprüm schlief und der Mond verschwand gerade hinter dunklen Wolken, als Ben und Konrad sich genau eine Woche später kurz nach Mitternacht mit zwei Spaten und Grubenlampen auf den Stirnen auf den Weg zum Friedhof machten, um die Gräber, die nach Zingsheims Geschäftsschließung angelegt worden waren, zu überprüfen.

Dieser Aktion waren selbstverständlich harte Diskussionen vorausgegangen. Wer am Ende Recht behalten würde, war absolut offen. Entsprechend groß war die Anspannung.

Als sie den ersten Spatenstich ansetzten, begann wie auf Zeichen der Regen. Erst zögerlich tropfend, bald goss es in Strömen. Während ihnen das Wasser übers Gesicht lief, ar beiteten sie in Straßenschuhen, an denen die Graberde klebte schwer wie Blei, und mit bloßen Händen, an denen sie sich die ersten Blasen holten.

Als sie in der Tiefe auf einen Sarg stießen, schaufelten sie das Grab fluchend wieder zu. Ein mächtiger Sturm kam auf, die Äste in den hohen Bäumen über ihnen knackten bedrohlich und das weiße Licht der Grubenlampen irrte über die Gräber.

Konrad winkte Ben zum nächsten Grab. Auch hier trafen sie auf einen Sarg. So geschah es auch beim dritten Grab. So hatte Ben es vorausgesagt. Sein Triumph war groß. »Ich wusste es!«, schrie er in den Sturm. Konrad stolperte über einen Ast, fiel der Länge nach hin und war endlich bereit aufzugeben.

Sie trennten sich schweigend vor dem Friedhofstor und suchten in ihrem Zuhause zuerst die Badewannen auf, Konrad allein, Ben hatte Gesellschaft.

Am anderen Morgen studierte Ben beim Frühstück die Todesanzeigen des *Trierischen Volksfreunds*. Eine gewisse Martina Schimpf sollte am 13. September mit großem Pomp beerdigt werden.

Er griff zum Handy. »Konrad? Was machst du heute Nacht?«

Er wollte einen zweiten Triumph. Doch daraus wurde nichts, denn sie ertappten die Schlangensiefs auf frischer Tat. Sie machten sich am Grab von Martina Schimpf zu schaffen. Und es regnete nicht. Entsetzt sahen Konrad und Ben mit an, wie sie die Erde aushoben, den Sarg zutage förderten, ihn öffneten, Martina Schimpf entkleideten, in ein Laken wickelten und zurück in die Grube fallen ließen.

Sie zogen den Sargwagen hinter sich her zum Ausgangstor, als Konrad und Ben ihnen den Weg versperrten. Die Situation war so eindeutig, dass sogar Peter nicht mehr einfiel, wie er seine eigene Haut und die seines Bruders retten konnte.

»Also war mein Vater kein Einzelfall«, stelle Konrad fest.

»Nicht direkt.«

»Keine Rache?«

»Keine Rache.«

»Sag ich doch«, sagte Konrad zu Ben. »Und was wird mit dem Sarg jetzt?«

»Wir verwenden ihn weiter zum halben Preis an Bedürftige«, sagte Peter mit treuherzigem Augenaufschlag.

»Und das sollen wir glauben?«

»Es gibt da eine Liste«, steuerte Paul bei.

Ben und Konrad wollten sie sehen. Zuerst aber mussten Paul und Peter Martina Schimpf wieder ordnungsgemäß in ihrem Grab versenken. Den Leichenwagen am Straßenrand ließen sie stehen und marschierten nebeneinander über die Friedhofstraße. Es war immer noch Nacht.

Wortlos schlichen die vier durch die Dunkelheit. Unter den Straßenlaternen wanderten ihre Schatten bedrohlich vor und hinter ihnen her. Die Hüte der Schlangensiefs wurden einmal zu Kappen, einmal zu Zylindern. Ein ungewöhnliches Kommando näherte sich da den nichts ahnenden Oberprümern. Die günstigen Beerdigungsmethoden waren in akuter Gefahr.

Es standen zehn Namen auf der Liste, die Paul mit zitternder Hand aus seiner Schreibtischschublade holte.

Schliekers, arbeitslos, 100 EUR

Mahlberg, Haus abgebrannt, 100 EUR

Sonnen, nur ein Bein, 100 EUR ...

»Seltsam, wir haben gestern Nacht gegraben und nichts gefunden«, sagte Ben.

»Wir haben das nur hin und wieder gemacht«, sagte Peter.

»Jedes zweite Mal«, verbesserte Paul.

»Dann haben wir genau daneben gelegen.«

Peter verzog seinen Mund zu einem gequälten, aber auch stolzen Lächeln.

»Das wird den Staatsanwalt interessieren.« Ben zählte ihre Sünden auf: »Grundsätzlicher Betrug, massive Grabschändung, arglistige Täuschung, vorsätzliches Erschleichen eines geldwerten Vorteils unter dem Deckmantel der Wohltätigkeit, Herbeiführen eines Geschäftsunterganges, damit meine ich Zingsheim, massive Störung der Ruhe der Toten ...«

»Wie lange ...?«

»Fünfzehn Jahre.«

»Das war's dann.«

»Ja.«

»Und wann?«, erkundigte Paul sich nach dem Jüngsten Gericht.

»Morgen nicht«, sagte Ben, »ich will erst alles schriftlich festhalten. Übermorgen.«

»Aber doch nicht am Basilikafest«, sagte Paul entrüstet.

»Ich fliege morgen«, sagte Konrad und verabschiedete sich kurz und knapp von Ben. Er hasste Abschiedszeremonien. Keinen Tag länger halte er es angeblich in Oberprüm aus. Er habe Sehnsucht. Nach Peggy, nach seinem geregelten Job und einem neuen Hemd. Der Fall war gelöst und ein kirchliches Fest konnte ihn nicht reizen. Per Telefon hatte man ihm einen letzten Platz im Flugzeug am späten Nachmittag zugesichert.

Etwas wie Wehmut bahnte sich zwischen den beiden an. Und dennoch schien Ben erleichtert.

»Dann bring ich es allein zu Ende.«

»Du wirst das schon machen.«

Kaum war die Haustüre hinter Konrad ins Schloss gefallen, griff er zum Telefon. Es klingelte ein paar Mal, ehe jemand abhob.

»Jakob Stettheim?«

»Ja.«

»Hier ist Konrad Wilden.«

»Aha«, brummte Stettheim. Er war wortkarg und ungehalten. Es war kurz nach drei Uhr nachts.

»Kann ich eigentlich davon ausgehen, dass Sie Ritas Geständnis in seiner ganzen Ausführlichkeit geprüft haben?«

»He?«

»Auch die Aussage, dass ihre Mutter tot ist?«

Stettheim schwieg.

»Das dürfte doch kein Problem sein, oder?«

»Nein. Aber ich sehe keine Veranlassung ...«

»Würden Sie es trotzdem tun?«

»Vielleicht. Am Montag. Auf Wiederhören.«

»Moment. Moment. Ich meine, jetzt.«

»Hören Sie, Herr Wilden, ich weiß nicht, was Sie erwarten ...«

»Ich erwarte, dass sie es überprüfen. Kann ich in einer Stunde zurückrufen?«

Stettheim legte auf.

EPILOG

Am 15. September 2002 fanden in Prüm Veranstaltungen zu zwei speziellen Jubiläen statt. Zwölfhundertfünfzig Jahre waren seit Gründung der Benediktinerabtei vergangen. Die Pfarrkirche Sankt Salvator wurde zweihundert Jahre alt. Die Kirchengemeinde hatte sich etwas einfallen lassen, um den denkwürdigen Tag würdevoll zu begehen. Am Abend zuvor hatte es ein Konzert im Innenhof der ehemaligen Abtei gegeben. Der Sonntag sollte bereits um halb elf mit einem Festhochamt beginnen, im Fürstensaal wurde Prominenz empfangen und in der Basilika lauschte man der Orgel. Jedermann konnte kostenlos an Führungen und Turmbesteigungen teilnehmen.

An einem Bierstand der Warsteiner Brauerei stand halb Oberprüm.

Ben hatte die ganze Nacht nach einer Lösung gefahndet, wie er die Haut der Schlangensiefs noch retten könne. Noch wusste niemand anderes davon und Konrad war auf dem Weg nach Hause. Es lag nun an ihm, die Sache zu behandeln, wie er es für nötig hielt.

Nachdem Sophie mit Lukas auf Entdeckungstour gegangen war, nahm er die Brüder beiseite. Das Duo *Eifelwind* brachte auf der Bühne vor der Basilika gerade Heimatklänge zum Besten.

»Wir müssen uns etwas einfallen lassen.«

Die beiden waren ratlos.

»Eigentlich würde ich es gern sehen, dass es bleibt, wie es ist.«

»Wir auch.«

Als ein Flugzeug über alle hinwegdonnerte, hob Ben sein Glas und rief: »Prost, Konrad!«

»Sitzt er da drin?«, fragte Paul und seine Blicke folgten den Kondensstreifen.

»In diesem oder einem anderen. Jedenfalls ist er weg.«

»Das ist gut«, sagte Peter.

»Wir müssen das irgendwie regeln. Lasst euch was einfallen.«

»Was denn?«, fragte Elsbeth plötzlich dazwischen. Neugierig hatte sie sich zwischen ihre Söhne gedrängelt.

»Nichts, Mutter. Ein Gespräch unter Männern.«

Beleidigt zog Elsbeth ab und stellte sich demonstrativ zu Gitta Zingsheim.

»Aber was denn ...?«, setzte Paul an.

»Wird gemacht, Herr Anwalt«, unterbrach ihn Peter.

Unerwartet erschallten Operngesänge von der Bühne her und mit geschlossenen Augen hätte man sich in Verona glauben können. Öffnete man sie wieder, sah man, wie Zingsheim sich quälte. Er musste gleichzeitig die Friedhofsgärtner Fred und Jean, die Schlangensiefs und seine Frau mit Elsbeth im Auge haben und Wortfetzen aufschnappen.

Gerade als Ben ein neues Bier bestellte, sah er, wie die Schlangensiefs erbleichten. Erschrocken fuhr er herum.

Konrad und Stettheim standen ein paar Meter weiter am Weinstand und näherten sich ins Gespräch vertieft mit langsamen Schritten.

»Hi«, sagte Konrad. Er genoss die Überraschung sichtlich. Stettheim grinste und sah sich interessiert um.

»Was wollt ihr denn hier?«, fragte Ben.

»Ach«, sagte Konrad beiläufig, »dachte mir, ich nehme besser doch einen anderen Flieger.«

»Warum denn?«

»Ich wollte doch vorher noch lieber ein paar Worte mit dem Staatsanwalt reden.«

»Worüber denn?«

»Über alles Mögliche«, sagte Stettheim, »und im Besonderen über die Oberprümschen Beerdigungsmethoden.«

»Ehe Ihr hier einen Oberprümschen Deal macht. Nicht wahr, Herr Staatsanwalt?«

»Was für ein Staatsanwalt?«, rief Elsbeth aus und stürzte herbei.

»Ich.« Förmlich stellte er sich Elsbeth vor. »Sie sind also die Mutter dieser ... kreativen Burschen.«

»Ja, Herr Staatsanwalt. Sie sind mein ganzer Stolz und alles, was ich habe. Um was geht's hier überhaupt?«

»Ihre Söhne haben nicht nur meinen Vater ohne Sarg beerdigt, sondern viele andere«, erklärte Konrad.

»Nein!«

»Doch! Leider.« Konrad empfand tatsächlich so etwas wie Mitleid mit der aufgelösten Elsbeth, für die eine Welt zusammenzubrechen schien.

»Ist das wahr?«, fragte sie ihre Söhne ungläubig.

Peter und Paul nickten, dass ihre Hüte wackelten.

»Seht mir in die Augen und sagt, dass das wahr ist!« Elsbeth riss ihren Söhnen mit einem Ruck die Sonnenbrillen von den Nasen.

Geblendet blinzelten die beiden und beteuerten verlegen, dass dies die Wahrheit sei. Zingsheim und seine Frau Gitta verfolgten gebannt das Geschehen.

»Ich dachte an ein Jahr Sozialarbeit. Aber nur, weil sie es aus selbstlosen Gründen getan haben. Nur weil sie ihre Mutter glücklich machen wollten. Eigentlich müssten sie härter bestraft werden«

»Und wenn wir unseren Beruf ganz aufgeben würden?«, bot Peter an.

»Das ist sowieso die Voraussetzung.«

»Das lass ich nicht zu«, schrie Elsbeth.

»Zu spät.« Peter tat gelassen. »Nicht wahr Paul, es ist beschlossene Sache.«

»Natürlich. Natürlich«, bestätigte dieser mit bebender Stimme. »Das wollten wir doch sowieso immer.«

»Das könnt ihr mir nicht antun«, flehte Elsbeth.

»Muss sein«, sagte Peter und wehrte sie ab, als sie sich an seinen Arm klammerte.

»Sonst müssten Sie sehr lange Zeit auf sie verzichten.«

»Ich kann ohne sie nicht sein. Sie sind mein Leben.«

Elsbeth ergriff Stettheims Hände und begann die ganze Geschichte zu erzählen. Angefangen bei dem landwirtschaftlichen Fahrzeug, dass mit Zingsheim am Steuer ihren Friedrich überfahren hatte. Stettheim war sichtlich gerührt, während Zingsheim ein paar Mal die Farbe wechselte und im Gewühl des Festes entkommen wollte. Aber Konrad holte ihn ein.

»Mord verjährt nie. Oberprüm wird sich also einen völlig neuen Bestatter suchen müssen«, sagte Stettheim und versuchte Abstand von Elsbeth zu bekommen, die ihn immer wieder an sich drücken wollte.

»Kein Problem«, steuerte endlich auch Paul einen Beitrag bei, »wir hängen ein Schild in unser Schaufenster: *Bestatter gesucht*.«

»Mütter!«, stöhnte Stettheim erleichtert auf, als Elsbeth mit ihren Söhnen früher als geplant den Hahnplatz verlassen hatte, um die Zukunft zu entwerfen.

»Apropos Mütter!«, rief Konrad, »es gibt solche und solche. Rita Zelesnova hatte weit weniger Glück.«

»Wieso?«, fragte Ben.

»Sie ist nicht tot. Wir haben sie heute morgen in einem Altersheim in Köln aufgestöbert.«

»Du hast ...?«

»Ja«, schmunzelte Stettheim, »er hat nicht locker gelassen. Und zu Recht. Körperlich nicht mehr die Fitteste, ist die Dame aber im Kopf noch ganz klar.«

»Wusste sie vom Treiben ihrer Tochter?« fragte Ben.

»Mehr als das. Sie war nämlich die Drahtzieherin«, verkündete Konrad stolz.

»Wie bist drauf gekommen?«

»Na ja. Es war nur eine Idee anfangs. Eigentlich haben mich erst die Schlangensiefs mit ihrer Mutter drauf gebracht. Hätte doch sein können, dass hinter Rita auch eine Mutter stand.«

»Und so war es«, ergänzte Stettheim, »sie hat ihre Tochter auf diesen Rachefeldzug geschickt. Als Wiedergutmachung oder Buße dafür, dass sie sich ebenfalls mit Mike eingelassen hat.«

»Sie hat ihn ihrer Mutter abspenstig gemacht?«

»Das kann man wohl sagen. Rita wurde jedenfalls schwanger.«

»Sie hat ein Kind von ihm?«

»Nein. Sie hat das Kind verloren. Und konnte danach nie wieder eines bekommen.«

Sie schwiegen betreten und verfolgten in Gedanken das Geschehen auf der Bühne. Der Prümer Theaterverein spielte sich gerade die Seele aus dem Leib.

»Die Mutter ist übrigens auch die Giftmischerin.«

»Das hat sie alles bereitwillig gestanden?«, fragte Ben ungläubig nach.

»Ja. Und noch mehr. Sie hat nichts mehr zu verlieren. Sie ist zu krank für eine Strafverfolgung. Und die Zukunft ihrer Tochter scheint ihr nicht am Herzen zu liegen.«

»Was denn noch?«

»Es gab drei weitere Fälle vor Niederndorf. Jetzt muss ich aber los.« Stettheim sah auf die Uhr und zahlte seine Getränke. Zingsheim bat er höflich, sich von seiner Frau zu verabschieden und ihm zu folgen.

»Bis zum nächsten Mal«, sagte er im Gehen zu Konrad, »würde mich freuen, wieder mit Ihnen zusammenzuarbeiten.«

»Mich auch. Also, bei nächster Gelegenheit ...«

»Alles klar.«

Ben sah ratlos von Konrad zu Stettheim. Er fühlte sich übergangen. Der Herr Dolmetscher trug ziemlich dick auf und sein so genannter Freund hatte offensichtlich gerade den Verstand verloren.

»Tschüss Ben. Von dem da kannst noch was lernen«, sagte Stettheim und klopfte ihm auf die Schulter, »zusammen seid ihr kein schlechtes Paar.«

»Ich ...«, begann Ben.

Aber Stettheim war schon mit Zingsheim im Gewühl untergetaucht.

»Ich hole nächste Woche meine Sachen und Peggy«, verkündete Konrad.

»Ich denke, du stirbst vor Sehnsucht nach Amerika?«

»Quatsch. Ich übernehme den Betrieb und werde im Haus meines Vaters wohnen. Meinst du, ich lasse den Weinkeller allein?«

»Und dein Superjob im Verteidigungsministerium?«

»Ach«, winkte Konrad ab, »den hänge ich an den Nagel. Es geht nichts über ordentliches Handwerk.«

Als Jacques Berndorf zu einer Lesung aus seinem neuen Roman ansetzte, ging Konrad zur Bühne vor der Basilika und stellte sich in die hinterste Reihe, denn alle Sitzplätze waren längst besetzt. Gebannt hing er an den Lippen des Autors.

Da ahnte Ben, warum er bleiben wollte. Sie hatte ihn wieder gepackt, seine Heimat, die Eifel. Mit Haut und Haar. Er würde es in Amerika nicht mehr aushalten, nicht nachdem er einmal wieder hier gewesen war.

KBV-KRIMI

Jürgen Raap

Ein Koffer aus Bern

KBV-Krimi Nr. 107
Taschenbuch, 288 Seiten
ISBN 3-937001-02-6

Was befindet sich in dem Koffer, den der verkrachte Kölner Detektiv Karl-Josef Bär aus der Schweiz abholen soll? Sein Auftraggeber, der Geheimdienstler Schröder, behauptet, es sei Geld - viel Geld. Möglicherweise sind es aber auch irgendwelche brisanten Papiere. Wie immer wird Detektiv Bär nicht schlau aus dem Mann vom MAD. Als er den Koffer bei einem gewissen Dr. Kaspereit in Köln abliefern will, stößt er dort auf dessen Leiche. Von nun an wird die Luft für Bär ziemlich dünn, denn nicht nur die Witwe des Toten, sondern auch sein Bruder beginnen, nach dem ominösen Geldkoffer zu suchen. Und schließlich heften sich auch zwei Männer des russischen Militärgeheimdienstes an seine Fersen.

»Witzig, kritisch, ironisch. Raap nimmt alle Krimi-Klischees aufs Korn.« (Bild)

Carola Clasen

Das Fenster zum Zoo

KBV-Krimi Nr. 96
Taschenbuch, 201 Seiten
ISBN 3-934638-83-X

Als der Kölner Zoo am Morgen seine Pforten öffnet, hat die vergangene Nacht grausige Spuren hinterlassen: Im Käfig des Grizzly liegt die zerfetzte Leiche eines jungen Mannes. Der verstümmelte Körper gehört Ben Krämer, einem Fotografen, der im Zoo auf Tippvisite war.

Ist er aus Unachtsamkeit in die Fänge des Bären geraten?

Die Tierpflegerin Nelly Luxem scheint etwas zu verbergen zu haben, und der frisch pensionierte Kommissar und Zooliebhaber Lorenz Muschalik versucht ganz behutsam hinter ihr dunkles Geheimnis zu dringen.

»Carola Clasen versteht es, mit den klassischen Versatzstücken des Kriminal- und Schauerromans zu spielen.«

(Kölner Stadt-Anzeiger)

Ralf Kramp

Malerische Morde

KBV-Krimi Nr. 100
Taschenbuch, 206 Seiten
ISBN 3-934638-57-7

Die Maare sind die »Augen der Eifel« – geheimnisvolle runde Kraterseen, um die sich Sagen und Legenden ranken. Zwei Leichen stören eines Tages das Idyll: Ein alter Maler und sein junges Modell werden am Ufer gefunden, und ausgerechnet Herbies Freund Köbes wird des Mordes verdächtigt.

Nach zwei Jahren kehrt Herbie Feldmann in die Eifel zurück, und auch sein unvermeidlicher Schatten Julius ist wieder da. Gemeinsam machen sie sich auf die Suche nach dem wahren Täter. Dabei decken sie Machenschaften einiger Maler, Fälscher und Sammler auf, die vielleicht besser im Verborgenen geblieben wären.

»Schwarzer Humor und Fabuliergabe.«

(Trierischer Volksfreund)

KBV-KRIMI

Ralf Kramp

Tief unterm Laub

KBV-Krimi Nr. 11
Taschenbuch, 256 Seiten
ISBN 3-934638-11-2

Ein alter Mann wird überfahren. Nur ein Unfall? Einige Zeit später kommt sein ehemaliger Zivi beim Sturz aus dem Fenster seiner Dachwohnung ums Leben. Selbstmord? Laurentius Bock, Besitzer eines kleinen Copy-Shops, wird unfreiwillig in den rätselhaften Fall hineingezogen. Zusammen mit Lindy, der Freundin des jungen Mannes, versucht er, die Hintergründe der seltsamen Geschehnisse aufzudecken. Die Spur führt in die Eifel, doch auch hier ist die Welt nicht mehr in Ordnung, und das schon seit vielen, vielen Jahren.

»... Wirklich gelungen ... Brillant ... Sehr gut!«
(Jacques Berndorf)

»Kramps brillanter Krimi fesselt bis zur letzten Seite.«
(Das neue Buch / Buchprofile)

Ralf Kramp

Der neunte Tod

KBV-Krimi Nr. 44
Taschenbuch, 256 Seiten
ISBN 3-934638-44-9

Herbie Feldmanns dritter Fall. Er hütet das protzige Haus seiner Tante, und sein ständiger Begleiter Julius ahnt bereits Böses, als Herbie in jener kalten Winternacht einem Obdachlosen Asyl gewährt. Und er behält Recht. Tante Hettis Kostbarkeiten werden bei Nacht und Nebel gestohlen, und Herbie hat seine liebe Mühe, die teuren Stücke wiederzubeschaffen. Das kann er nur, wenn er den Landstreicher auftreibt. Der nennt sich »Mikesch«, wie der Kater, und glaubt, ebenso wie der, neun Leben zu haben und auch neun Tode. Und ganz plötzlich, auf schreckliche Weise, kommt schließlich auch der neunte ...

»... der lokale Meister des schwarzen Humors.«
(Kölner Stadt-Anzeiger)

Ralf Kramp

Still und starr

KBV-Krimi Nr. 51
Taschenbuch, 185 Seiten
ISBN 3-934638-51-1

Marcus Mathei kehrt zurück. Aus seiner gescheiterten Ehe heraus flüchtet er in ein kleines Nest in der Eifel, kehrt zurück an die Stätte seiner Jugend. Dort sucht er Ablenkung vom drohenden Scheidungsdesaster, Erholung von der Stadt und Ruhe von seinem nervenaufreibenden Job in der Werbeagentur, der auf der Kippe steht.
Doch als er in das Dorf zurückkehrt, in dem sich sein Vater, der Dorfarzt, vor Jahren das Leben nahm, wird es nicht nur eine Reise in seine eigene Jugend auf dem Land.
Alles deutet darauf hin, dass mit seiner Rückkehr auch der Tod Einzug in das Dorf hält. Die übel zugerichtete Leiche eines Bahnarbeiters wird gefunden, und es sieht ganz so aus, als würde dies nicht der einzige Tote bleiben.